10
18

12, AVENUE D'ITALIE. PARIS XIIIe

Sur l'auteur

Brian Evenson est l'auteur de trois romans (dont *La Confrérie des mutilés*, Le Cherche Midi, 2008) et de plusieurs recueils de nouvelles, ainsi que d'un essai sur Robert Coover. En 1995, Brian Evenson a dû quitter l'Église mormone qui menaçait de l'excommunier s'il continuait à écrire des textes jugés « blasphématoires ». Evenson dirige aujourd'hui un programme d'ateliers à la Brown University dans l'État de Rhode Island. Il s'occupe également de la revue *Conjunctions* et traduit des auteurs français en américain (Jacques Dupin, Jacques Jouet, Christian Gailly).

À côté de moi-même, séparé, j'essayai de m'anéantir, mais je demeurai, et sentis que j'étais immortel.

BONAVENTURE

Ces choses parfaites et intimes, qui nous enferment, leurs frontières sont imparfaites et publiques…
L'eau et le vent et le vol, les paroles qu'on se rappelle et l'acte d'amour
Ne sont qu'interruptions. Et le monde, telle une bête, impatiente et vive,
N'attend que ceux qui sont morts. Pas de mort pour toi.
Tu n'es pas innocent.

WELDON KEES

I

RUDD, DISSÉQUÉ

I

Rudd trouva les lettres un samedi de bon matin parmi les affaires mortes de son père mort : cinq cartons croulants dont sa mère menaçait régulièrement de se débarrasser. Il était descendu à la cave pour autre chose, mais quand sa main eut fini sa course sur le ciment tavelé de l'escalier, il avait oublié quoi. Immobile, il scruta les lieux et repéra, à côté de la chaudière, les cartons. Avant d'avoir compris ce qu'il faisait, il avait ouvert le premier.

La boîte était remplie de vêtements couchés dans le fin plastique du pressing – des habits qu'il ne se rappelait pas avoir vus à son père. Il sortit trois chemises blanches repassées et aplaties avec soin, un gilet, une cravate pliée en deux et couchée bien à plat dans la diagonale du carton. Deux pantalons à pli marqué, un chandail en laine, une ceinture noire roulée serrée.

Dessous, il trouva une carte routière de 1954, les États de l'Ouest, de l'Idaho à la frontière du Mexique, fixée au fond par une bande adhésive jaunie qui s'effritait. On avait tracé un itinéraire en rouge, du sud de l'Utah jusqu'au Mexique. Ôtant le scotch, il détacha la carte pour l'observer de plus près.

Il l'étudiait depuis un moment quand il remarqua les enveloppes qu'elle dissimulait. Il y en avait trois :

deux, ouvertes au couteau, adressées à son père par « A. Korth », la dernière, de son père à une Miss Anne Korth, avec cachet de la poste et tampon « Retour à l'envoyeur », intacte.

Il écarta les bords tranchés de l'une, retira la lettre, une seule feuille de papier. Elle était abîmée le long des pliures ; il l'ouvrit lentement, lissant chaque pli avec le pouce.

L'écriture était tout en boucles, difficile à déchiffrer, penchée un peu vers la droite et tombante, l'encre tellement passée qu'on lisait à peine.

> *Cher Gyle* [le prénom de son père],
>
> *Pourquoi n'as-tu pas* [suivait un mot qu'il ne put déchiffrer. Un point d'interrogation. Une ligne entière au creux du premier pli, totalement illisible] *Lael se porte bien, il grandit* [ou peut-être *grossit*] *et réclame son père. Comptes-tu le reconnaître ? Je* [deux mots raturés, trois autres illisibles écrits par-dessus] *lui dire*. [Deuxième pli, illisible là aussi] *devoir envers ta chair*, [illisible].
>
> *Tendres souvenirs,*
>
> *Anne*

Il prit la seconde lettre d'Anne Korth, entrouvit l'enveloppe, vit qu'elle contenait seulement la photographie d'un enfant, quatre ou cinq ans, assis dans une posture forcée sur le tapis en chenille bleu d'un photographe, sur fond de ciel pommelé. Il leva l'image à la lumière, essaya d'y discerner son visage, échoua.

Il mit la photo de côté, prit la lettre retournée à l'envoyeur. Glissant un doigt sous le rabat, il déchira l'enveloppe tout du long. Dedans, une simple carte portant un bref message dactylographié, datée en haut à droite.

Miss Korth,

C'est contraint et forcé que j'accuse réception de vos récents envois. Je suis certain de ne pas être le père de cet enfant. Il y a erreur sur la personne, et j'en sais assez long sur vous et votre nature véritable pour être entendu et cru par un tribunal.

Je ne donnerai plus suite à vos lettres. Abstenez-vous de toute future correspondance.

*

Sa mère avait commencé à empiler la vaisselle dans l'évier. Les yeux fixés sur son dos, il regarda le tricot des omoplates comme elle fermait le robinet, se mettait à récurer.

« Maman, demanda-t-il, qui était Anne Korth ?

— Depuis quand es-tu là ? » répondit-elle en se retournant, tenant écartées ses mains qui gouttaient. Elle les essuya sur un coin de tablier.

« Anne comment ?

— Korth.

— Je ne crois pas connaître d'Anne Korth. »

Il haussa les épaules.

« Qu'est-ce que tu as ? demanda-t-elle. Qu'as-tu là ?

— Ça ? Rien. De vieilles lettres.

— De ton père ?

— Oui. »

Elle avança une main gercée. « Allons, dit-elle comme il hésitait. De toute façon elles ne t'appartiennent pas, non ?

— Je crois qu'il ne vaut mieux pas que tu les voies », dit-il.

Elle secoua la tête, bras tendu jusqu'à ce qu'il capitule. Il la regarda sortir la photo de son enveloppe, l'observer, la ranger. Elle déplia la lettre d'Anne Korth, la parcourut avec une perplexité muette, sans autre réaction qu'un pincement des lèvres.

« Eh bien, déclara-t-elle d'une voix égale après lecture de la carte. Voilà, ton père l'a dit : erreur sur la personne.

— Mais…

— Il n'y a pas de "mais", coupa-t-elle. C'est la vérité toute nue. » Elle rassembla les lettres, les mit de côté près de l'évier. « Nous savons la vérité. Il n'y a plus lieu d'aborder cette question. »

II

Sur le coup il n'y songea plus. C'était l'éducation qu'il avait reçue. Il épaulait sa mère et lui obéissait, depuis toujours. Il était, comme elle le lui rappelait souvent, son unique enfant, et l'homme de la maison maintenant que son père les avait quittés. Elle comptait sur lui. Son père n'était plus qu'une paire de chaussures foncées, un visage imprécis, une absence désormais impalpable. Peu importait ce qu'il avait fait, ce qu'il avait été. Rudd ne s'en portait ni mieux ni moins bien.

Il grandit, ses lunettes s'épaissirent et bientôt elles pesèrent trop lourd sur son nez. Il réclama des lentilles de contact, sa mère répondit *non, mon chéri* et la main qu'elle se passa sur le front dit sans équivoque qu'il avait eu tort de demander. Tout le monde doit faire des sacrifices, rappela-t-elle.

Il allait au collège et rentrait deux heures avant elle. Dans l'intervalle, il n'avait pas le droit de ramener d'ami, de toute façon il n'en avait pour ainsi dire pas. Il restait dans sa chambre, montait des maquettes et parfois, par curiosité, sniffait la colle. Cela lui donnait mal au crâne. Un jour, il en renversa un peu sur sa peau et la sentit brûler, cloquer rapidement tandis qu'il essayait d'abord l'eau, puis l'essence de térébenthine. Sa mère lui reprit sa clé. Après l'école il avait le choix, aller à la bibliothèque ou l'attendre sur le pas de la porte, mais si elle le trouvait à traîner comme un vaurien il n'avait pas fini d'en entendre parler.

Le dimanche ils allaient à l'église et sa mère s'asseyait derrière lui. À la fin du service, elle sortait et traversait le vestibule avec lui, feignant la tendresse et la complicité, mais il savait qu'elle s'assurait juste qu'il irait bien à l'école du dimanche et non dans les champs derrière l'église, comme certains garçons, pour fumer. En classe, sa chaise pliante brunâtre en équilibre sur deux pieds, il se balançait en fixant les mots « Edgemont 3nd Ward » peints au pochoir d'un orange imprécis sur le dossier devant, attendait qu'arrivent ses camarades et qu'arrive le professeur, hors d'haleine, en retard de dix minutes, chargée de reproductions et de tout un attirail documentaire collecté à la bibliothèque paroissiale et sans rapport visible avec la leçon. Elle rabâchait toujours la même : Bienheureux celui qui écoute le Seigneur et suit ses commandements. Cela étayé par diverses anecdotes mettant en scène tel ou tel membre ou dirigeant de l'Église qui, ayant bien agi, s'en était trouvé bienheureux. Il y avait une histoire de petit pied-bot et de balle de base-ball (avec quels transports elle évoquait le pied esquinté), une autre où il était question d'obéir à sa mère pour plus tard devenir prophète. Il avait appris à ne plus lever la main pour demander : « Si les justes sont bienheureux, comment se fait-il que le prophète Joseph Smith soit mort fusillé ? » Il connaissait la réponse : « Il n'est pas mort fusillé, il est mort en martyr. » Quand Robert Talbot, qui lui avait prêté deux dollars un jour à l'école, mourut fauché par une voiture sur son vélo, il posa une question similaire, se vit répondre que « le pauvre enfant » serait « récompensé au ciel ». À ses yeux, de telles failles sapaient tout l'édifice. L'argent, il ne savait pas bien quoi en faire, à qui il revenait. Robert Talbot vivant, Rudd n'aurait sans doute jamais pris la peine de le rembourser. Pendant des semaines il se retourna dans son lit, se sentant coupable ou bien se demandant comment faire le bien avec ces deux dollars, et s'assurer à son tour une place au ciel. Puis il cessa d'y penser, emprunta à d'autres.

Au catéchisme, il passait le plus clair du temps à se balancer sur sa chaise et à la laisser retomber sans cesse, bruyamment. Cela déconcentrait et excitait les autres, qui se demandaient si le professeur le tolérerait, stoïque jusqu'à la fin du cours, ou le tirerait par l'oreille jusqu'à la salle où sa mère faisait le catéchisme. Sa mère lui avait pincé l'avant-bras et l'avait traîné jusqu'à la voiture. « Ton père doit se retourner dans sa tombe », lui avait-elle dit. Ce fut l'unique fois où elle prit acte de la mort de son père, et quant à admettre son suicide, jamais. Rudd l'apprit des autres enfants, qui avaient surpris les murmures de leurs parents. Il y avait un couteau dans l'histoire, cela il le savait, mais guère plus. « Tu es ma croix, lui disait sa mère, une croix lourde à porter. » *C'est réciproque*, avait-il envie de répondre, mais il se retenait.

Il n'était pas le seul fauteur de troubles. Il y avait David Nimblett, Paul Boeglin, Kathleen Dunbar. Tous trois pouvaient être aussi vilains que lui, voire pires, mais ils gardaient toujours, quand ils faisaient les fous, leurs distances vis-à-vis de lui. Il essuyait le gros des remontrances, trouvait ainsi, en quelque sorte, à se distinguer. Ils étaient tous en cinquième, à l'exception de Nan Lutz qui avait sauté une classe à l'école et aurait donc dû assister aux cours de la classe supérieure, sauf que, comme aimait à le répéter l'évêque, l'école ne commandait pas l'Église. *Aux yeux de l'Église nul n'est « surdoué »*. L'Église s'en tenait à l'ordre naturel – Dieu observait le nombre des années, pas les méninges ni le fayotage.

En douze mois ils vinrent à bout de six maîtres, dont sœur Thomas qui s'était mise à pleurer au début d'un cours sans plus pouvoir s'arrêter, alors que la première larme avait suffi à en faire des saints. À la fin, Nan l'avait conduite aux toilettes et laissée là. Il y avait eu frère Worster, le père de Pamela Worster, qui pour tirer sa révérence leur avait crié de *tenir leurs langues* et qui, voyant sa consigne appliquée à la lettre, avait déclaré d'une voix solennelle et chevrotante qu'il avait fait tout son possible mais qu'ils étaient résolus à aller en enfer. Aurait-il eu son mot à dire, avait-il ajouté en levant le bras à l'horizontale, qu'ils y séjourneraient dès à présent. Vers la fin il y avait eu Dan Jarman, tout juste rentré de mission, jeune, soigné, unanimement admiré des filles, qui avait un beau jour cessé de venir. Ils restèrent trois semaines sans professeur. Quand l'évêque s'en aperçut, il se chargea d'eux lui-même mais sans leur faire cours à proprement parler, se contentant de les surveiller tandis qu'ils se relayaient pour lire les Écritures à voix haute, un verset chacun, une rangée après l'autre.

Quand on lit à voix haute, découvrit-il, on ne peut pas se concentrer sur ce qu'on lit : les mâchoires sont trop occupées à se mouvoir et glisser autour des mots, à essayer de donner un sens aux phrases archaïques. Du contenu, on n'éprouvait rien, mais l'acte procurait une certaine satisfaction formelle. Quand il demanda à sa mère s'il pourrait désormais lire à sa place lors de leur séance quotidienne d'étude des Écritures, elle fut transportée, interprétant sa requête comme le signe qu'il s'intéressait enfin à l'Église. Mais elle se trompait, du tout au tout.

Il commençait à entretenir une relation étrange avec les mots. Des expressions, de la Bible ou d'ailleurs, restaient piégées dans son crâne et y tournaient en rond, gravant leur sillon dans son cerveau. La chose la plus insignifiante, quelques mots. Un temps ce fut « En vérité, je vous le dis ». En mangeant son sandwich, en regardant la télé, continûment il pensait : *En vérité, je vous le dis*.

Puis ce fut le lycée. En sciences naturelles, on le mit à une table avec Blair Manning et T. J. Hobbs. Blair avait de longs cheveux derrière lesquels elle se blottissait. Elle était toujours en jean et t-shirt, avec un ras de cou en argent. S'asseyait parfois sur ses mains. Elle avait deux peignes en écaille, un petit et un grand, qu'elle tripotait pendant que Mr. Fresk parlait. Rudd essayait d'arriver en avance pour être sûr d'être à côté d'elle en prenant la place du milieu. Ils commencèrent par disséquer des écrevisses et à la fin du semestre se partageaient un fœtus de porc.

Un jour au début du deuxième semestre, il l'appela après les cours et attendit au bout du fil que sa mère aille la chercher.

« Allô ? dit-elle enfin.

— Salut, dit-il. C'est Rudd. »

Il y eut un long silence. « Rod qui ? » demanda-t-elle enfin.

Il ne se rappelait pas bien les détails, mais il trouva le moyen de mettre fin à la conversation et raccrocha sans qu'elle ait bien compris à qui elle parlait.

Ses mains semblaient trop grandes pour son corps. Il s'asseyait parfois dessus, mais pas comme Blair. Le plus souvent il rentrait les petits doigts et les pouces pour les faire paraître plus étroites, jusqu'au jour où, à l'église, David Nimblett l'appela « main de poisson », un sobriquet qui lui causa plus de perplexité que de peine. Nimblett lui faisait pitié, il était presque aussi gauche que lui, avec des lunettes encore plus épaisses et les pieds plats pour couronner le tout.

Sa mère avait beau lui dire qu'il devenait un beau jeune homme, Rudd portait son corps comme une défroque de plus en plus piteuse. Il agissait furtivement, il allait et venait de son casier à sa classe sans lever les yeux. Il ne voulait pas se faire remarquer, aurait pourtant voulu qu'on le remarque. C'était ou trop compliqué ou trop facile. C'était pire pour lui que pour n'importe qui d'autre, il en avait la certitude, en même temps il n'aurait pas su expliquer pourquoi et savait qu'on le prendrait pour un idiot si d'aventure il exprimait cette opinion. Il était pétrifié. Il serra les dents et résolut d'attendre que la vie passe.

Blair Manning était à l'autre bout du couloir, elle se dirigeait vers lui et tripotait son ras de cou en le regardant. Trop tard. Obligé de continuer sur sa lancée. La croiser sans s'arrêter. Elle agita un doigt : « Hé, mais je te connais. » Il hocha la tête et sourit en essayant de ne pas découvrir ses dents. Elle s'illumina et dit : « Le fœtus de porc, c'est ça ? » Ses copines gloussèrent et puis il l'avait dépassée, euphorique et mortifié.

C'était tout le problème. Rien n'était sans mélange. Il se sentait, sans ironie, comme condamné à la conscience de cet état et privé du moyen de l'adoucir. Tout était humiliant mais désespérément nécessaire.

Il décida de se mettre au sport, sachant par avance que ce serait un désastre. Il s'y était pris avec une semaine de retard pour les inscriptions au football, on lui donna un casque trop étroit et mal capitonné, il passa quelques entraînements sur la touche. Sa mère lui offrit des lunettes de protection enveloppantes dont la mode, il le constata le premier jour, était passée depuis des années. Au bout d'un certain temps, le coach l'autorisa à courir des sprints. Puis il regagnait le banc de touche. Quelqu'un, un élève de dernière année que le coach appelait Vil Coyote, avait pris l'habitude de se glisser derrière lui pour cogner de toutes ses forces sur son casque. Cela lui faisait siffler les oreilles, le mettait presque à terre, parfois, KO, une fois. Il revint à lui nez à nez avec l'assistant du coach, ce dernier continuant à diriger l'entraînement. L'assistant suggéra que peut-être Rudd n'était pas fait pour le football, lui conseilla de se donner jusqu'au lendemain pour y réfléchir à tête reposée. En rentrant, il se promit de ne pas ménager ses efforts, il leur montrerait à tous de quoi il était capable. Deviendrait un pilier de l'équipe. Il leur ferait ravaler leurs paroles. En fait, il balança son uniforme, n'y retourna jamais.

En dressant la table du petit déjeuner le lendemain, sa mère lui dit qu'elle ignorait qu'elle avait mis au monde un lâcheur. « Il veut ses œufs, le lâcheur ? demanda-t-elle. Je sais : une omelette. » Et plus tard : « Ça alors, le lâcheur va boire tout son jus d'orange pour une fois ! » Il poussa son assiette jusqu'à ce qu'elle bascule et se fracasse sur le sol. Sa mère le regarda, virant au blanc puis au rouge. Elle se détourna, s'agrippa au bord de l'évier. Il sortit.

Il erra plusieurs heures, prit les rues qui descendaient jusqu'au lit de la rivière, suivit le vieux chemin de terre qui longeait le ruisseau, regardant les insectes glisser à la surface, du soleil à l'ombre. Il grimpa à un chêne, resta assis dans la fourche de deux branches jusqu'à ce que ses jambes s'ankylosent, puis sauta à terre et boitilla jusque chez lui.

En deuxième année au lycée le professeur d'anglais, Mrs. Frohm, le félicita devant toute la classe pour son commentaire d'une demi-page d'un poème d'Emily

Dickinson. Il fut heureux et gêné, redoutant que les autres en profitent pour se moquer de lui, ce qu'ils firent. Le surlendemain elle mourait d'une overdose de somnifères. Il éprouva une vague culpabilité. Le proviseur, une ancienne gloire locale du football au visage sévère et flasque, décida d'avoir avec les élèves une petite conversation sur la mort. La mort n'était pas une bonne chose, leur déclara-t-il, surtout en cas de suicide. Après avoir fermé la porte, il sortit le Livre de Mormon, expliquant que si, en temps normal, il fallait éviter de mélanger école et religion, c'était un cas particulier. Apparemment, Mrs. Frohm irait en enfer. Rudd avait donc reçu pour son commentaire les félicitations d'une personne promise à l'enfer. La suivrait-il en enfer, ou seulement son commentaire ? Il ne savait pas quoi mettre pour la veillée, se décida pour une cravate rouge, une chemise blanche, son pantalon du dimanche. Il fit la queue pour voir le corps, mains dans les poches, curieux de ce qu'il ressentirait devant le cadavre. Elle avait le visage blême sous le fard. Il approcha la tête, assez pour distinguer les pores de sa peau. La paupière, constata-t-il, était très légèrement ouverte, deux ou trois fibres de coton prises entre les cils. Sans les gens derrière, il aurait touché sa peau. Rien que d'y penser la tête lui tournait.

Et puis, chercher les ennuis à l'école du dimanche n'en valut plus la peine. Il préféra rester sans bouger sur sa chaise, s'abstraire, bras croisés, ne prenant la parole que contraint et forcé. Les réponses étaient les mêmes que quand il avait six ans – chaque année on leur ressassait les mêmes choses, à quelques variations de surface près. Même les objections de certains, comprit-il, ils étaient programmés depuis des années à les soulever, des objections évidentes aux solutions toutes prêtes. Il pouvait les débiter sans problème :

LE PROFESSEUR : Dieu entend-il nos prières ?

LES ÉLÈVES (*en chœur*) : Oui, bien sûr.

LE PROFESSEUR : Donc si je demande une corvette rouge je l'aurai, si je comprends bien ?

LES ÉLÈVES : Ce n'est pas une prière qui mérite d'être entendue.

LE CONTRADICTEUR : Et si on a besoin de la corvette rouge, pour convertir quelqu'un ?

LE PROFESSEUR (*avec une patience infinie*) : Dans ce cas le dessein est louable. Mais je ne vois pas bien en quoi une voiture pourrait permettre à quiconque de se rapprocher de Dieu.

LE CONTRADICTEUR : Et si on prie pour demander quelque chose mais que Dieu sait que cette chose n'est pas bonne pour nous ?

LE PROFESSEUR : Une corvette rouge par exemple ? (*Rires.*) Dans ce cas, si vous méritez sa grâce, Dieu vous accordera ce dont vous avez vraiment besoin.

LE CONTRADICTEUR : Alors si on ne mérite pas sa grâce, on se retrouve avec la voiture ?

LE PROFESSEUR : Si on ne mérite pas sa grâce, on se retrouve sans rien. Vous n'avez qu'à demander à Dieu de vous accorder ce dont vous avez besoin pour accomplir sa volonté. Inutile d'entrer dans les détails.

Parfait, pensait Rudd, rien à envier aux diseuses de bonne aventure même technique.

Un dimanche, le professeur leur fit passer une feuille ronéotypée, où bavait un arbre généalogique à l'encre bleue.

« Aujourd'hui, déclara-t-il, nous allons nous intéresser à l'histoire familiale. »

La consigne était d'écrire le nom de ses parents dans les deux premières cases. Si on connaissait leurs dates de naissance ou – suggéra-t-il en regardant

Rudd – de décès, il fallait porter ces informations dans les demi-cases en dessous, légendées n et d. Les cases suivantes étaient réservées aux noms de l'élève et de ses frères et sœurs.

Rudd observa la feuille. Il écrivit le nom de son père dans la première case. *Gyle Theurer*. Celui de sa mère dans la seconde.

Il passa à la colonne suivante, écrivit le sien dans la première case. *Rudd Theurer*. Elle était suivie de cinq autres, toutes vierges. Il observa la feuille. Elle paraissait déséquilibrée, son nom pressé tout en haut par les cases vides.

Il commença à le récrire dans la deuxième case, s'interrompit. Biffant le R et le u, il écrivit à la place *Lael Korth*. À côté du n il inscrivit un ? puis, entre parenthèses, « bâtard ». Partant du nom de son père, il traça une nouvelle ligne et, au bout, *Anne Korth*. Quatre ou cinq ans s'étaient écoulés depuis qu'il avait lu les lettres. Il était surpris de se souvenir des noms.

Il contempla l'arbre, s'efforçant d'en comprendre le sens. Puis le professeur apparut derrière lui, contemplant sa feuille.

« Qu'est-ce que c'est que ça ? » demanda-t-il.

Rudd, avec un sourire hésitant, retourna la feuille.

« Tu as un frère ? Vraiment ?

— Un demi-frère.

— Ta mère n'en a jamais parlé. »

Rudd haussa les épaules. « C'est un peu compliqué. »

Plus tard, il profita de ce que le professeur ne regardait pas pour plier la feuille en deux, puis en quatre, et la glisser dans sa poche.

Ce soir-là au souper, sa mère mit l'incident sur le tapis. Il nia en bloc.

« Frère Meyers m'a tout raconté, insista-t-elle. Il a dit que tu avais été jusqu'à écrire le mot "bâtard". Quel démon écrit le mot "bâtard" dans une église ? Ne mens pas. »

Il la regarda sans rien dire, puis sa fourchette.

« Tu n'as pas de demi-frère, reprit-elle. Je n'ai jamais connu d'autre homme que ton père.

— Je ne dis pas que…

— Pour le dire vulgairement, je n'ai jamais eu de rapports avec personne d'autre que ton père.

— Mais…

— M'accuserais-tu d'être une putain ? »

Il se tut. Baissa les yeux sur sa main, vit qu'il serrait la fourchette, les doigts blanchis. Il lâcha prise, regarda le couvert atterrir bruyamment dans l'assiette.

« Un peu de respect pour la vaisselle.

— C'est papa qui…

— Dans cette maison il y a des règles…

— Bon Dieu ! cria-t-il. J'ai lu les lettres. Je sais.

— Quelles lettres ? dit-elle. Je ne vois pas de lettres. » Elle grogna. « Et laisse le bon Dieu tranquille. Le seul bâtard ici, c'est toi, et ce n'est pas de naissance. C'est toi qui t'es mis dans cet état.

— Je sais…

— Il y a des règles dans cette maison, dit-elle. Le respect de la vaisselle en fait partie. Tu le sais. Les autres règles, tu les connais aussi bien. Je n'ai pas besoin de les énoncer. Si elles ne te conviennent pas, la porte est grande ouverte. »

Il tremblait mais ne bougea pas. Plus tard, une fois sa mère couchée avec la migraine, il prit l'annuaire. Il consulta la liste des abonnés de Provo, passa à Mapleton, Orem, Spanish Fork. À Springville il finit par tomber sur « A. Korth ».

Il composa le numéro, écouta sonner.

On décrocha, à l'autre bout une voix de femme.

« Je suis bien chez Mrs. Korth ? Anne Korth ? »

Une longue plage de grésillements.

« Allô, fit-il. S'il vous plaît. Pouvez-vous m'aider ?

— Vous avez fait un faux numéro », dit la voix avant de raccrocher.

III

Au lycée, il interrogea plusieurs élèves pour savoir quel bus allait à South Provo et le déposerait le plus près de Springville. Il monta dedans, gauche, après la dernière sonnerie. Le chauffeur lui lança un regard soupçonneux.

« Ta tête ne me dit rien, toi, dit-il.

— La vôtre non plus, dit Rudd, et ses joues s'enflammèrent.

— C'est bien mon bus que tu veux, tu es sûr ? »

Rudd hocha la tête, avança jusqu'au fond. Une bande de garçons jouaient au stud poker à cinq cartes dans la dernière rangée, misant des nickels, l'un d'eux tenant le score dans la couverture de son cahier de trigonométrie. Howard quelque chose, entendit Rudd décréter, « nous enfonce tous ». Il se glissa sur une banquette entre deux élèves qu'il connaissait à moitié. « Tête de fion », fit l'un en lui donnant un coup de poing dans l'épaule. Il s'efforça de ne pas broncher, les yeux fixés droit devant, sur le cou de la fille en face de lui.

Il resta assis quand le bus prit au sud, puis à l'ouest, et commença à se vider. La banquette d'en face se libéra et il se dégagea d'entre ses deux demi-connaissances pour s'y installer. « Enculé de ta mère », lui lança le garçon en bout de rangée quand il se tortilla pour dépêtrer ses jambes.

Le bus prit au nord. Rudd se leva et se dirigea vers l'avant, tanguant pour compenser le roulis du véhicule. À l'arrêt, il descendit et chercha un plan des lignes de bus. Le garçon qui l'avait traité d'« enculé de sa mère » était descendu à sa suite et paradait en demandant s'il avait envie de se battre.

« Non je n'ai pas envie de me battre », répondit Rudd sans le regarder, et l'autre y lut le moment de le pousser dans le dos. Rudd, perdant l'équilibre, alla s'érafler les paumes et laissa choir ses livres.

Il se leva, rajusta ses lunettes, se lécha les paumes avant de les essuyer sur son jean, ramassa ses livres sans hâte.

« Et maintenant, t'as envie de te battre ? »

Rudd secoua la tête.

« C'est quoi, ton problème ? demanda l'autre.

— Rien, dit Rudd. Je n'ai pas envie de me battre, c'est tout. »

Il prit vers le sud. Pas de plan de bus. L'autre revint le pousser dans le dos et Rudd sentit la secousse et le choc se répercuter dans son crâne. Dans son cou un muscle le lança. Il continua à marcher. Quelques pas plus loin le garçon le poussa de nouveau.

Il s'arrêta, posa ses livres.

« Maintenant j'ai envie de me battre », dit-il en brandissant des poings naïfs.

L'autre sautilla en reculant, tout sourire. « Qu'est-ce que j'en ai à foutre, dit-il. T'en vaux pas la peine. »

*

Il marchait à reculons le long de la nationale, pouce levé, livres calés tant bien que mal sous l'autre bras, longeant lentement les cimenteries, quand il vit une voiture de police. Il enfouit sa main dans sa poche, se retourna. Tête baissée, il s'absorba dans sa marche.

Il entendit la voiture se ranger à sa hauteur.

« Hé ! » dit l'agent.

Il s'arrêta, leva les yeux.

« Viens par ici », dit l'agent.

Il remonta ses livres sous son bras. Avançant jusqu'à la voiture, il s'arrêta devant la vitre baissée.

« Comment tu t'appelles ?

— Rudd, répondit-il d'une voix qui chevrota puis se brisa.

— Mais ton prénom ?

— C'est mon prénom. »

Quand l'agent insinua qu'il mentait, Rudd lui montra le nom inscrit sur la couverture de ses manuels.

« Sacré bon Dieu, dit l'agent. Qu'est-ce que c'est, ce nom à la retourne ? » Il repoussa son képi de quelques centimètres, découvrant une touffe de cheveux humides.

« Alors comme ça on fait du stop ? » demanda-t-il.

Rudd hésita, hocha la tête.

« Tu ne sais pas que c'est interdit ? »

Hochement de tête.

L'agent le regarda. « Personne t'a appris à mentir ? »

Rudd secoua la tête.

« Ça viendra sans doute. Monte », dit l'agent, et, comme Rudd allait ouvrir la portière du côté passager : « À l'arrière. »

Rudd se hissa sur le siège, les yeux braqués sur le grillage qui le séparait de l'agent. Il avança une main pour le toucher. Une fois déposés ses livres, il referma prudemment les doigts sur la poignée de la portière. Quand l'agent démarra, Rudd tira la poignée, poussa doucement la porte. Elle resta fermée.

« Et si tu me disais où tu allais comme ça ?

— À Springville.

— J'avais compris, merci. Où ça à Springville ? »

Rudd l'observa à travers la grille.

« Je vais voir mon frère.

— Tu habites Springville ?

— Non.

— Et ton frère non plus, je parie. Tu vas à Springville pour faire les quatre cents coups.

— Non, il habite vraiment là. C'est un peu compliqué.

— C'est toujours un peu compliqué, dit l'agent en souriant. C'est ce que j'entends chaque fois que j'offre un petit séjour aux frais du comté. »

Rudd regardait par la fenêtre. On lui donnerait une pièce pour téléphoner. Il serait obligé d'appeler sa mère. Si elle était de bonne humeur, elle viendrait le récupérer au poste, le traînerait à la maison, lui crierait après pendant une heure ou deux. Sinon, tout était possible. Il regardait les arbres s'évanouir un par un, puis s'effacer le bar Country à la périphérie de la ville, puis la bretelle de sortie. *Welcome to Springville.*

« On n'irait pas dans la mauvaise direction ?

— Tu as bien dit Springville, non ?

— Mais je… dit Rudd. Mais je croyais que…

— Un gamin qui doit se colleter "Rudd" comme prénom est assez puni comme ça. »

Arrivés en ville, l'agent lui demanda où aller. Il bafouilla, se mit à chercher dans tous ses livres le bout de papier sur lequel il avait noté l'adresse.

« Sauf si en fait tu m'as raconté des salades, dit l'agent au bout d'un moment. Je n'ai pas de pitié pour les menteurs. »

Rudd continua à chercher.

« Ce nom, tu aurais très bien pu l'écrire dans les livres sans que ce soit le tien. Et qu'est-ce qui me prouve que ces livres c'est les tiens ?

— Voilà, ça y est », dit-il en lisant l'adresse.

Trois pâtés de maisons, un virage, quelques pâtés de maisons vers l'est. À l'angle d'une rue, posée au milieu d'un carré de terrain, une construction petite et carrée, un assemblage de briques rouges et de tuiles grises.

« C'est là ? demanda l'agent.

— Je crois.

— Tu crois ? Comment ça tu crois ? »

Il remercia l'agent, fit mine de descendre. La porte refusa de s'ouvrir. L'agent, vit-il alors, était sorti et faisait le tour de la voiture. Rudd reforma sa pile de livres, la changea de main. Quand on lui eut ouvert, il descendit.

Ce n'est qu'à mi-chemin qu'il remarqua que l'agent le suivait. Il se tourna légèrement.

« Merci de m'avoir déposé, dit-il.

— Pas de quoi.

— Vous n'avez pas besoin de rester. »

L'agent eut un sourire rusé. « J'ai juste envie de voir quelle forme vont prendre les complications.

— Comment ça ?

— Je veux voir si tu m'as dit la vérité. »

Rudd se détourna lentement. La porte était d'un jaune granuleux, la peinture frisait et s'écaillait pour dévoiler une sous-couche d'un gris verdâtre. Ses yeux allèrent de celle-ci à la sonnette. Il leva le bras, appuya.

Il entendit, à l'intérieur, le carillon égrainer les huit premières notes d'une chanson qu'il eut l'impression de connaître. Avant qu'il eût retrouvé ce que c'était, la porte s'ouvrit nerveusement sur un garçon de son âge, un peu plus blond, un peu plus costaud, mêmes yeux bleus dérobés à son père.

« Le voilà, mon frère, dit Rudd au policier, sans quitter le garçon des yeux. Lael. »

Le garçon le regarda, ouvrit la bouche et la referma.

L'agent ôta son képi et, le tenant par la visière, se tapota le genou avec le bord.

« C'est vrai, c'est ton frère ? demanda l'agent à Lael.

— Vous voyez bien comme on se ressemble, dit Rudd.

— Je veux l'entendre de sa bouche. »

Le garçon se passa la langue sur les lèvres, haussa les épaules. « Ouais, ouais, dit-il. C'est vrai, c'est mon frère. »

L'agent redescendit jusqu'à son véhicule, coupant par la pelouse semée de pissenlits. Rudd leva la main, sourit, fit au revoir à la voiture qui démarrait.

Il n'avait pas encore baissé le bras qu'il se sentit pivoter sur lui-même et reçut en pleine face le dos de la main du garçon. Il s'effondra dans la haie, lâchant ses livres. Sans lui laisser retrouver son équilibre, le pied de Lael vint s'écraser sur son ventre, l'envoyant chanceler sur l'herbe humide. Lael, Dieu sait comment, était à califourchon sur lui alors qu'il n'avait pas encore touché terre, lui clouant les mains du poids de ses genoux.

« Maintenant, tu me dis qui tu es, dit Lael.

— Je suis désolé, dit Rudd.

— Des gens désolés, on ne voit que ça, dit Lael. À quoi tu joues ?

— À quoi je joue ? »

Lael le gifla. La joue de Rudd se mit à palpiter.

« Personne ne se sert de moi, dit Lael. Jamais. Je t'écoute. »

IV

C'est seulement l'année suivante, quand il eut obtenu son permis et économisé de quoi se payer un scooter d'occasion, que Rudd vit son demi-frère plus régulièrement. C'était toujours lui qui en prenait l'initiative. Il s'agissait d'une Vespa, blanche, finalement très classe, même si Rudd n'en avait pas eu conscience au moment de l'achat. Quoi qu'il en soit, il fut incapable de se rendre digne de l'engin, qui alla toujours de pair avec un vague mais persistant sentiment d'humiliation. Lael ne s'en tirait pas mieux, Rudd le savait, il avait l'air tout aussi déplacé, peut-être même plus, mais lui semblait n'en avoir cure.

Vendredi ou samedi venu, Rudd sortait la Vespa et suivait la courbe de 9th East Street avant de prendre à gauche la nationale à hauteur du cimetière, passant devant les pompes funèbres, direction Springville. Il serrait le bas-côté, doublé ou collé au train par les voitures. À mi-chemin, il s'arrêtait pour téléphoner de la cabine devant la cimenterie. Si Lael était là, il continuait ; sinon, il continuait parfois, parfois rentrait chez lui.

Il avait bien eu l'idée d'appeler avant – de chez lui s'il parvenait à arracher le téléphone à sa mère assez longtemps, ou de la station-service à quelques rues de là. Mais le trajet avorté n'était pas sans satisfactions, le demi-tour devant l'usine, sans avoir vu son frère, au même titre que le voyage complet. Ils lui étaient devenus aussi nécessaires l'un que l'autre.

Et puis, Lael était presque toujours là.

Sa mère se méfiait de lui, Rudd le savait. Il préférait quand son demi-frère l'attendait dehors. Au téléphone, il disait toujours qu'il l'attendrait assis sur le trottoir, pourtant c'était rarement le cas. Rudd patientait en équilibre sur son scooter, se décidait à klaxonner. Quand il paraissait enfin, il marchait sans se presser, avec une lenteur exaspérante, comme indifférent.

« C'est moi qui conduis », disait-il chaque fois, et chaque fois Rudd lui laissait les commandes, ignorant où il les emmènerait.

Ils parlaient peu, roulaient. Les rares fois où Rudd brisait le silence, Lael lui répondait laconiquement, sans un mot de trop. Il ne révélait rien et au fil des semaines Rudd n'apprenait quasiment rien de lui.

« Parle-moi de tes amis », demanda-t-il un jour, agrippé à l'arrière du siège comme Lael manœuvrait le scooter dans le canyon de Spanish Fork.

Il renversa légèrement la tête. « Tu ne connais pas.

— Dis-moi juste les noms.

— On dirait ma mère. »

Quittant l'autoroute, Lael s'engagea prudemment sur une bretelle en gravier pour se garer près de la voie ferrée. Ils montèrent sur les rails, sautant pardessus les cailloux entre les traverses, puis passèrent le pont et descendirent jusqu'à la berge.

« Allez, dit Rudd, raconte-moi un truc. »

Lael haussa les épaules. « Pas envie. »

Quand Rudd insista, Lael sortit de sa poche les clés du scooter et menaça de les lancer dans la rivière.

Rudd ne confiait plus rien à sa mère, ce qui avait trait à Lael encore moins. Si elle demandait où il allait toutes les semaines, il inventait, citait des élèves du lycée avec qui il aurait aimé être ami. Blair Manning, par exemple, qu'il faisait passer pour un garçon. Il se demandait s'il se sentait différent maintenant qu'il avait un demi-frère, persuadé que oui, sans doute, mais incapable de dire en quoi.

Les week-ends filaient. En semaine, il se réveillait à sept heures tous les matins, pour le lycée. Sa mère, sentant peut-être qu'il lui échappait, finit par consentir aux lentilles de contact. Elle se mit à rôder maladroitement autour de lui le soir. Il en concevait de la rancœur, parvenait à entretenir son agacement jusqu'au week-end, où il retrouvait Lael, puis rentrait et lui mentait. La culpabilité et l'affection conséquente duraient une journée, après quoi il la détestait de plus belle. Peu à peu, ils arrivèrent à une synchronisation optimale de leur irritation mutuelle : le vendredi venu, il avait hâte de s'en aller et elle était soulagée – même si jamais elle ne l'aurait reconnu – de le voir partir. Il sortait le scooter du garage et le poussait dans la rue puis démarrait.

*

Il s'arrêta à l'usine de ciment pour téléphoner, pas de réponse. Il continua quand même. Lael n'était pas dehors. Il se gara devant la maison, klaxonna et, à califourchon sur la selle de la Vespa, attendit. Voyant qu'il ne se montrait pas, il mit le scooter sur béquille, se laissa glisser du siège, traversa prudemment la pelouse jusqu'au perron.

Il allait sonner mais la mère de Lael était déjà à la porte.

« On ne marche pas sur la pelouse, dit-elle à travers la porte à moustiquaire, combien de fois il faut te le répéter ? »

C'était la première fois qu'elle lui parlait, en tout cas de vive voix. Il ne l'avait jamais vue qu'épiant derrière les rideaux et, une fois, sur le pas de la porte, bras croisés sur la poitrine.

« Pardon, dit-il, j'avais oublié.

— Qu'est-ce que tu viens faire ici ? Qu'est-ce que tu cherches ?

— Je viens voir Lael.

— Voir quoi ? dit-elle.

— Lael.

— Lyle ?

— Euh… » commença Rudd. *Votre fils*. Mais elle avait déjà fermé la porte.

Il resta planté sur les marches en béton de l'entrée. Au bout d'un moment il regagna le scooter, l'enfourcha. Posant les mains sur le guidon, il fit tourner les poignées de caoutchouc. La mère de Lael l'observait encore, postée derrière les rideaux.

Il descendit du scooter, s'engagea sur la pelouse, se ravisa, emprunta l'allée. Il sonna, fut étonné qu'elle lui ouvre.

« Quoi ? » dit-elle. Mais elle s'était détournée sans attendre sa réponse et s'éloignait lentement. Puis elle disparut. Il s'avança dans l'entrée et s'arrêta là. Il ne savait pas quoi faire de ses mains. Au bout d'un moment il ressortit.

Cinq minutes après, il la vit au bout du couloir qui venait vers lui. Cette fois ses cheveux étaient mouillés, ses joues sillonnées de mascara. Mais soudain Lael apparut derrière elle et la dépassa prestement, sans s'arrêter pour Rudd, traversa la pelouse jusqu'au scooter. La mère de Lael avançait toujours vers lui, bras tendus. Rudd hésitait à la porte, sans trop savoir quoi faire. Ses poignets, qu'elle tendait devant elle, paraissaient épais, enflés presque. Dans son dos, il entendit Lael démarrer le scooter.

« Allez, s'écria-t-il, les mains en porte-voix, allez, on y va. »

Rudd se détourna et s'efforça de ne pas regarder en arrière. Il courut jusqu'à la chaussée, grimpa.

« C'était quoi, ça ? » demanda Rudd.

Lael secoua la tête en riant. « Bienvenue dans mon monde », dit-il en démarrant.

*

L'expression resta prise dans sa tête un certain temps. « Bienvenue dans mon monde. » Des heures durant il l'entendait, sans répit, toujours par la voix de Lael. Il allait parfois, il s'en aperçut, jusqu'à remuer les lèvres. C'était comme un virus, comme si quelque chose de Lael, traduit en langage, s'était immiscé dans son crâne. Elle tournait et tournait, et lui attendait de voir si elle finirait par coloniser complètement une portion de sa tête ou se fondrait dans le brouhaha de voix importées et désormais indéchiffrables qui inondaient toute la surface inquiète et fragile de sa pensée.

Le soir dans son lit, il contemplait le plafond et pensait à Lael. Il lui avait fallu des semaines avant de lui dire la vérité, de lui révéler qu'il était son demi-frère. Pourtant, quand il s'était décidé, nul choc, nulle surprise.

« Scoop, avait dit Lael.

— Tu le savais ? Pourquoi tu ne m'as rien dit ?

— Même question. »

Il avait toujours l'impression qu'à tout moment Lael pouvait le laisser définitivement tomber, qu'il ne le fréquentait ces temps-ci qu'en vertu de quelque obscure complaisance – vis-à-vis de Rudd ou vis-à-vis de lui-même, difficile à dire. Il se sentait tout juste toléré, plus il devenait proche de son demi-frère, plus il percevait l'écart auquel celui-ci se tenait. Il en venait à espérer que la phrase de Lael enfermée dans son crâne – « Bienvenue dans mon monde » – enfle, se déploie, l'emporte et l'épuise.

Alors, tout à son inquiétude, il en oublia presque l'expression pour un temps, avant qu'elle revienne l'assaillir sans crier gare, accompagnée cette fois de flashes d'un Lael immobile.

V

Les choses commencèrent à prendre une tournure étrange un jour qu'ils faisaient l'une de leurs longues balades à scooter, poussant jusqu'à Provo Canyon, aux tables de pique-nique au pied de la montagne, à côté du pont routier qui enjambait le fleuve. Ils étaient assis là, près du scooter qu'ils avaient conduit au-delà des chaînes et sur le sentier de gravier, regardant les remous de l'eau dans le cliquetis du moteur qui refroidissait, quand Rudd s'aperçut que Lael le dévisageait.

« Qu'est-ce qu'il y a ? » demanda-t-il.

Lael haussa les épaules, sans détourner les yeux.

Rudd se força à détourner les siens, les posant délibérément sur l'eau. Il les y maintint un moment, puis suivit le pont jusqu'à son milieu, où des adolescents buvaient de la bière dans des bouteilles de Seven Up en bronzant, plongeant de temps à autre dans le bassin en contrebas. Quand il autorisa son regard à revenir sur Lael, celui-ci le fixait toujours.

« Quoi ?

— Tu ne caches vraiment rien, si ?

— Qu'est-ce que j'aurais à cacher ?

— Rien, dit Lael. Pour l'instant. »

Rudd eut beau insister, il refusa d'en dire plus. Ils traînèrent encore une demi-heure au bord de l'eau, puis s'aventurèrent de l'autre côté du pont et escaladèrent un petit col schisteux jusqu'à la canalisation vert hôpital qui serpentait sur le flanc de la montagne.

Rudd regarda Lael prendre appui sur les boulons d'un joint et grimper jusqu'en haut. Il était debout en équilibre sur le tuyau.

« Allez, monte, dit-il.

— Non, dit Rudd.

— Quoi ? fit Lael, son intérêt brusquement éveillé. Tu n'aimes pas assez ton frère pour le rejoindre ?

— Ça n'a rien à voir avec toi, dit Rudd. J'ai trop le vertige.

— Bon Dieu, Rudd, dit Lael. Tu viens d'escalader le flanc d'une montagne.

— Ce n'est pas pareil. Il n'y a pas le vide, juste une pente régulière.

— Dans les deux cas tu peux te tuer. Allez, grimpe.

— Non. »

Lael se mit à danser sur le tuyau. « Allez, insista-t-il. Tu ne risques rien. » Il s'accroupit, laissa pendre sa main pour qu'il la prenne. « À qui tu peux faire confiance sinon à ton frère ?

— Ce n'est pas ça, dit Rudd.

— Fais-moi confiance. Prouve-moi que tu es mon frère. Fais-moi confiance. »

Plus tard, Rudd penserait : *Je ne suis que son demi-frère. Je ne peux lui faire qu'à moitié confiance.* Mais pas sur le coup. Sur le coup, il leva le bras pour attraper la main tendue de son demi-frère, posa le pied sur un boulon et se laissa hisser. Il était à quatre pattes sur la canalisation tiède, paralysé, le monde tanguait tout doucement en dessous. Il sentit Lael le tirer, sentit les mains de son frère le pousser, le monde basculant et se renversant tout doucement. Le monde devint flou. Après ça, plus rien.

*

Il reprit connaissance à l'hôpital, sa mère à son chevet. Un bras était cassé, plâtré jusqu'au coude, et la tête pansée de gaze. L'autre bras était tout écorché.

« Qu'est-ce qui s'est passé ? demanda-t-il.

— Tu es réveillé, dit sa mère avant de le gifler à toute volée. Ne recommence jamais. Estime-toi heureux que je sois venue.

— C'est Lael qui m'a amené ?

— Quoi ? Tu es venu tout seul.

— Où est Lael ?

— Lyle comment ?

— Non, dit-il. C'est…

— Écoute-moi, dit-elle. Tu étais seul. »

On lui donna des cachets. Il l'écouta parler d'une voix de moins en moins claire et de plus en plus lointaine. Il ferma les yeux. Quand il les rouvrit, Lael était assis à la place de sa mère, exactement.

« Pourquoi tu as fait ça ? demanda Rudd.

— Pourquoi j'ai fait quoi ?

— Pourquoi tu m'as poussé ?

— Je ne t'ai pas poussé. Tu t'es laissé tomber. »

*

Il sortit, s'arrêtant en chemin au bureau des admissions pour demander qui l'avait fait hospitaliser. On vérifia le dossier. Il était arrivé seul, avec son bras cassé, sur son scooter.

Tous les jours sa mère changeait le pansement de sa tête, baignait les entailles à l'eau tiède. Son bras se mit à le démanger dans le plâtre, il se gratta d'abord à l'aide d'un stylo, puis d'un cintre tordu. Au lycée, la nouveauté du plâtre fit que quelques élèves aux yeux de qui il était normalement invisible lui parlèrent. Il leur proposa de signer dessus. *Bon rétablissement*, écrivirent la plupart. David Nimblett écrivit : *Blessé pour la patrie*, et dessina un petit bonhomme au garde-à-vous. Bryan King écrivit, avec un sourire finaud : *La prochaine fois la jambe* ? Puis le médecin découpa le plâtre et la vie reprit son cours, sauf qu'il avait un avant-bras plus maigre que l'autre, avec une bosse au milieu.

Il n'irait pas voir Lael, résolut-il le premier week-end après qu'on lui eut retiré le plâtre, mais à midi il n'en pouvait déjà plus de sa mère et changea d'avis. Il conduisit à une main, laissant le bras convalescent reposer le long de sa cuisse.

À compter de ce jour, il vit Lael toutes les semaines. Immédiatement il sut que quelque chose avait changé, mais il lui fallut quelques jours pour comprendre que désormais Lael tournait tout en jeu, en défi. Il invoquait leur fraternité sous les prétextes les plus incongrus, aux moments les plus incongrus. À l'exception de ces moments, jamais il ne faisait référence à leur parenté – comme si le lien de fraternité, pour être activé, réclamait des circonstances extrêmes. Le plus souvent, Lael était détaché, à peine là. C'est seulement lorsqu'il mettait Rudd au défi de faire ce qu'il était enclin à éviter que Lael lui accordait son entière attention. Le moment où il la lui donnait était imprévisible, rarement suscité deux fois par la même circonstance. Il s'agissait de convaincre Rudd de s'allonger sur le scooter lancé à pleine vitesse, de poser le torse sur le porte-bagages en laissant pendre les bras de sorte que les bouts des doigts frôlent l'asphalte. Ou d'exiger qu'il lance une pierre à un chien, ou dans une vitre. Mais aussi de défis plus anodins, comme d'aller demander quelque chose à une vendeuse mignonne. Car Lael, en toute situation, avait le don d'élire ce qui pour Rudd susciterait l'embarras le plus grand. Rudd, lui, ne savait jamais quand son demi-frère se tournerait vers lui, l'appellerait « frère », essaierait de lui forcer la main au nom de quelque héritage partagé et douloureux.

*

Trois mois plus tard, ils roulaient vers le sud sur des chemins de terre non loin de Spanish Fork quand Rudd, regardant par-dessus l'épaule de Lael, vit que le réservoir était presque vide.

« Il faut rentrer », hurla-t-il pour couvrir le bruit du vent.

Lael ralentit puis accéléra de plus belle.

Rudd se pencha et dit, la bouche contre l'oreille de Lael : « Fais demi-tour. »

Lael ne broncha pas, ne ralentit pas. Rudd se pressa contre son dos, tapota le cadran.

« On n'a presque plus d'essence.

— Encore un kilomètre, dit Lael. Après je ferai demi-tour.

— Où on va ?

— Nulle part. »

Ils passèrent devant une ferme, une grange blanchie à la chaux, et des clôtures, les bêtes éparpillées derrière. Un tuyau d'évacuation, qui débouchait dans un ruisselet étroit et paresseux.

« Lael.

— Encore un tout petit peu. »

Ils traversèrent un carrefour, passèrent devant un vieux tracteur tout rouillé échoué sur le bas-côté, nez dans le fossé. Les clôtures de barbelés firent place à de simples planches à claire-voie, et les prés à un champ géométrique, gonflé des feuilles crénelées d'une plante qu'il ne reconnaissait pas, puis à un autre champ, de maïs celui-ci. Un camion d'épandage brinquebalant les doubla, laissant tourbillonner contre leur pare-brise et leur peau des débris de foin qui restèrent accrochés au t-shirt et aux cheveux de Lael. Un vieil homme dans un vieux Chevy deux tonnes leur fit signe comme au ralenti, comme sous l'eau.

« Lael, maintenant, dit Rudd.

— Non, dit Lael.

— Quoi ?

— Je ne rentre pas.

— Comment ça ?

— On va voir jusqu'où on va.

— Mais on ne pourra pas revenir, cria Rudd.

— Tout le monde s'en fout, qu'on rentre ou pas.

— Pas moi », dit-il. Puis, comme Lael ne répondait rien, encore une fois : « Pas moi. »

Il essaya de lui faire lâcher le guidon. Lael tint bon, le scooter fit une petite embardée.

« Je te préviens, dit Lael. Tu continues comme ça, on y passe tous les deux. »

Rudd lâcha prise, renonça. Il se redressa, muet jusqu'au moment où le moteur bégaya avant de s'enfler puis de mourir. Alors qu'ils s'arrêtaient lentement, il lui sembla, il ne savait pourquoi, sentir à travers la nuque de Lael le sourire de son demi-frère.

VI

En terminale, on lui apprit à faire des recherches. C'était indispensable, insista Mrs. Madison, le professeur d'anglais. Qu'ils poursuivent leurs études ou se destinent au secteur laïque, ce serait un atout précieux. Plusieurs jours durant, avec un zèle qui visait à se convaincre elle-même autant que ses élèves, Mrs. Madison martela les mots « secteur laïque » au point que Rudd se trouva bientôt incapable de les sortir de sa tête.

Le troisième jour, Jenny Kindt, une rouquine dont la figure pâle était semée de taches de son et dont l'entrain avait été entamé par l'overdose qui, l'année précédente, avait coûté la vie à sa sœur, mit les pieds dans le plat et voulut savoir en quoi les recherches pourraient avoir la moindre valeur dans le « secteur laïque ». Mrs. Madison, ce fut son erreur, voulut évoquer des situations simples et concrètes, tirées de la vie quotidienne.

« Mettons par exemple que vous travailliez dans un supermarché et qu'une cliente vous demande un renseignement sur les brocolis. Il faut que vous sachiez le trouver.

— Je dirais à la cliente qu'elle n'a qu'à demander au responsable », fit Jenny. Rires de l'assemblée.

Mrs. Madison secoua la tête. Debout face à la classe, elle paraissait vaguement dépenaillée. Elle rangea une mèche filasse derrière une oreille.

« Non, dit-elle. Mettons que ce ne soit pas quelque chose que le responsable sache comme cela, spontanément. Autre chose.

— Comme quoi ?

— Quelle a été la première civilisation à faire entrer les brocolis dans ses habitudes alimentaires ?

— Je n'ai pas envie de savoir ça. » Rires.

« Mais si la cliente veut savoir, elle ?

— Je lui dirai qu'elle n'a qu'à demander au responsable. Si le responsable ne sait pas, c'est son problème, pas le mien.

— Écoutez, dit Mrs. Madison en haussant la voix. Savoir faire des recherches, c'est important. Point final. »

Rudd était partagé, compatissant d'un côté aux misères de Mrs. Madison, qu'il aimait bien, qui avait l'air de bien l'aimer, brûlant de l'autre de pouvoir rire lui aussi. C'était plus complexe que de se sentir hésitant : à un moment il se sentait hésitant, et celui d'après il était loin, froid, les gens et la salle autour de lui formant un bloc compact, cristallin et séparé.

Secteur laïque, entendait-il dans sa tête, les paroles et les rires lui parvenant comme emmaillotés de coton. *Secteur laïque*. Ce froid, il le sentait avec une drôle de certitude – il n'aurait pas su dire pourquoi –, ce froid était ce que Lael devait sentir en permanence. Il avait l'impression que si on lui tendait un miroir il n'y verrait pas son visage mais celui de son demi-frère. Il essaya d'intercepter son reflet dans les lunettes de Mrs. Madison, mais elle était trop loin. Et, presque immédiatement, l'instant vibratoire passa.

*

Ils étaient relativement fréquents, les moments étranges de ce type, où il avait l'impression de saisir quelque chose de son demi-frère, quelque chose qu'il ne pouvait jamais vraiment vérifier et sur quoi il ne pouvait pas franchement interroger Lael. Comme si leur proximité hebdomadaire avait rendu sa peau plus poreuse, permettant à son frère de s'infiltrer. À l'arrière du scooter, le visage contre le dos de Lael, il lui avait semblé que, même lorsqu'ils se seraient séparés, il resterait collé à lui.

Lael pour sa part n'avait pas l'air de partager ce genre d'émotions. C'était comme s'il demeurait intact en toute circonstance, tel qu'en lui-même. Lael pouvait l'infiltrer, lui ne pouvait pas infiltrer Lael. Ce qu'il n'éprouvait que rarement, sporadiquement – la distance glaciale – lui semblait être, pour ce qu'il pouvait en juger, l'état coutumier de Lael. Car, si Lael éprouvait des sentiments, il était rare qu'il les exprimât, et ceux qu'il exprimait à son endroit, à lui Rudd, lui paraissaient factices, relevant moins du sentiment véritable que de la moquerie ou du défi.

Il se pouvait aussi qu'il n'ait rien compris du tout à son demi-frère.

*

Le voilà donc en classe, et devant lui, sur son pupitre, une feuille vierge sur laquelle on lui demandait de noter *des idées*.

« Des idées pour quoi ? demanda-t-il tout haut.

— Pour un sujet de recherches, crétin », lui répondit Steve Kilpatrick.

Au tableau, par-dessus un brouillard crayeux, était écrit :

Commencer par des choses simples :
Où aimeriez-vous vivre ?
Dans quelle tradition vous a-t-on élevé ?
Quelle est la décennie qui vous fascine ?
Qui est votre héros ?

Il n'en avait pas, de héros. Aucun. À douze ans à l'école du dimanche, il avait été confronté à la même question, détour pédagogique en prélude à une leçon de choses, et il était resté là, stylo en l'air, essayant d'inventer quelque chose. Quand chacun dans le cercle avait dû donner sa réponse à tour de rôle, il était resté muet jusqu'à ce qu'on passe à son voisin. Les autres avaient opté pour Jésus, sauf les deux qui avaient préféré Rush Limbaugh.

Il recopia les questions du tableau sur sa feuille, sautant quatre lignes entre chaque.

Où aimeriez-vous vivre ?

À Springville, écrivit-il, puis il barra et écrivit : *N'importe où tant que ce n'est pas ici.* Mais à la réflexion, c'était bien le genre de réponse à lui attirer des ennuis. Debbie White, sa voisine, avait écrit : *En Californie*. Il savait qu'il avait envie d'être aussi loin que possible de Debbie White. Il barra sa réponse et écrivit : *À New York.*

Dans quelle tradition vous a-t-on élevé ?

Il ne savait pas quoi répondre. Son père était mort, quant à sa mère, il avait l'impression qu'elle l'avait aidé à réduire ce père, dans sa mémoire, à une figure générique du bien, une sorte de parangon flou et inerte des idéaux mormons. Pourtant son père, il le savait, avait couché avec Anne Korth – peut-être avait-il été uni à elle par un mariage polygame secret, ou peut-être n'avait-il pas eu de cas de conscience, tout parangon du mormonisme qu'il eût été, à se livrer à l'adultère. Mais dans le cadre d'un travail scolaire, il pouvait leur laisser à tous deux le bénéfice du doute.

Le mormonisme, écrivit-il. *Au sens classique.*

Quelle décennie vous fascine ?

Où est-ce qu'on voulait en venir ? Qu'est-ce qui ferait plaisir à Mrs. Madison ? Il leva la tête, jaugea sa coiffure, la coupe de sa robe blanche et écrivit : 1900-1910.

Mrs. Madison était face aux élèves, mains dans le dos, arpentant l'estrade d'un pas timide. Lorsqu'il reboucha son stylo, elle accourut à son pupitre.

« Terminé ? demanda-t-elle. Je peux regarder ? »

Elle prit la feuille, la parcourut rapidement.

« Tu as forcément un héros.

— Pas vraiment.

— Pas nécessairement quelqu'un de célèbre, Rudd, dit-elle. Ça peut être n'importe qui. Ton père, par exemple.

— Mon père est mort.

— Je suis désolée », dit-elle, feignant de se replonger dans ses réponses.

Il est mort dans *le secteur laïque*, se dit-il, tout en sachant que ce n'était pas complètement vrai.

« Voyons voir, dit-elle. New York, le mormonisme, les années 1900. Et que trouvons-nous à l'intersection de ces mots ?

— Rien, dit-il.

— Rudd, gronda-t-elle en pinçant les lèvres. Si tu pars avec cette attitude tu es déjà battu. Est-ce que ton verre est à moitié plein ou à moitié vide ? »

J'ai pas de putain de verre, pensa-t-il, avant de se dire : *Là c'est Lael qui pense.* « À moitié plein », répondit-il. Puis il ajouta : « Peut-être plein aux trois quarts, même.

— Là, c'est une attitude positive, dit-elle. Là, tu es sur la bonne voie. » Sa feuille à la main, elle regagna l'estrade et entreprit de donner les consignes pour la suite. À mesure qu'elle parlait, remarqua-t-il, les autres raturaient leur production, improvisant des combinaisons plus propices.

« Nous allons nous rendre à la bibliothèque universitaire, entendit-il Mrs. Madison annoncer. J'ai tout préparé. Là, vous sélectionnerez un journal ou un magazine de réputation nationale et vous y chercherez un sujet qui recoupe le plus possible vos quatre réponses. Par exemple… »

Et voilà qu'elle tenait devant elle la feuille de Rudd, la commentant. Il affecta la désinvolture mais sentit ses oreilles s'enflammer et devina que leurs extrémités s'empourpraient.

Rien à foutre, pensa-t-il. *Ils peuvent tous aller se faire foutre*.

Mais il savait qu'il n'en pensait rien.

*

Il y avait la sortie à la bibliothèque, c'était toujours ça de pris, quelques cours en moins. Elle les fit se mettre en rangs devant les portes, sous la frise – la culture maya revue et corrigée à la mode de l'Utah. D'où il était, il apercevait la silhouette de bronze noirci d'un Indien de deux mètres cinquante. *Quelle tribu ?* se demanda-t-il.

Ils devaient se cantonner à la section périodiques/microfilms. Sous aucun prétexte ils n'étaient autorisés à quitter la section périodiques/microfilms. Une sortie comme celle-ci était un *privilège*. S'ils avaient besoin d'un document en dehors de la section périodiques/

microfilms, ils devaient demander le « biblio-passe ». Il regarda Mrs. Madison brandir le passe qu'elle avait rapporté du lycée.

Ils furent cornaqués dans le hall, passèrent le tourniquet à panneaux gris cliquetants. Rudd, les yeux braqués sur le cou dénudé d'Ellen Barlow quelques centimètres devant lui, traînait les pieds pour ne pas lui écraser les talons. Juste derrière, quelqu'un claquait des bulles avec son chewing-gum.

Ils entrèrent et il se retourna. C'était Mark Pollard, le chewing-gum. Il souffla une nouvelle bulle sous les yeux de Rudd, la fit claquer sèchement.

« Quoi ? demanda Pollard.

— Rien », dit Rudd en se retournant. Il sentit la main de Mark avant qu'elle ne se pose sur son épaule, qui le tirait, le forçait à se tourner. Déjà il se sentait s'éloigner.

« Pourquoi tu m'as regardé comme ça ? demanda Mark.

— Comme quoi ?

— Tu sais très bien comme quoi. Tu veux te battre, c'est ça ? »

Rudd fit non de la tête, puis, alors que Mark regardait ailleurs, projeta sa tête comme un bélier en plein dans le nez et la bouche de l'autre. Ça faisait sacrément mal. En se retirant il sentit le chewing-gum poisseux dans ses cheveux. Mark essayait de reprendre son souffle, une main sur la bouche.

Immédiatement une main brutale l'attrapa par la peau du cou, tandis qu'une deuxième pinçait la nuque de Mark.

« Rudd, dit Mrs. Madison. Et si tu me disais ce qui se passe ?

— Je ne sais pas trop, fit-il. J'ai son chewing-gum dans mes cheveux.

— Et comment, au juste, est-ce que son chewing-gum a atterri dans tes cheveux ? Et pourquoi est-ce qu'il saigne du nez ? »

Il la regarda d'un air qu'il voulait innocent. « On a dû se rentrer dedans. »

Elle regarda Mark qui hochait la tête avec le sang qui lui dégouttait du menton. Mrs. Madison les lâcha en même temps. « Allez vous nettoyer, dit-elle. Je sais que vous mentez, mais je suis trop débordée pour m'occuper de vous maintenant. La prochaine fois vous êtes tous les deux exclus. »

*

Il s'aspergea les cheveux, essaya d'enlever le chewing-gum en faisant un peigne de ses doigts. Il vint d'abord par petits morceaux, puis refusa de se détacher, déjà durci.

« Tu vas être obligé de couper », lui dit Mark, qui s'épongeait la figure et le nez avec une serviette de papier brun recyclé.

Il hocha la tête. Chercha autour de lui un outil. Rien, sauf à tenter le coup avec les dents triangulaires du distributeur de serviettes. Il entendit un déclic et se tourna pour découvrir Mark, un stylet à manche d'ivoire à la main. La lame était émoussée et grasse, plus longue que son majeur et deux fois plus large.

« Qu'est-ce qui t'a pris ? » demanda Mark.

Rudd regarda le couteau, haussa les épaules. « J'en sais rien », dit-il. Et en le disant il constata que c'était la vérité, il n'en savait rien. Il était encore en train de faire signe que non, non il ne voulait pas se battre, quand sa tête s'était précipitée dans la figure de l'autre, comme animée d'une volonté propre. Si celui-ci avait été surpris, Rudd ne l'avait pas moins été. « Qu'est-ce que tu fais avec un couteau ? demanda-t-il.

— Tu as quelque chose contre moi ? » demanda Mark.

Là encore Rudd haussa les épaules. « Je n'y ai jamais trop réfléchi, dit-il. Non, rien de particulier. »

Mark fit une passe maladroite et lente avec son couteau, obligeant Rudd à reculer d'un pas. Il sourit. « Je rigole », dit-il, puis il le lui tendit, par le manche.

Rudd prit le couteau et le tint devant lui, la lumière se réfléchit sur le tranchant de la lame et pénétra dans son œil. À sa place Lael, il en était quasi sûr, poignarderait Mark. *Je ne suis pas comme mon demi-frère. Je suis qui je suis, moi.* Il leva le couteau, commença à trancher des mèches de ses cheveux.

*

1903 n'avait pas l'air d'une année palpitante. Le *New York Times* de cette année était archivé dans des cartons jaune passé, comme tous les autres, une bobine évidée par mois. Mais il ne se souvenait pas que Mrs. Stahl y eût fait référence dans son cours de tradition américaine. Peut-être que les journaux, devant la nécessité de meubler, avaient été généreux en anecdotes pittoresques et lui fourniraient de quoi satisfaire à peu près aux paramètres qu'on lui imposait.

D'abord il introduisit le microfilm dans le mauvais sens et tout s'afficha renversé et à l'envers, lettres inversées. La tige n'était pas assez enfoncée dans le trou central, si bien que la bobine décrivait une ellipse en tournant. Une bibliothécaire harassée y mit bon ordre en un tournemain, sans manquer de fusiller du regard Mrs. Madison, qui ou bien ne s'en aperçut pas, ou bien avait un vrai talent de comédienne.

Il commença à dérouler le film. Quand il obtint la première page du premier janvier, le texte était encore renversé et il mit un moment à comprendre dans quel sens tourner le projecteur pour le faire apparaître dans le bon sens. Et même ainsi la mise au point était encore approximative, certaines portions de la page parfaitement nettes, le reste un peu flou, un peu brouillé.

Il parcourut les titres. *Une jeune fille rencontre un cambrioleur bien aimable*, une histoire de fer et d'acier. Aimable ? s'étonna-t-il. *La pendaison pour Taylor*, mais aucun rapport, pas à première vue en tout cas, avec l'ancien président de l'Église mormone John Taylor, puis un éclair noir, puis le 2 janvier : *Accident tragique : un garçonnet tue son frère avec une carabine*. Juste en dessous : *Un bal a été donné dans la grange*. Présent pour la mort du garçonnet, passé pour le bal, pourtant les deux événements appartiennent au passé. Il y avait quelque chose à en tirer, forcément, mais rien qui méritât qu'il arrête de tourner la manivelle jusqu'aux publicités et au lendemain. *Les chevaux martyrisés* et *Un couteau de cuisine au courrier. Les peintres français sont là*. Il accéléra, passa à toute vitesse une publicité pour des sous-vêtements en mousseline. *Le sultan récompense les espions, Les raids devraient cesser au Congo, Résultats du championnat de billard*. Est-ce que le *New York Times* continue à rendre compte de l'actualité du billard ? se demanda-t-il. *Les Français d'humeur accorte* (peut-être parce que leurs peintres sont là) et, quelques colonnes plus loin, *L'assassin français échappe à la peine capitale* (une raison supplémentaire à l'aménité française ?). Du billard, encore, *Jour d'émotion pour les jésuites, Un chien revenu d'entre les morts* a « survécu dix heures sans tête grâce à des injections d'adrénaline ». *Bordel de Dieu.*

Il rembobina, rangea la bobine dans sa boîte et alla chercher celle de février dans le meuble à tiroirs.

Revenu à son poste, Rudd prit la nouvelle bobine et la monta du premier coup. *Épidémie de fièvre typhoïde à Ithaca, Vienne danse le cake-walk, Mr. Morgan pastiché, Découverte d'une nouvelle variété d'orchidées, Un cheval emballé fait plusieurs victimes. Il n'y a pas de secret, seul le mérite paie. OLD CROW RYE. Le whisky pur, dur et sans rival.* Juste en dessous : *Mrs. Johnson fait la noce. Les huîtres de belle taille sont rares cette année.* L'Oncle Sam qui brandit de petits personnages et des fusées enveloppés dans un ruban – une caricature politique qu'il ne comprenait pas. *Décès du révérend Robert Street dans un incendie.* « Sa fille n'est que blessée, elle s'en tirera. » Pas sans rapport avec la religion celui-ci, pensa-t-il. Il pourrait demander à Mrs. Madison si le révérend Robert, dans la mesure où il ne trouvait rien d'assez mormon, pourrait faire l'affaire. Il savait qu'elle dirait oui, mais qu'il ne couperait pas au petit sermon sur la persévérance dont il devrait apprendre à faire preuve, car *La patience est toujours récompensée.* Les imbécillités de cet acabit lui venaient naturellement, qu'elle prononçait comme des manchettes de journaux. La peste à Mexico. *Des plongeurs remontent un corps.*

Il arriva au 3 février. *Championnat de billard.* Il n'avait qu'à changer de sujet et prendre le billard, dire que son héros était « un champion de billard ». *Anthracite à vendre* jouxtant *Divorce facile. Souliers pour messieurs 3,50 $ au lieu de 5 $*, puis, le 4 février, *Souliers pour messieurs à 2,25 $. Une allumette à l'origine de l'explosion, Le forcené abat sa femme avant de retourner l'arme contre lui, Indispensable à votre intérieur – la soie. Billard : le* *champion détrôné. Le chœur pleure un de ses membres favoris.*

Il passa sur 102 ans !, fit défiler l'article suivant, réalisa seulement quelques pages plus loin. Il fit machine arrière :

Le procès de Hooper Young
doit s'ouvrir aujourd'hui
La défense compte demander
un nouveau report d'audience
Le procureur incrimine la famille
et l'entourage mormon de l'accusé

Bon sang de Dieu, pensa-t-il. Trois catégories sur quatre, par simple chance. Il ne savait pas en quoi, mais maintenant il avait foi. En la recherche, peut-être. Ou alors en la chance pure. Il commença à lire :

William Hooper Young, petit-fils de Brigham Young, répondra ce matin devant Son Honneur D. Cady Herrick, dans la chambre criminelle de la Cour suprême, du meurtre de Mrs. Anna Nilsen Pulitzer, assassinée en novembre dernier. Le procès pourrait toutefois être ajourné si Me W. F. S. Hart, qui assure la défense de Mr. Young, obtient gain de cause. Parmi les motifs allégués par l'avocat, la santé de son client, trop délabrée pour supporter la fatigue d'un procès.

L'assistant du procureur général, Me Studin, a réitéré ses déclarations concernant la disparition de plusieurs témoins, précisant que cela n'empêcherait pas la condamnation de Young. Si Me Studin n'a pas affirmé que les traces de ces témoins se perdaient au seuil de l'Église mormone, il a déclaré sans ambages que les mormons qui composaient la famille et l'entourage de l'accusé mettaient tout en œuvre pour contrarier le progrès de l'accusation. Me Studin a renvoyé à un article paru sous la signature de Young dans le numéro d'octobre de *The Crusader*, revue publiée à Hoboken par l'accusé et son ami Dixie Anzer. Intitulé *Le soleil se lève en enfer*, le texte, selon Me Studin, compte plusieurs allusions plus ou moins directes à la doctrine de « l'expiation par le sang ».

L'accusation a révélé hier qu'elle ne postulait aucun lien de causalité direct entre le meurtre et cette doctrine, qui toutefois pourrait éclairer certains aspects du drame. La doctrine de « l'expiation par le sang » stipule que, lorsqu'un mormon a renié sa foi, il est possible de sauver son âme en répandant le sang d'une personne de qualité similaire à la victime, et que la bénédiction obtenue sera portée dans l'au-delà au crédit de celui qui a commis l'acte en question.

Damon Philips lui donnait de grands coups de poing dans le dos et le traitait de connard, réclamant la visionneuse à microfilms.

« Une minute, dit Rudd. J'ai trouvé un truc.

— Qu'est-ce que t'as fait à tes cheveux, connard ?

— Pas tes oignons, dit Rudd.

— Oh, qu'est-ce que t'as ? T'es pas comme ça d'habitude.

— Comme quoi ?

— D'habitude t'es normal.

— Ça veut dire quoi, normal ? »

Damon haussa les épaules. « Tu vois, normal, quoi. »

Il ne savait pas quoi dire. *Il ne savait jamais quoi dire*, pensa-t-il. Il se leva et céda la place.

Il resta adossé au meuble à microfiches. *The Crusader*, songea-t-il. *Le soleil se lève en enfer*. On ne fait pas plus *secteur laïque*. Il consulta l'index par fiches, ne trouva mention d'aucune revue appelée *The Crusader*. Il retourna s'adosser.

« Alors, Rudd, dit Mrs. Madison. Tu as trouvé quelque chose ?

— Oui, dit-il.

— Bravo, dit-elle. Il était donc bien à moitié plein, ce verre, on dirait. »

*

Les livres de son père se trouvaient dans un réduit au plafond pentu coincé à la moitié des escaliers du grenier. Ils étaient en piles contre les murs, des cartons çà et là.

Rudd commença à les examiner, tirant les ouvrages religieux des piles, les époussetant, formant un tas près de la porte. Pendant qu'il s'affairait, des particules de poussière tourbillonnaient lentement dans l'air. Sur ses lèvres sa langue ramassait un goût de poussière.

Il descendit plusieurs ouvrages dans sa chambre et les étala sur son lit. *La Doctrine mormone*, notamment, un genre de vade-mecum. Il l'ouvrit, tourna rapidement les pages et s'arrêta à l'entrée *Expiation par le sang* (*Doctrine de l'*).

> (Voir *Expiation de Jésus-Christ, Vocation et Élection sûre, Christ, Chair et sang*.)
>
> Du temps de Joseph Smith à nos jours, des individus pernicieux animés d'intentions malignes ont colporté des récits mensongers et diffamatoires prétendant que l'Église, alors nouvellement formée, pratiquait un rituel de purification par le sang en vertu duquel le sang d'apostats ou autres était versé par elle en manière d'expiation de leurs

fautes. Mensonges que tout cela, et sus tels par leurs premiers propagateurs. L'Histoire n'a retenu aucun exemple d'expiation par le sang qui corresponde en aucune façon à cette pratique dans l'ère qui est la nôtre, non plus qu'aucun événement ou fait d'aucune sorte qui suggérât d'aucune manière que de telles pratiques aient pu exister ni être enseignées.

Plutôt chatouilleux sur le sujet, pensa Rudd. En marge du passage, quelqu'un – son père, sans doute – avait écrit :

Position intenable. Cf. *Les Confessions de John D. Lee* ou simplement la pratique de jurer, sous peine de mort, de ne pas révéler les cérémonies du temple mormon.

Il sauta quelques lignes :

[...] la seule et véritable doctrine de l'expiation par le sang est la suivante :

1. Jésus-Christ a obtenu le pardon universel et éternel des péchés en versant son propre sang. Il est venu sur terre mourir sur la Croix pour le rachat des péchés du monde. En vertu de ce sacrifice expiatoire, l'immortalité échoit en partage à tous les hommes, et tous les fidèles qui observeront ses lois seront de surcroît lavés de tout péché par la grâce de son sang.

2. Mais il existe, en certaines circonstances, de graves péchés auxquels la purification du Christ ne remédie pas, et la loi de Dieu stipule que c'est le sang des hommes qui doit laver de tels péchés. Le meurtre, par exemple, en est un ; ainsi la peine capitale procède-t-elle de la volonté du Seigneur. Ainsi, également, lorsque l'individu a progressé sur le chemin de la

vertu au point que soient assurées ses vocation et élection, s'il est parvenu à ce point où il sait « par révélation et par l'esprit de prophétie, par le pouvoir de la sainte prêtrise » qu'il est scellé pour la vie éternelle (D. & A. 131 : 19-5), puis qu'il obtient le pardon de certains péchés mortels, il doit être « détruit dans la chair » et « livré aux tourments de Satan jusqu'au jour de la rédemption, dit le Seigneur Dieu. » (D. & A. 132 : 19-27).

Le président Joseph Fielding Smith a écrit : « L'homme peut commettre certains péchés graves – selon sa lumière et sa connaissance – qui le mettront hors de portée du sang expiatoire du Christ. S'il veut alors être sauvé, il doit sacrifier sa propre vie à l'expiation de ce péché – pour autant qu'il le puisse –, car le sang du Christ, dans certaines circonstances, est sans effet. » Joseph Smith enseignait qu'il existe des péchés si graves, parmi ceux dont l'homme est susceptible de se rendre coupable, qu'ils placent ceux qui les ont commis au-delà de la puissance rédemptrice du Christ. De telles fautes, le sang du Christ ne les lavera point, même si les coupables se repentent. Ainsi leur seul espoir est que leur sang soit versé pour expier, autant qu'il est possible, en leur nom.

En marge de la dernière phrase, son père avait tracé un astérisque.

Il entendit du bruit dans le couloir, posa le livre ouvert. C'était sa mère. Elle sourit en le découvrant au milieu des volumes étalés.

« Enfin tu trouves ta foi, dit-elle en avançant pour l'étreindre. Tu as rejoint le troupeau. »

*

La fois suivante avec Lael ils ne parlèrent que de cela. Lael affecta l'indifférence au début puis se réchauffa peu à peu. Hooper Young, il avoua n'en avoir jamais entendu parler, en revanche sur cette histoire d'expiation par le sang il savait deux ou trois trucs. Les Lafferty, dit-il à Rudd. Deux frères, il y a quelques années, l'un évêque ou ancien évêque, il ne se souvenait plus, qui avaient sacrifié l'une de leurs femmes, les détails lui échappaient mais il se souvenait que le sacrifice avait eu lieu sur un autel de fortune et qu'ils avaient tranché la gorge pour que le sang coule sur l'autel et le baptise, et on avait parlé de « sacrifice de sang », ça il s'en souvenait, mais ils n'y avait rien eu d'aussi flagrant qu'une publication pour l'annoncer. « Le soleil se lève en enfer ? »

« Les détraqués, c'est pas ce qui manque, ajouta Lael avant de se pencher vers Rudd. Qu'est-ce qu'on sait d'autre sur lui ?

— Pas grand-chose.

— C'est tout, rien de plus ?

— Je n'ai pas eu le temps de regarder.

— Au fait, dit Lael. Qu'est-ce que tu as fait à tes cheveux ? »

Il toucha les mèches qui tombaient encore irrégulières sur son front malgré ses efforts pour les égaliser. Il était étonné que Lael ait remarqué. Peut-être était-il plus attentif qu'il n'y paraissait. Il y songeait encore quand Lael se leva pour enfourcher le scooter. Ils longeaient maintenant le canyon vers la bibliothèque, Lael attaquant nerveusement virages et montées tandis que lui glissait sur le siège et se cramponnait comme il pouvait.

*

Le sujet était beaucoup plus vaste que Rudd ne l'avait pressenti. Le *Times*, Lael le découvrit grâce à un guide conseillé par la bibliothécaire, avait couvert l'affaire avec un luxe de détails, de l'identification de Hooper Young à son arrestation et jusqu'au procès, presque cinq mois plus tard.

Il éplucha les archives sur microfilms, parcourant les articles avec Lael qui lisait par-dessus son épaule. Il mettrait des mois à penser tout ceci clairement. La première lecture fut un déluge d'informations brutes, et c'est la tête toute bourdonnante de noms de personnes et de lieux qu'il quitta la bibliothèque. Il ne parvint jamais à tout mettre en forme aussi clairement qu'il l'aurait voulu, mais les choses finirent tout de même par se décanter et prendre forme.

Le 19 septembre 1902, on avait retrouvé un cadavre de femme dans un canal quelque part entre New York et Jersey City, nu dans la boue. Une sangle de cuir lui enserrait la taille, nouée dans son dos et lestée par un poids d'attelage, de confection singulière. Le crâne était fracturé en deux endroits : juste au-dessus de l'œil droit et six ou sept centimètres au-dessus de la tempe gauche. Une entaille franche d'une quinzaine de centimètres partait de la hanche gauche pour fendre le ventre en diagonale.

L'autopsie avait attribué le décès à cette entaille, qui pourtant n'avait mutilé aucun organe ni provoqué d'hémorragie interne. « L'incision a été pratiquée soit à l'aide d'un couteau à lame émoussée et irrégulière, soit à l'aide d'un couteau manié d'une main nerveuse. » Les coups à la tête – l'absence d'hémorragie cérébrale en attestait – avaient sans doute « été portés par un homme de force modérée, avec le poing ou un sac de sable, en tout cas pas avec une arme dure ni émoussée ».

À marée haute le canal était rempli et le corps immergé, mais à marée basse il n'y avait guère qu'une quinzaine de centimètres d'eau. L'assassin connaissait mal le lieu, apparemment, ou alors il était tellement pressé qu'il avait commis une imprudence. Le corps avait été repéré à une heure de l'après-midi par le machiniste d'un tramway, lequel avait prévenu le superviseur d'un pont basculant non loin, lequel avait prévenu la police.

Selon le premier rapport, il ne faisait aucun doute qu'il avait fallu deux hommes pour se débarrasser du corps, « sinon commettre le méfait ». Un pontier fit état d'un fiacre passé à onze heures du soir la veille de la découverte du corps – ce qui était tout à fait inhabituel –, conduit par deux hommes « jeunes et assez élégamment vêtus » qui avaient gardé la tête tournée quand il les avait arrêtés et éclairés de sa lanterne. Les rideaux tirés de la voiture ne laissaient rien voir. Le fiacre avait franchi le pont et pris la route longeant le canal dans lequel on avait trouvé le corps, mais aucun autre pontier ne se rappelait l'avoir vu ressortir.

Le corps était celui d'une Mrs. Anna Pulitzer, l'épouse d'un certain Joseph Pulitzer, tailleur. Le mari, en apprenant la découverte du cadavre par les journaux du matin, avait appelé la police pour demander à le voir. Il avait tout de suite identifié celle qui était son épouse depuis cinq ans. En homme soucieux de ses devoirs civiques, Pulitzer était contrôleur électoral le jour présumé du meurtre. Il avait regagné son domicile peu avant onze heures du soir. « Son épouse, qui était encore debout, voulut sortir acheter des fruits. Elle avait ôté toutes ses bagues à l'exception de son alliance avant de sortir. Il ne devait plus la revoir vivante. » Elle avait été vue pour la dernière fois à minuit moins vingt dans une boulangerie où elle avait acheté des petits pains. L'identification du corps effectuée, Pulitzer s'était retrouvé derrière les barreaux le temps qu'on enquête et vérifie, dans la mesure du possible, son témoignage.

Le journal du lendemain annonçait : « L'assassin de Mrs. Anna Pulitzer a été identifié », et précisait qu'il s'agissait de « William Hooper Young, petit-fils du chef mormon Brigham Young ». On décrivait un individu « ombrageux à l'extrême, au teint cireux, à l'allure efflanquée et aux sourcils broussailleux faisant saillie au-dessus de petits yeux noirs ». Il avait entre trente et trente-cinq ans, pesait un peu moins de soixante kilos. Il avait travaillé pour des journaux des deux côtes, y avait acquis une « réputation d'irresponsable et de débauché ». On le disait « mi-aventurier, mi-journaliste ». Son père était le financier John W. Young. L'un de ses collègues du *Weekly Crusader*, un certain Anzer, l'avait entendu parler de ramener à telle écurie le cheval et la voiture qu'il avait loués. Anzer, qui avait eu vent du meurtre par les journaux, jugea l'information digne d'être transmise à la police. Cette dernière retrouva le garçon d'écurie, qui identifia formellement Young comme l'homme qui avait pris la voiture et l'avait rendue sans poids d'attelage ni courroie. Au domicile du père de Young, que celui-ci occupait le temps d'un séjour en Europe de celui-là, les policiers découvrirent les « preuves d'un homicide abject entre tous » :

> Dans la première pièce de l'appartement, on a trouvé des draps ensanglantés, des flaques de sang à l'intérieur d'une penderie, et un grand couteau. Selon le capitaine Schmittberger, les malfaiteurs auraient administré un sédatif à la victime pour l'amener jusqu'à l'endroit du meurtre et comptaient ensuite se débarrasser du corps coupé en

morceaux. Le sang sous l'évier de la cuisine et dans la penderie de la chambre laisse supposer que le corps a été dissimulé ici ou là.

Deux jours auparavant, Young était sorti chargé d'une malle que le coursier l'avait aidé à hisser dans la voiture de location. Le lendemain on avait ramené la malle qui avait ensuite été expédiée, toujours suivant les dires du coursier, à Chicago.

Mais le *Times*, s'il ne doutait pas de la culpabilité de Young, soulignait dans le même article certains détails semblant impliquer quelqu'un d'autre, un monsieur dont on ignorait l'identité, qu'on disait « très corpulent » et qui s'était rendu chez Mrs. Pulitzer l'après-midi de sa disparition, et s'était rué dans l'escalier en affirmant : « Elle m'attend. » On le décrivait comme « un homme rasé de près, très massif, brun, et plutôt israélite ou germanique d'aspect », avec, pendant à son gilet, une « grosse chaîne de montre et un coupe-cigare, tous deux en or ».

Le dimanche 21 septembre, on promettait que l'arrestation de Young n'était plus qu'« une question d'heures » – et s'il n'avait pas encore été appréhendé, pensaient les policiers, c'était qu'il jouissait de la protection des mormons ; en effet, d'après le capitaine de la police de New York :

> Notre ville abritait autrefois une société secrète mormone. Je suis convaincu qu'elle existe encore. Démantelée jadis par le Bureau des services secrets des États-Unis, elle est parvenue à survivre clandestinement, j'en suis persuadé. Les membres de son ancienne Église ont beau traiter Young d'apostat et de scélérat, ils demeurent néanmoins solidaires de lui. Puisqu'il a été sanctifié, il doit être protégé.

La malle expédiée par Young, une fois arrivée à bon port, fut interceptée par la police de Chicago, qui envoya un rapport indiquant qu'elle contenait « une robe, des sous-vêtements, un chapeau et des souliers de femme, des vêtements d'homme, un poignard, le tout souillé de sang » et « près de cent lettres adressées à William Hooper Young ». Les effets féminins étaient brodés au nom ou aux initiales de Mrs. Anna Pulitzer.

La malle contenait en outre « un carnet où figurait le nom de William Hooper Young ». Sur la première page d'un autre carnet trouvé dans l'appartement du père de Young on pouvait lire les mots « expiation par le sang », suivis de cinq ou six références bibliques qui, après enquête, semblaient renvoyer à la doctrine mormone du même nom.

Le chef de la communauté mormone locale réfuta l'existence même de l'expiation par le sang, assurant qu'on ne trouvait « rien de cette nature dans la foi ». Il « réfuta catégoriquement qu'existât aucune doctrine de l'Église mormone exigeant de verser le sang en expiation d'aucun péché. Il ajouta que, parmi le système de l'Église, rien ne pouvait ne fût-ce que suggérer à un individu, sain d'esprit ou dément, que le meurtre d'une femme rachèterait ses péchés. »

« Mon père, dit Rudd, enfin, notre père, a écrit que ça existait.

— Que quoi existait ?

— Tu n'es pas là ou quoi ? dit Rudd en montrant l'intertitre : "L'expiation par le sang démentie".

— Pourquoi je serais là ?

— "Hooper Young a pu débattre de l'expiation par le sang, c'est possible. Il errait en bien d'autres matières. Mais cette idée n'est pas ce qui l'a poussé à ce crime terrible", lut Rudd.

Lael haussa les épaules.

« Rien à ajouter ? demanda Rudd.

— Un mormon qui parle au nom de l'Église mormone, que veux-tu qu'il dise ? Oui, effectivement, nous tuons des gens ? »

La police et les journalistes affirmaient maintenant comme une certitude que Young était l'assassin. Alors que tout le monde était convaincu, quelques jours plus tôt, qu'il avait fallu deux hommes pour se débarrasser du corps et peut-être même commettre le meurtre, on tenait maintenant Young pour le seul et unique bourreau.

Le capitaine de la police reçut en outre une lettre signée « H. Young » où il annonçait son intention de se suicider :

> Vous perdez votre temps ; mis fin à mes jours.
> H. Young

La lettre était écrite sur un mauvais bout de papier « renfermé dans une petite enveloppe du type utilisé pour les cartes de visite ». Le capitaine eut beau y voir « l'œuvre d'un "plaisantin" », il convoqua des graphologues pour comparer l'écriture avec celle de Hooper Young.

> Nouveau coup de théâtre hier : la découverte par le capitaine Titus d'un meurtre présentant plusieurs points communs avec celui-ci, commis à Salt Lake City, dans l'Utah, en 1893.
>
> « Un Français y a été assassiné cette année-là, a-t-il déclaré. Or ce Mr. Young résidait alors à Salt Lake City. Le corps du Français est longtemps demeuré introuvable, de même que son meurtrier. Ce n'est que bien plus tard qu'on a retrouvé le cadavre, dans une malle expédiée à Chicago.

« Je ne dis pas que Young a commis ce meurtre ; en revanche, il est très plausible qu'il lui ait fait forte impression. Bien sûr les deux affaires ne sont pas identiques, mais elles sont proches. Dans les deux cas, on trouve une malle expédiée à Chicago, et ces deux malles renfermaient des preuves que le meurtrier essayait de dissimuler. »

« Pourquoi Chicago ? » demanda Rudd.

Lael parcourut le paragraphe que Rudd lui désignait, haussa les épaules. « Un copieur. Sauf si le Français aussi, c'était lui.

— Tu crois que c'était lui ?

— C'est plus intéressant si ça ne l'est pas. Imagine si le premier meurtre lui a mis dans la tête que quand on tue quelqu'un il faut expédier le cadavre à Chicago.

— Tu crois qu'il était fou ?

— Pas fou, dit Lael. Possédé, peut-être.

— Tu crois à ces trucs-là ? Tu vas voir un film sur un tueur en série et tu te mets à tuer en série ? »

Lael haussa les épaules. « Évidemment que oui, pourvu qu'on le veuille. Il y a des gens qui n'attendent que le bon prétexte. »

Le « détective révéla qu'il avait trouvé dans l'appartement de Young des lettres prouvant qu'il s'agissait d'un homme à la morale pervertie ». En outre, « il avait une démarche très particulière, comme s'il souffrait de quelque infirmité, et je ne doute pas que ce trait seul suffirait à quiconque ayant croisé son chemin pour l'identifier entre mille ». Certains résidents de l'immeuble de son père dressèrent le portrait d'un « drogué », d'un « vagabond qui montait tout le temps sur le toit et se comportait bizarrement. Quand il s'y faisait surprendre, il se tapissait derrière les cheminées ». « Il ne pouvait pas se passer de cigarettes. » « C'était un orateur brillant. » «… ahuri. » « C'était l'homme le plus séduisant qu'on puisse imaginer. Il avait reçu une bonne éducation, était d'une probité rare et semblait droit dans ses bottes. » « Il était discret et n'avait rien d'un déviant. »

Le lundi 22 septembre, après une échauffourée à Derby, dans le Connecticut, on avait arrêté un homme déguisé en vagabond qui correspondait au signalement de Hooper Young. L'individu avait refusé de décliner ses identité et adresse. Son visage ressemblait à celui de Young. Quand on l'eut arrêté, on s'aperçut que ses vêtements, s'ils avaient l'air de guenilles, étaient neufs. On lui trouva « un air de distinction en contradiction avec son accoutrement ». « L'individu est dans un état d'anxiété proche de l'effondrement nerveux et manifeste une agitation tout à fait excessive. » Les agents qui procédèrent à l'arrestation croyaient que Young avait une dent en or, mais ils trouvèrent à la place « un trou dans la gencive correspondant à une dent arrachée très récemment ». Dans le même article, le capitaine Titus démentait formellement « toute mention d'une dent en or » dans le signalement de la police. « Young n'a pas de dent en or. » L'individu avait les poches remplies de poivre rouge. Un sachet de poivre rouge, apprit-on, avait été trouvé dans la malle de Chicago.

À mesure que l'emploi du temps de Young après le meurtre s'étoffait, le mobile du crime gagnait en complexité aux yeux du capitaine Titus :

> « Voici ce que nous savons. Après avoir acheté les vêtements qu'il portait lorsqu'il a loué la voiture à Hoboken, il a dû avoir d'autres dépenses, dont la somme donnée au garçon d'écurie. Tandis

qu'il mettait les bijoux en gage et se procurait le buggy, le corps de sa victime gisait ensanglanté dans la penderie de sa chambre. Tous ceux qui ont eu affaire à lui alors qu'il prenait ses dispositions pour se débarrasser du corps ont remarqué son calme et son sang-froid. Un homme capable de vaquer à ses occupations sans le moindre émoi tandis que chez lui sa victime baigne dans son sang est un criminel endurci qui agit de façon délibérée. »

LE CRIME ÉTAIT DÉLIBÉRÉ

Selon le capitaine, l'appât du gain entrait dans le mobile du crime, mais Young n'en avait pas moins tué de manière délibérée.

« Je soutiens, a-t-il déclaré, que si le vol avait été le seul motif, Young aurait tout à fait pu se contenter d'assommer sa victime. En la transportant chez lui, il savait qu'au larcin il devrait ajouter le meurtre… »

Joseph Pulitzer déclara qu'il était absolument certain, bien qu'il ne l'eût pas mentionné dans ses premières dépositions, que sa femme, quelques heures avant de disparaître, avait été abordée par un homme qui ressemblait à Young et lui avait proposé de visiter son appartement. On ignorait comment Pulitzer était au courant de ceci et pourquoi cela ne l'avait pas alarmé.

Plus déterminant, d'après les parents de Mrs. Pulitzer celle-ci connaissait Young depuis neuf ans. On alla jusqu'à laisser entendre qu'elle l'avait suivi dans le nord jusqu'à Jersey City, puis New York.

L'homme aux habits de vagabond nia d'abord être Hooper Young et prétendit se nommer Bert Edwards, jusqu'à ce que la police le confronte avec un moniteur de culture physique qui connaissait Young, un certain Mac Levy :

« Salut Hooper ! »

Il n'y eut pas de réponse. Young posa lentement les yeux sur celui qui l'avait apostrophé et le toisa sans laisser paraître qu'il le reconnaissait. Feindre l'indifférence sembla ne lui coûter aucun effort. Un long silence s'ensuivit. Enfin, croyant satisfaire les attentes des enquêteurs, il répondit :

« J'ignore qui vous êtes.

— Bien sûr que vous savez qui je suis », dit Levy en posant la main sur l'épaule de son ancien ami.

Young, sans le moindre signe d'émotion, rétorqua :

« J'espère que l'identification que vous faites procède d'une conviction absolue. C'est un crime terrible que celui dont on m'accuse. »

Puis, les agents ordonnèrent au prisonnier de se dévêtir afin que Levy puisse l'identifier avec plus de certitude… C'est alors que l'homme admit enfin qu'il était William Hooper Young.

Lorsqu'on lui demanda s'il était coupable, Young répondit par un sibyllin « oui et non » et « insinua qu'il avait eu un complice », bien qu'à ce stade il refusât de le nommer ni de reconnaître explicitement sa propre culpabilité. Il refusa de rendre compte de ses faits et gestes depuis qu'il avait quitté l'appartement après le meurtre, et ne fut guère plus coopératif quand la police lui demanda où il se trouvait pendant que le corps de la femme gisait dans sa chambre.

Une fois Young arrêté, on put divulguer au public le contenu exhaustif de la malle expédiée à Chicago.

> Lorsqu'on leva le couvercle, la première chose visible fut un stylet en forme d'épée avec une lame de près de dix centimètres et un manche en ivoire. La lame était maculée de sang.
>
> Dans un sac en papier près du couteau, un assortiment de six pâtisseries, celles-là mêmes dont la victime avait fait l'achat dans la boulangerie à l'angle de 7th Avenue et de 47th Street dix minutes après avoir quitté son mari mardi soir dernier, et quelques minutes avant de se rendre, de gré ou de force, là où la mort l'attendait. Son dentier apparut, auquel manquait une dent, puis en dessous, raidis par le sang, ses jupons et sous-vêtements. Un postiche et une paire de gants étaient coincés entre les autres objets. Les parois de la malle étaient zébrées de sang. Il y avait une grosse tache dans un coin.
>
> En plus des effets déjà mentionnés, on retrouva dans la malle les draps qui avaient disparu de l'appartement de Young [...] trois paires de vieux souliers pour messieurs, le pantalon, le manteau, le gilet et le tricot de corps de Young [...] du poivre rouge, une épingle à cheveux, une épingle de sûreté tordue [...] Certains des vêtements étaient déchirés. Enfin, on relevait des taches sur les habits masculins ainsi que sur un peigne cassé et un carnet tout au fond de la malle.

Le père de Young câbla de Paris pour exhorter son fils à coopérer, lui promettant assistance s'il obtempérait. Il engagea un avocat, William F. S. Hart, qui exprima l'opinion que Young, s'il était coupable, « était sans doute aliéné. Toutefois il ne le croyait pas coupable »...

Un quotidien de Portland, où Young avait résidé un temps, déclara qu'il « donnait l'impression d'être très influençable ; à en croire ses amis, la moindre promesse de gratification suffisait à l'entraîner dans n'importe quoi. Il était très studieux et ne se séparait jamais de sa Bible. Il était féru de débats théologiques et, quand il n'était pas au travail, on était sûr de le trouver plongé dans les Écritures. » Le chef de la police de Seattle envoya un télégramme à New York signalant que Young était recherché dans le cadre de deux affaires de faux.

*

Rudd commençait à avoir mal aux yeux. Il se leva, s'étira, se dirigea vers la porte. Lael poursuivit sa lecture sans lui prêter attention. Rudd sortit de la salle de lecture, trouva une fontaine à eau. Il garda le doigt sur le bouton, laissant l'eau jaillir, attendant qu'elle soit froide.

À son retour, Lael avait pris son siège. Il était passé au jour et à l'article suivants. Rudd s'assit derrière lui et lut par-dessus son épaule, plissant de temps en temps les yeux pour déchiffrer.

Young affirme qu'un autre
a porté le coup fatal
Il jure avoir tenté de ranimer
Mrs. Pulitzer après le crime

« Il y a quelque trois semaines j'ai rencontré à Central Park un homme du nom de Charles Elling. C'est lui qui m'a abordé. Nous avons conversé et lié connaissance, bien que cet homme fût un dépravé. Après cela il m'a rendu plusieurs visites à mon domicile. Le soir du décès de Mrs. Pulitzer, Elling et moi l'avions retrouvée à l'angle de Broadway et de 47th Street comme j'en étais convenu avec elle. Nous sommes rentrés ensemble à l'appartement. Je suis ensuite ressorti acheter du whisky, laissant Elling seul avec elle. À mon retour j'ai trouvé Mrs. Pulitzer bâillonnée en travers du lit. Elling avait disparu.

« J'ai arraché ses vêtements et levé ses bras au-dessus de sa tête, à plusieurs reprises, pour relancer la respiration, en vain. J'ai alors passé une main sous sa taille pour sentir son cœur. Il ne battait plus. J'ai décidé d'avertir la police mais, plutôt que de téléphoner, j'ai jugé préférable de me rendre au commissariat général, que je situais à City Hall. J'ai donc entrepris de descendre vers le sud, mais chemin faisant j'ai réfléchi à quel opprobre cette affaire jetterait sur mon père et moi. C'est alors que j'ai pris le parti de me débarrasser du corps.

« Je me suis muni d'un long couteau avec lequel je l'ai entamé, dans l'intention de le découper pour le faire entrer dans une malle, mais après la première entaille le courage m'a manqué et je n'ai pas pu continuer… »

Les circonstances du meurtre de Mrs. Pulitzer ne sont donc pas entièrement éclaircies, comme la police pensait qu'elles le seraient sitôt Young arrêté. Le détenu a déclaré ne pas se souvenir de ce qu'il avait fait depuis son départ de New York. Il n'a pas non plus expliqué les blessures à la tête et au visage de la victime.

Le capitaine Schmittberger eut à cœur de souligner les similitudes entre le meurtre d'Anna Pulitzer et celui de Kate Feeley, survenu à New York en 1900. Feeley avait disparu après avoir parlé à un individu qui ressemblait à Young. Les morceaux de son cadavre démembré avaient été dispersés dans toute la ville, mais on n'avait jamais retrouvé la tête. Pour

Schmittberger, l'intention qu'avait avouée Young de démembrer le corps liait les deux meurtres.

Le prisonnier Young manifesta « une curiosité assidue pour les articles couvrant le meurtre ». La police rechercha en vain quelqu'un qui correspondrait au signalement d'Elling. Elle maintenait que cette personne n'existait pas. Un homme répondant à ce signalement s'était présenté à l'hôpital de Harlem après avoir ingéré de l'acide muriatique. Il avait donné le nom de Charles Garnett et laissé entendre qu'il venait de Bridgeport, la ville du Connecticut dont Young disait Elling originaire.

> « Je veux mourir, annonça Garnett en arrivant à l'hôpital.
>
> — Qu'avez-vous fait ? demanda un chirurgien.
>
> — Je sais ce que j'ai fait, répondit-il, et je veux mourir. »
>
> Il refusa de se présenter plus en détail. Plus tard, quand on lui annonça qu'il était condamné, il répondit : « Très bien. » Puis on lui demanda s'il venait de Bridgeport.
>
> « Si je vous disais d'où je viens, répondit-il, vous me feriez pendre. »

Malgré tout, la police maintenait que 1) Elling n'existait pas et que 2) même s'il existait, ce n'était certainement pas Garnett.

On trouva le marchand qui avait vendu la malle et il en résulta quelques complications. Le commerçant était catégorique : Young n'avait pas de moustache, alors que de nombreux témoins l'avaient vu moustachu le jour de la transaction, la veille et le lendemain. « Il n'avait pas de moustache mais il ressemblait aux photos de Young. » D'aucuns en conclurent que Young avait bel et bien eu un complice.

En octobre 1902, un jury populaire déclara que « les preuves soumises permettent d'établir qu'elle a été assassinée par William Hooper Young ». Sept jours plus tard, celui-ci était inculpé de meurtre avec préméditation. Les journaux se désintéressèrent ensuite de son cas pendant plus de trois mois, jusqu'en février, alors que la date du procès approchait et que le procureur général imputait à l'Église mormone la disparition de plusieurs témoins à charge. Le 4 février, on trouvait le premier article sur lequel Rudd était tombé. Il le relut en entier, suivit les yeux de Lael dans leur va-et-vient, puis avança d'un jour.

Young, incapable de faire face au procès, avait réussi à le différer d'un jour et voulait encore repousser l'échéance. Hart, son avocat, implora un report « en raison de la santé de son client, trop délabrée pour supporter les rigueurs d'un procès ». On sollicita du légiste un avis médical, et après avoir examiné l'accusé il le déclara trop souffrant pour quitter sa cellule. Le juge Herrick, après avoir recueilli l'expertise d'un autre médecin, ordonna à Young de se présenter devant le tribunal.

> Young fut littéralement traîné devant ses juges par deux shérifs adjoints. Il est apparu dans un état de grande faiblesse physique, paraissant vingt ans de plus que lors de son arrestation en septembre dernier. Sa pâleur morbide contrastait violemment avec la barbe noire et hirsute qu'il s'est laissée pousser en prison. N'était l'éclat de ses yeux marron, son visage aurait pu passer pour un masque mortuaire. Il ne portait pas de col, son linge et ses habits étaient dans un triste état. Quand on le conduisit à la table de ses avocats, il fut pris d'un malaise et s'effondra face la première.

Le juge, après l'avoir fait examiner par huit autres médecins, ordonna la tenue du procès. Au début, Young « exhiba diverses postures d'accablement, laissant parfois sa tête baller de-ci de-là. Mais, dès qu'on entra dans le vif du sujet, les forces lui revinrent et il sembla s'intéresser à son sort... Il examina les talismans produits tour à tour avec le plus grand soin et regarda, comme fasciné, chacun des jurés prêter serment ».

Le lendemain, son allure s'était encore améliorée. « Ses cheveux étaient coiffés, sa barbe taillée, il portait un col. Mais il continuait à donner tous les signes d'une grande faiblesse » et « Au cours de l'audience de l'après-midi il pleura ».

Mais s'il paraissait soigné, c'était que trois gardiens de la prison avaient uni leurs forces pour le vêtir. Car à leur arrivée, « ils le trouvèrent qui se traînait sur le sol de sa cellule », à la recherche d'une patte de lapin.

Le lendemain de ce jour, il s'était retranché dans « une attitude d'abattement maussade [...] la tête posée sur la table devant lui et le visage enfoui dans les mains ».

Le 10 février, à peine six jours après le début du procès, ce fut la fin.

YOUNG PASSE AUX AVEUX

Il reconnaît le meurtre sans préméditation
et reçoit la perpétuité

La défense, suivant le conseil de Son Honneur
le juge Herrick, plaide coupable –
l'accusé est dément aux yeux de la médecine,
pas aux yeux de la justice

William Hooper Young, qui comparaissait devant le juge Herrick de la Cour suprême pour le meurtre de Mrs. Anna Pulitzer, a plaidé coupable, hier, de meurtre sans préméditation [...]

Quand Young s'est présenté devant la cour hier matin, on eût dit un autre homme. Pour la première fois il alla sans assistance jusqu'à la table de ses avocats, tira lui-même sa chaise pour s'asseoir. Il avait le regard clair, la tête haute et l'allure d'un homme allégé d'un lourd fardeau. Tous furent étonnés de cette métamorphose [...]

Les conciliabules s'apaisèrent, puis l'officier Penny appela l'accusé à la barre. Un bref silence suivit son entrée, puis le juge Herrick lui ordonna de se lever.

« Young, commença le juge, j'apprends que vous souhaitez revenir sur vos déclarations antérieures et plaider coupable de meurtre sans préméditation ? »

Young se leva, serrant à deux mains la barre devant lui. Il paraissait calme, serein. Poussé par Me Hart, il prononça quelques syllabes que le juge interpréta comme un assentiment.

« Souhaitez-vous que votre peine soit fixée dans l'instant ? » lui demanda-t-il.

« Vous vous êtes rendu coupable d'un crime dont on ne saurait concevoir la barbarie, poursuivit le juge Herrick. Vous connaissez la sanction prévue par la loi. La cour vous condamne à être emprisonné dans un pénitencier d'État et soumis aux travaux forcés jusqu'à la fin de vos jours. »

Young retomba sur son siège. Le soulagement se lisait sur ses traits. On l'emmena sans tarder, et dès que les portes se furent refermées sur lui, Son Honneur le juge Herrick se tourna vers le jury.

« Messieurs, leur dit-il, il convient que vous sachiez que la cour a conseillé à la défense de plaider coupable, et au procureur général de se satisfaire d'un verdict de meurtre sans préméditation. L'état de santé de l'accusé nous a convaincus d'agir de la sorte. Vous savez que cet homme a reçu et reçoit des soins. Les experts l'ont déclaré sain d'esprit aux yeux de la justice, mais aliéné aux yeux de la médecine. Cela signifie qu'il peut distinguer le bien du mal et, partant, doit être tenu pour responsable de ses actes. Mais comme l'on m'a précisé que sa maladie mentale est de nature dégénérative, il devient trop ardu de déterminer à quel moment les deux se rejoignent et se confondent. »

VII

Elling, c'était le nom qu'avait donné Hooper Young à son complice. Pour Lael, cet Elling avait bel et bien existé, en tout cas c'était ce qu'il affirmait à Rudd qui refusait de se laisser convaincre : Elling était une invention, une excuse – il y avait Hooper Young, point.

« S'il avait existé on l'aurait retrouvé, dit Rudd.

— Il leur a fallu un coup de chance pour mettre la main sur Young. En plus, du moment qu'ils en tenaient un, impliqué à coup sûr, tu les vois dire aux journalistes qu'il y en avait un deuxième, mais encore dans la nature ? Ça n'aurait servi qu'à créer des complications.

— Hooper Young essayait de se dédouaner de…

— Il essayait de partager la responsabilité avec son complice. Les gens n'agissent jamais seuls. Ils entraînent toujours quelqu'un d'autre avec eux.

— Tu n'as pas de preuve…

— Toi non plus.

— J'ai le procureur général.

— J'ai Hooper Young.

— Il n'est pas objectif.

— Le procureur non plus. Et ils ne sont pas seulement partiaux, ils sont morts. »

Ils s'étaient rarement disputés auparavant, puisque Rudd cédait systématiquement, mais cette fois, bizarrement, il rechignait à plier. Quand il y repensa avec le recul, il fut incapable de comprendre pourquoi il lui avait paru si important d'affirmer que Young avait agi seul. Même quand Lael annonça, dix jours après leur séance de lecture, qu'en consultant les archives généalogiques sur microfilms de la bibliothèque de l'église il avait trouvé un Charles Elling, né dans le Connecticut en 1840, excommunié en 1898, sans date de décès enregistrée, Rudd persista dans son incrédulité.

« Ton Elling aurait eu soixante-trois ans au moment du meurtre.

— Ça n'empêche rien. »

Mais Rudd refusait de se rendre aux arguments de Lael. Il n'imaginait pas Hooper Young se laisser accoster dans le parc par un dépravé sexagénaire pour, faisant fi de la différence d'âge et de la différence (présumée du moins) d'orientation sexuelle, se lier d'amitié avec lui. Il doutait qu'un sexagénaire catarrheux aux mains noueuses semées de taches pût frapper le crâne d'Anna Pulitzer avec assez de violence pour la tuer.

« Soixante-trois ans, ce n'est pas si vieux, dit Lael. Et le journal dit bien que les coups n'étaient pas puissants.

— Si, c'est vieux.

— Ça dépend pour qui, dit Lael. Reconnais au moins que ce n'est pas impossible. »

Mais Rudd ne pouvait s'y résoudre, et moins il le pouvait, plus Lael semblait avoir à cœur de l'y forcer. Lael s'approchait de Rudd, pas à pas, en le fixant droit dans les yeux, jusqu'à ce qu'il finisse par baisser les siens.

« Tu finiras bien par l'admettre, dit Lael. Tôt ou tard. C'est toujours comme ça. »

*

Il s'attela à la rédaction de son devoir sans écouter Lael qui lui conseillait d'y renoncer, affirmant qu'il commettait une erreur et que Mrs. Madison y lirait quelque chose de lui.

« Qu'est-ce que je risque ? demanda Rudd. Elle peut y lire tout ce qu'elle veut : je n'y suis pas. »

Son comportement à son égard changerait, prédit Lael, elle lui demanderait comment ça allait à la maison, le regarderait de travers. Au final, lui-même en serait changé.

« Tu ne la connais même pas », dit Rudd.

Lael secoua la tête. Il en savait assez, dit-il. Il savait comment étaient les gens.

Rudd ne l'écouta pas, rédigea son brouillon. Il voulait prouver à Mrs. Madison que son verre était à moitié plein. Rien de sorcier, un bête compte rendu de recherche, il suffisait de développer un sujet, formuler quelques questions, laisser les mots s'agréger. Il n'avait même pas besoin de livrer ses conclusions sur quoi que ce soit, seulement de résumer et, dans une certaine mesure, d'interpréter. Il fallait juste montrer qu'il était capable de mener à bien une recherche.

La mise au point du résumé lui prit deux ou trois heures. Tout ce temps, il eut l'impression de laisser filer, bizarrement, ce qui avait été si clair à son esprit à la lecture des articles.

Le destin sanguinaire de William Hooper Young
par Rudd Theurer

Comme époque j'ai choisi les années 1900 et plus précisément l'année 1903 mais une partie des événements s'est déroulée en 1902. Le plus important, en fait (le meurtre). Ma culture est le mormonisme (SDJ), donc j'ai décidé de faire ma recherche en rapport avec l'Église des saints des derniers jours (mormone). Comme endroit j'ai choisi New York car c'est une ville avec un fort symbolisme. Comme héros je n'ai choisi personne car je n'en ai pas (de héros). Je laisse ça aux autres. Je ne veux pas que vous pensiez que William Hooper Young est mon héros parce que ce n'est pas le cas.

En 1902 William Hooper Young prit part au meurtre d'une femme du nom d'Anna Pulitzer et jeta son cadavre dans un canal de drainage. Le corps était « nu et gisait dans la boue ». J'écris « prit part » exprès : d'aucuns pensent qu'il aurait peut-être été aidé par un homme appelé Charles Elling. Je ne crois pas à l'existence de Charles Elling. La police de New York non plus n'y croyait pas (c'est à New York que le meurtre a eu lieu, même si le corps a été retrouvé dans le New Jersey). On trouve toute l'histoire dans le *New York Times*, entre 1902 et 1903. Voilà pour ma source. (Mrs. Madison : s'il vous faut les dates et les pages pour le brouillon aussi dites-le-moi. Sinon je les garderai pour le vrai devoir.)

Avec le corps il y avait un poids d'attelage, quelque chose qui servait pour les fiacres tirés par des chevaux. Il était « *de confection singulière* ». Le corps avait le crâne défoncé et une entaille à la hauteur de la taille. La lanière du poids d'attelage était enroulée autour de la taille. La police a commencé par faire le tour des loueurs de chevaux pour voir si quelqu'un avait ramené un cheval sans son poids d'attelage si « singulier ». C'est comme ça qu'ils ont trouvé le coupable. Ce coupable était William Hooper Young. Il préférait qu'on l'appelle Hooper Young. On a fouillé son appartement et trouvé des draps ensanglantés ainsi que des flaques de sang dans une penderie. Young a expédié les vêtements d'Anna Pulitzer à Chicago avec un couteau souillé de sang et encore d'autres trucs, certains ensanglantés, d'autres non.

Hooper Young savait que la police était à ses trousses, alors il s'est caché dans le Connecticut, déguisé en vagabond. Il s'est enivré et a rempli ses poches de poivre rouge, qu'il prévoyait de jeter dans les yeux des policiers si jamais ils l'arrêtaient un jour. Mais il n'en a pas eu l'occasion. Quand les policiers l'ont arrêté, il a fait semblant de ne pas être Hooper Young. Même quand des gens qu'il connaissait ont dit que c'était bien lui, il a fait semblant que non, mais finalement il a reconnu que oui.

Au tribunal, il n'arrêtait pas de craquer. On a dit qu'il était fou, mais pas fou au sens légal. Personne ne savait quoi penser. Il a accepté de plaider coupable pour échapper à la peine de mort. On ignore ce qu'il est devenu après son incarcération.

Il relut, fit quelques corrections.

« Qu'est-ce que tu écris ? s'enquit sa mère.

— Rien, dit-il. Ça ne va pas t'intéresser.

— Allez, mon grand, dit-elle. Tu pourrais me faire partager un peu de ta vie, ça ne te tuerait pas, tu sais. »

Il se leva et, en proie à une grande agitation, se mit à arpenter sa chambre, les deux feuilles volantes serrées contre sa poitrine côté texte. Sa mère s'attarda dans l'encadrement de la porte, s'appuyant légèrement contre le chambranle.

« C'est un devoir, dit-il, un devoir pour l'école. Tu es contente ?

— Tu vois, ce n'était pas si difficile. Tu me le montres ?

— Tu veux dire "s'il me plaît" ? » dit-il en se précipitant dans le couloir.

Le temps lui manqua pour recopier et il dut rendre les feuilles toutes chiffonnées, les lissant tant bien que mal sur l'arête de son bureau. Quand il eut fini, elles frisottaient un peu. Mrs. Madison sourit en les prenant.

Mais le lendemain au début du cours, elle lui demanda s'il pouvait venir la voir à la sonnerie. Elle voulait lui parler de quelque chose.

« Mais j'ai atelier menuiserie, dit-il. Avec Rotkin. Pas moyen d'être en retard.

— Il n'y en aura pas pour longtemps », insista-t-elle.

Il n'écouta rien de l'heure. Elle parlait de la prochaine étape du compte rendu de recherche, semblait-il. Maintenant qu'on avait un résumé, il était temps de réfléchir à une argumentation. Qu'est-ce qu'une argumentation ? demanda-t-elle. Une *argumentation*, c'est quand on *argumente* pour ou contre quelque chose. *Logique circulaire*, pensa-t-il, mais alors même qu'il le pensait elle avait commencé à reformuler : Une argumentation, c'est quand on est pour ou contre quelque chose.

Pour ou contre quoi je suis ? se demanda Rudd. *Qu'est-ce qui fait naître en moi des sentiments intenses ?* Rien, en fait, ou si peu. À l'égard de sa mère il éprouvait des sentiments intenses, mais éprouver est une chose, savoir ce qu'on éprouve en est une autre. Qualifier des sentiments d'intenses renseignait peu sur leur nature. De sa mère, il ne pouvait dire ni qu'il l'aimait ni qu'il la haïssait, ses sentiments étaient bien trop embrouillés pour être réduits à quelque chose d'aussi clair. *Mais ce doit être vrai*, essaya-t-il de se convaincre, *de tout ce qui compte vraiment*.

À la sonnerie, il ramassa son sac pour partir, puis se souvint et attendit près de la porte, agité, engoncé dans son corps, incapable de trouver la bonne posture.

Il tenta le sac à dos à l'épaule, puis à la main, le laissant pendre près de la taille. Mrs. Madison parlait avec Jenny Kindt dont elle essayait visiblement de se débarrasser.

Je lui donne jusqu'à dix, se dit-il, *après je m'en vais.*

Mais quand il eut finit de compter, il transféra son poids d'une jambe sur l'autre, tripota de sa main libre le bord de sa chemise. À vingt Mrs. Madison s'était tue et rangeait son bureau, les joues rosies.

Qu'est-ce qu'on éprouve, se demanda-t-il, *quand on est dans la peau de Hooper Young et qu'on regarde une femme en sachant qu'on va la tuer ?*

Tout de suite il détourna les yeux de son professeur, cherchant d'autres objets sur lesquels reporter son attention. Un bureau, les bretelles de son sac qui lui sciaient la main, le motif du tapis jaune dégueulis. *Pour ou contre quoi est-ce que je suis ?*

À moins que Young n'ait pas su, pensa-t-il. *À moins qu'il n'ait pas su qu'il allait la tuer avant qu'elle soit morte.*

Il secoua la tête, estourbi. Si on ne sait pas à l'avance ce qu'on peut faire, c'est qu'on est capable de n'importe quoi. On est sans consistance. Il se demanda pour ou contre quoi il était, essaya quelques ébauches de réponses, trop vagues, trop générales pour ne pas sonner creux. Hooper Young n'était ni pour ni contre quoi que ce soit, il était « facilement influençable ». *Hooper Young n'est rien et moi-même je ne suis rien*, pensa-t-il, et il savait qu'il était plus prudent, moins vertigineux, de croire comme Lael qu'Elling existait bien. Mais Rudd ne parvenait pas à s'en convaincre, pas intimement, sauf à considérer qu'Elling fît partie de Hooper Young. Ce qui n'était pas moins inquiétant, car qui saurait dire qui d'autre attendait son heure dans les replis de son cerveau, tel le ver dans le fruit ? Mieux valait croire à l'existence d'une volonté, postuler que Young avait su et prévu, voire qu'il avait tué pour se prouver quelque chose. Mieux encore : croire qu'il avait manigancé et planifié le meurtre des années à l'avance.

Mais il avait beau vouloir, il ne le croyait pas.

« Rudd, je m'inquiète pour toi, déclara Mrs. Madison. Je me fais beaucoup de souci. »

Il la regarda avec des yeux éteints, fixa sa bouche pincée.

« Ce résumé, dit-elle. Tu n'as pas choisi un sujet du meilleur goût. »

Du meilleur goût ? pensa-t-il. « Non. Mais j'ai rempli trois de mes quatre critères.

— Tu es sûr de ne pas avoir de héros, Rudd ? » demanda-t-elle, et il leva les yeux assez longtemps pour voir la pitié lui froncer les sourcils. Ça le peina. « Personne ? Les garçons qui n'ont pas de héros tournent mal.

— Non, dit-il.

— On a tous besoin d'un héros, dit-elle.

— Désolé.

— Ça… dit-elle, et il s'aperçut qu'elle agitait son résumé. Ça, ce Young-là, qu'est-ce qui t'intéresse tant chez lui ?

— Je ne sais pas.

— J'ai peur que tu le voies un peu comme un héros.

— Écoutez, dit-il. C'est juste un devoir. Je n'avais même pas envie de le faire. J'ai bien précisé qu'il *n'était pas* mon héros. Ce n'est pas moi qui ai choisi mon sujet, c'est mon sujet qui m'a choisi.

— Ça suffit, dit-elle. S'il te plaît. Pas la peine de s'énerver.

— Je ne suis pas énervé, dit-il. Ou alors si, mais c'est juste… Je vais être en retard pour le cours de Rotkin.

— Vu les circonstances... dit-elle. Sachant que tu es issu d'un foyer perturbé... »

Un foyer perturbé ? se demanda-t-il. Qu'est-ce qu'elle voulait dire, foyer perturbé ? Sa mère et lui étaient tous les deux pile dans la moyenne, dans le *secteur laïque*, comme tout le...

« ... je pense qu'il serait préférable que tu choisisses un autre sujet. Un avec un héros. »

Il secoua la tête.

« Réfléchis-y au moins, dit-elle. Je ne vais pas *t'obliger* à changer. Je veux qu'on trouve la meilleure solution pour toi. Réfléchis-y seulement.

— Je vais y penser », dit-il.

Elle tendit la main et lui toucha l'épaule. Il tressaillit. Puis il était dans le couloir quasi désert, à mi-distance de l'atelier de Rotkin, quand il s'aperçut qu'il avait oublié de demander un billet d'excuse.

*

Il laisserait tomber. Il savait qu'il choisirait un autre sujet, avant même d'arriver à la porte de Rotkin et de se retrouver nez à nez avec le professeur ovoïde avec ses cheveux gras, sa blouse bleue et son masque de protection en écaille, qui l'accueillit de son sempiternel « Il était temps, Mr. Lambin ». Un sujet qui serait solidement ancré dans le *secteur laïque*, qui ne lui ferait pas courir le risque d'être remarqué, en tout cas pas comme ça. Inspirer la pitié lui répugnait. Il voulait être au-dessus du lot, pas en dessous, et s'il n'y avait pas de place pour lui au-dessus, alors rester dans le lot, anonyme et intégré. Le lendemain il avait un nouveau résumé, sur un sujet inoffensif, et c'est tout juste si Mrs. Madison ne lui sauta pas au cou.

« J'étais sûre que tu en étais capable, Rudd, dit-elle. J'en étais sûre ! »

Quand il raconta l'histoire à Lael le samedi suivant, il n'eut droit qu'à un sourire narquois.

« Qu'est-ce que je t'avais dit ? Les gens refusent de regarder les choses en face.

— Quelles choses ?

— Les choses, dit Lael. Peu importe quoi.

— Qu'est-ce que tu racontes ?

— L'enseignement n'est pas une question de vérité. C'est une question de confort.

— Tu ne la connais même pas. Comment tu peux dire ça ? »

Il parlait trop fort et s'en rendait compte.

« La fois dernière j'avais raison. J'ai raison encore cette fois-ci.

— Fous-lui la paix, dit Rudd.

— Tu es comme les autres, dit Lael. La vérité est partout autour de toi mais tu refuses d'avoir affaire à elle. Pourquoi ? »

Rudd se leva du gazon et se mit à faire les cent pas. « Qu'est-ce que tu en sais ? dit-il. Nique ta mère. » Les syllabes sortirent mélodieuses et grotesques, tout sauf insultantes.

« Nique la tienne, dit Lael, serein. Tu cherches la stabilité. Tu cherches à t'intégrer. Tu refuses de te voir tel que tu es vraiment.

— La vérité, de toute façon, c'est quoi ?

— Ne fais pas le malin, Rudd.

— Mais…

— Laisse tomber, dit Lael. Écoute, ça te changera. »

Rudd ferma la bouche, la rouvrit. Il marcha jusqu'au scooter, qu'il regarda sans rien faire, une main dans la poche de sa veste, puis il abattit un poing à demi fermé sur la selle.

*

Peut-être que Lael avait raison, se dit-il, puis : non, certainement pas. Et comme ça tout le trajet du retour, toute la soirée, puis la nuit quand il fut couché. Il haïssait Lael, l'adorait la seconde d'après, sans transition d'une émotion à l'autre. Une étrange oscillation binaire entre les extrêmes, un saut d'un extrême à l'autre, pas de juste milieu.

Il avait beau savoir que c'était une dispute absurde, il ne décolérait pas. Il en voulait à Lael. Son frère se moquait pas mal de lui, se disait-il, il n'avait pas voulu le regarder en face, mais il était prêt maintenant. Et qui lui disait que Lael était son frère, après tout ? Il n'y avait rien de certain. Il n'en avait jamais parlé directement avec la mère de Lael, sauf la première fois. Et, alors qu'il essayait, tout balbutiant et désorienté, de reconstituer l'histoire, elle l'avait coupé d'un air enjoué, presque désinvolte : « Tu es un garçon, hein ? Sans doute que tu veux parler à mon fils. » Elle n'avait rien dit d'autre, et du peu qu'il en avait vu depuis, il paraissait manifeste qu'elle n'était pas franchement saine d'esprit. Jamais elle n'avait dit : « Ton père est le père de Lael. » D'accord, Lael n'avait pas contesté l'histoire de Rudd après l'avoir entendue. Mais il était du genre à laisser les choses suivre leur cours juste pour voir où elles le mèneraient.

Mais si Lael n'était pas son frère, qui lui restait-il ?

Personne, se dit-il, puis : *Ma mère*.

Pas grand-chose, donc. Il se leva, marcha jusqu'à la fenêtre, écarta les rideaux. C'était une nuit sans lune. Le lampadaire était presque éteint. Il diffusait un pâle halo orange qui n'éclairait guère que le sommet de sa tige. À travers la vitre sale il voyait la Voie lactée au-dessus de sa tête, à moins que ce fût juste un bouquet d'étoiles pâles sur le fond sale de la vitre : la ceinture et l'épée d'Orion, mais il ignorait quelles autres étoiles l'achevaient. Il tira les rideaux, retourna s'allonger.

Que voulait Hooper Young ? se demanda-t-il. *En tout cas, pas la vérité.*

Je n'ai besoin de personne, se dit-il. *La vérité, on y accorde trop d'importance.* Étendu dans le noir, il caressa doucement la couverture en laine. Il se sentait glisser dans le sommeil, ses jambes s'ankylosèrent, son visage s'ankylosa à son tour jusqu'à ce que plus rien ne semble exister que l'extrémité de ses doigts, suspendus dans le néant, protégés par quelques centimètres carrés de laine, et son âme parquée dans ce tout petit peu qui restait de lui, puis s'effaçait aussi, puis plus rien.

*

Toute la semaine il ne pensa qu'à Lael, mais le week-end venu il ne put se résoudre à l'appeler. Il décrocha le téléphone et le garda en main, frotta le combiné contre son menton hirsute, puis le reposa.

Il passa le samedi à traînasser. Il resta au lit jusque tard, après midi, et quand sa mère l'appela « flemmard » – un signe de bonne humeur, chez elle –, il ne répondit rien et resta couché. Il ne fit pas sa toilette. En se passant la main dans les cheveux, il sentit se graisser la peau entre ses doigts.

Il y avait les vieux livres de son père. Il tourna les pages sans lire, étudiant titres et intertitres. Dans les chevrons du grenier, un tas de journaux rongés et encore ficelés. Il les descendit, emportant avec une traîne nonchalante de débris et de poussière. En défaisant la ficelle, il découvrit cinq souriceaux minuscules, roses et aveugles, nichés dans un trou au milieu, agités d'un même tremblotement convulsif. Il les prit dans sa main et les lâcha un à un par la lucarne, les regardant rouler sur les tuiles noires jusque dans la gouttière.

Il passa le plus clair de l'après-midi à contempler ses mains, les ongles mouchetés de stries blanches, les articulations un peu grosses, peut-être parce qu'il les faisait craquer depuis tout petit. Sa mère le surprit les yeux dans le vague, lui demanda si tout allait bien.

« Très bien, dit-il.

— Demain à l'église… commença-t-elle.

— Je ne vais pas à l'église demain. »

Il fut incapable de la regarder en disant ces mots. Il entendit un souffle rauque et la voix sévère qui disait : « Pardon ? » Son cœur battait à tout rompre, même s'il se répétait qu'il n'y avait pas lieu d'être inquiet, qu'il se fichait de ce qu'ils pensaient, elle et ses semblables, depuis bien longtemps, tout en sachant qu'il ne s'en fichait pas, et puis merde.

« Pardon ? répéta-t-elle.

— Tu as bien entendu.

— Ma parole, ton père doit se retourner dans sa tombe.

— Il peut se retourner tout ce qu'il veut. »

Jusqu'au soir cette phrase lui resta coincée dans la tête : *Il peut se retourner tout ce qu'il veut*, serpentant avec une sorte de fatalité sourde qui ne lui laissait pas de répit. Sa mère était partie d'un pas fâché, avait quitté la maison, et quand elle rentra à la tombée du soir il n'eut même pas envie d'essayer de faire la paix. *Il peut se retourner tout ce qu'il veut*, pensa-t-il en la regardant depuis l'encadrement de la porte préparer une laitue, enlever la tige avant de trancher dans l'évier, son couteau émoussé meurtrissant les feuilles. Elle se retourna et le vit. Il s'enfuit dans le couloir puis à l'étage.

Elle ne l'appela pas pour manger et il décida que si elle l'appelait il n'irait pas. Plus tard il l'entendit faire le tour de la maison, éteignant les lumières derrière elle. Il pensa qu'elle pourrait s'arrêter, peut-être, devant sa porte, mais non. Il se demanda si c'était ainsi que la mère de Lael se comportait en permanence. *Je n'ai besoin de personne*, se dit-il, et il se faufila à la cuisine pour trouver son assiette enveloppée de cellophane dans le réfrigérateur. Il essaya de se convaincre qu'il ne mangeait pas pour lui mais pour elle, pour lui épargner l'inquiétude. C'était par gentillesse à son égard, il s'en persuadait, même s'il était assez remonté pour manger froid.

Il erra toute la nuit dans la maison noire, promenant sa main le long des murs, se racontant qu'il engrangeait une connaissance tactile de la maison qui viendrait à point lorsqu'il serait aveugle. Là elle regretterait. Il se réveilla par terre dans la mansarde, des grains de poussière dérivaient dans le demi-jour qui pénétrait par la lucarne. Il n'avait pas souvenir de s'être endormi là, ni même d'être entré dans la pièce. Il alla s'asperger le visage d'eau puis appela sa mère. Pas de réponse.

Pas de voiture, elle était déjà à l'église. Elle lui avait laissé ses Écritures reliées de cuir noir en évidence sur la table de la cuisine. À côté, un plan rudimentaire du trajet, avec seulement deux carrés, l'un légendé « Maison », l'autre « Église ». Une flèche allait du premier vers le second. « Au cas où tu aurais oublié le chemin. » Sur la table, elle avait également épelé le mot « ENFER » à l'aide de grains blancs qu'il prit pour du sel mais qui au goût se révélèrent être du sucre. Comme si les damnés étaient voués aux affres de la carie dentaire.

Il prit un économe dans le bloc à couteaux, forma un tas avec le sucre qu'il entreprit alors, méticuleusement, de sculpter en une série de cercles concentriques. Et pendant ce temps il se voyait revêtir sa chemise et sa cravate, se rendre à l'église, remonter la nef d'un seul trait et là, devant la chaire, se planter devant l'assemblée réunie et se laver les mains de la religion une bonne fois pour toutes. Sa mère serait parmi les fidèles, pétrifiée, bouche bée. Il abjurerait le mormonisme puis se dénuderait le torse et inviterait le démon à prendre possession de son âme. Non qu'il croie au démon, ni à Dieu, d'ailleurs, songea-t-il.

Le motif achevé, il avait tracé une cible. Il leva la main et planta le couteau dans le mille.

*

Le lundi, ce fut comme si de rien n'était, comme si le week-end n'avait pas eu lieu. Elle le réveilla pleine d'entrain, lui servit son petit déjeuner, lui fit la conversation pendant qu'il mangeait. Elle ajusta son col et l'arrangea comme il partait pour l'école, et l'espace d'un instant il eut l'espoir qu'elle allait prononcer les paroles de réconciliation, tout en sachant qu'il n'en serait rien. Si c'était lui qui abordait le sujet, elle dirait : *Quelle dispute ?* Et, s'il insistait : *Je n'ai souvenir d'aucune dispute, mon grand, ça devait être une dispute entre toi et toi.*

Il endura la semaine. Au lycée son casier fut forcé. En sortant d'anglais il trouva ses livres éparpillés d'un bout à l'autre du couloir, ses feuilles de notes déchirées et froissées. Écarlate, humilié, il ramassa ce qui pouvait être sauvé tandis que ses camarades donnaient des coups de pied dans ses livres en passant.

Le lendemain, il feignit la maladie jusqu'à midi, restant à la maison jusqu'à ce que les petits soins de sa mère deviennent vraiment trop narquois. Au lycée il trouva son casier intact. La semaine s'écoula sans nouvelle effraction et il en vint à soupçonner que c'était lui qui avait oublié de le fermer.

Il ne repensa à Lael que le samedi en milieu de journée, et seulement pour s'étonner de ce que son demi-frère, si Lael l'était bien, ne lui avait pas manqué. Au lieu de lui téléphoner, il consacra le week-end à déplacer des pièces sur un échiquier, lire et regarder la télé.

Le meurtre de Hooper Young ne le lâchait pas. Il avait beau avoir changé de sujet, l'histoire tournait en boucle dans sa tête. La nuit, des éléments de l'affaire s'immisçaient dans ses songes. Il rêva qu'il avait une dent en or qu'il lui fallait arracher pour échapper à la police. Il essayait de la casser à coups de marteau. Il se réveilla vaguement nauséeux, poisseux, en nage, avec le cœur qui battait la chamade.

Le samedi soir il rêva qu'on était en 1903, qu'il menait l'enquête sur l'affaire Young et qu'il avait, on ne sait comment, réussi à coincer le complice, Charles Elling, dans une impasse tout droit sortie d'un vieux décor Universal. Elling s'était retourné et avait enfoui son visage entre ses mains sans faire mine de bouger quand Rudd s'était avancé pour le toucher. Rudd avait dû lui poser la main sur l'épaule et le forcer, physiquement, à se tourner vers lui. Il avait décollé les mains d'Elling ; seulement, le visage découvert n'était pas celui d'Elling mais le sien à lui, Rudd.

Il était éveillé et ne se souvenait pas d'avoir crié mais quelqu'un le secouait en lui demandant si ça allait, et il vit que ce quelqu'un était sa mère.

« Ça va », dit-il. Elle alla pour allumer, mais la main de Rudd tremblait tellement fort qu'il l'en empêcha.

« Tu es sûr ? demanda-t-elle. Qui est cette Ellen ?

— Il n'y a pas d'Ellen, dit-il. J'ai fait un cauchemar, c'est tout.

— Si tu fréquentes une Ellen, j'exige de la rencontrer. »

Il eut très envie d'une cigarette alors qu'il ne fumait pas, n'avait même jamais essayé. Mais il avait l'impression que ça le calmerait – une idée qui lui venait du cinéma, probablement. À défaut, il se recroquevilla tout au bout du lit, visage tourné vers le mur. Il entendit gémir les ressorts du sommier quand sa mère s'assit puis sentit sa main lui toucher l'oreille et descendre jusqu'à son épaule, s'immobilisant lentement. Elle commença à lui masser le dos en se laissant aller légèrement contre lui. Il se dégagea, mal à l'aise.

« Tu n'aimes pas ?

— Je n'ai plus cinq ans.

— Tu seras toujours mon bébé.

— Oh que non. »

Elle arrêta de masser, ôta sa main. Il sentit le lit s'alléger de son poids, perçut le frottement des pantoufles sur la moquette. Quand elle reprit la parole, elle était à la porte. Sa voix exsudait l'amertume :

« C'est parce que tu as arrêté d'aller à l'église, dit-elle sur un ton perçant. C'est Dieu qui te punit. » Et elle s'en alla.

Le dimanche elle était dans sa chambre de bon matin à lui secouer sous le nez sa chemise froissée et sa cravate, à lui dire de s'habiller et d'aller trouver Dieu, que c'était pour son bien, le seul moyen de se soustraire aux rêves malsains. Il ne répondit rien, se cacha la tête sous l'oreiller. Elle continua à parler, sa voix de plus en plus aiguë et de plus en plus forte, pour glapir à la fin : « Mais réponds ! Réponds-moi ! » Quand elle fut fatiguée de le répéter, elle sortit en claquant la porte. *Ma vie est atroce*, pensa-t-il, tout en sachant que c'était loin d'être aussi simple. Et, avant de s'en apercevoir et malgré son tourment, il fut rattrapé par le sommeil.

La sonnette le réveilla. Dans son lit, il se demanda qui ça pouvait être. Des témoins de Jéhovah, sans doute – mais leur jour, c'était le samedi ou le dimanche, déjà ? Il se rendormait déjà quand on sonna à nouveau. Peut-être une amie de sa mère. En tout cas personne qu'il connaissait. Il tira la couverture sur ses oreilles.

La sonnette retentit une troisième fois puis se tut. Il entendit la poignée qu'on secouait. Peut-être des cambrioleurs, supputa-t-il, quelqu'un qui savait sa mère à l'église et l'y croyait aussi.

Il s'assit sur le lit et passa la tête par la fenêtre qui lui permettait, en se penchant d'une certaine façon, d'apercevoir le perron. Personne. Il se leva, prit sa chemise sur le dossier de la chaise, pêcha un pantalon dans le fatras de vêtements amoncelés par terre. Il l'enfilait quand il entendit s'ouvrir la porte de derrière.

Jurant à voix basse, il ouvrit sa penderie en essayant de ne pas faire de bruit, à la recherche d'une arme. Il ne trouva qu'un embauchoir en bois qu'il brandit comme un prototype de matraque. À pas de loup, il sortit de sa chambre et descendit l'escalier. La porte de derrière était entrouverte. Il la poussa, tourna le verrou.

« Maman ? » appela-t-il, se maudissant immédiatement d'avoir ouvert la bouche.

Sur le comptoir de la cuisine, il tira du bloc un long couteau à désosser et abandonna l'embauchoir. Il entra dans le salon. Désert.

« Il y a quelqu'un ? » demanda-t-il.

Pas de réponse. Sans doute étaient-ils entrés et ressortis tout aussitôt. Ou alors ils n'étaient même pas entrés du tout, ils avaient juste ouvert la porte avant de décamper sans bien refermer. Il ouvrit la porte du garage, alluma, éteignit tout de suite. La buanderie, la salle d'eau du rez-de-chaussée, l'escalier, la chambre de sa mère, sa salle de bains. Et pour finir, sa chambre à lui, sa penderie. Rien, personne nulle part.

*

Il avait terminé son devoir, qui portait maintenant sur politique et mormonisme et promouvait au rang de héros personnel B. H. Roberts, sénateur de l'Utah à la fin du XIXe siècle. Mrs. Madison, comblée, lui dit qu'il faisait de gros progrès. Pourtant, il n'arrivait pas à chasser Hooper Young de son esprit, et finit par retourner à la bibliothèque universitaire pour dépouiller d'autres journaux, voir s'il en trouvait plus sur l'affaire, si les journaux de l'Utah en avaient parlé.

Il venait d'installer la bobine du *Deseret News* quand il sentit une présence derrière lui. Il se retourna et se retrouva face à Lael.

Il ne savait pas bien ce qu'il éprouvait. De la culpabilité, doublée de la colère de se sentir coupable, du ressentiment. Mais aussi une étrange explosion de joie, et la conscience immédiate de l'emprise que Lael conservait sur lui.

« Tu ne m'appelles plus, dit Lael.

— Je ne peux pas t'expliquer pourquoi, dit Rudd.

— Essaie toujours.

— C'était trop.

— Quoi ?

— Ça, dit Rudd. Tout.

— Moi, tu veux dire. »

Rudd haussa les épaules. « Je veux dire, tu n'as même pas… commença-t-il avant de s'interrompre. Qu'est-ce que tu fais ici ?

— À ton avis ? demanda Lael en brandissant un rouleau de microfilm. Comme toi. Mais tu changes de sujet.

— Non, je ne voulais pas. » Il s'aperçut qu'il était incapable de regarder Lael dans les yeux.

« Alors vas-y, dit Lael. Je t'écoute. C'est quoi, mon problème ?

— Tu n'as pas de problème, dit Rudd. C'est juste que…

— Tu veux savoir le tien, de problème ?

— Pas vraiment.

— Non ? Si tu n'écoutes pas les conseils de ton frère, qui tu vas écouter ?

— Demi-frère, dit Rudd. Et encore, ce n'est même pas sûr.

— Bien sûr que si, dit Lael. C'est toi qui m'as appelé, tu n'as quand même pas oublié ? Déjà avant qu'on se connaisse, tu avais tout compris.

— Je me trompais et je suis tombé sur un imposteur. »

Et l'instant d'après c'était la mêlée. Les boutons de la chemise de Lael sautèrent. Sa main fila devant la tête de Rudd pour venir lui claquer l'oreille et faire diversion pendant que l'autre le frappait à la tempe. Se sentant tomber, Rudd se cramponna à la chemise de son demi-frère, à demi arrachée.

« Alors comme ça on est frères seulement quand ça t'arrange ? demanda Lael, accroupi au-dessus de lui, s'efforçant de le faire lâcher prise.

— Non, je…

— Lâche », dit Lael. Il lui donna un mauvais coup sur le dos de la main. « Lâche-moi ! » répéta-t-il, plus fort.

Rudd lâcha et se releva tant bien que mal, pantelant. Il attendit que Lael joue avec les boutonnières et les boutons restants à sa chemise pour lui décocher un coup de poing en pleine figure.

Lael tituba, sonné, et s'assura d'une main contre le mur. Il secoua la tête, et le sang qui coulait de son nez éclaboussa ses joues et le mur. Rudd le regardait, les poings maladroitement dressés. Lael le regarda et sourit lentement. Ouvrant grand les bras, il s'avança vers Rudd pour l'étreindre. S'il s'était précipité sur lui les poings brandis, Rudd aurait été moins terrifié.

*

Quelques jours plus tard, Lael lui téléphona pour la première fois. C'était un soir de semaine, la nuit n'allait pas tarder. Il supplia Rudd de venir. « On efface tout et on recommence, proposa-t-il. C'est important. Amène une lampe torche. »

Quand il arriva, Lael l'attendait déjà, assis sur le porche, une pelle en travers des épaules, une main posée à chaque bout.

« Qu'est-ce que c'est que ça ? demanda Rudd. Qu'est-ce qu'on fait ?

— Tu as la lampe ? » demanda Lael. Rudd sortit une torche de sa poche, la montra. Après avoir chargé Rudd de la pelle, Lael grimpa devant lui sur le scooter.

Ils sortirent de Springville, roulant lentement. Mais cette fois, au lieu de tourner à la hauteur du canyon, Lael poursuivit vers le nord en direction de Provo.

« Où est-ce qu'on va ? » hurla Rudd par-dessus le bruit du moteur.

Lael haussa les épaules.

« Qu'est-ce qu'on va faire, là ?

— Si tu veux savoir si c'est légal, la réponse est non.

— Ce n'est pas ça que je voulais savoir. »

Lael alla jusqu'à l'embranchement qui menait à 9th Street East. À la hauteur des pompes funèbres Beesley, Lael ralentit, gara le scooter devant le bâtiment.

« Pourquoi ici ? » demanda Rudd.

Lael lui prit la pelle. « On va quand même pas se garer dans le cimetière, si ? »

Ils traversèrent la route, entrèrent par la grande grille et suivirent le sentier sur une soixantaine de mètres avant de couper, foulant l'herbe humide et les tombes, Lael devant, Rudd à la traîne. Ils passèrent devant une crypte et Lael réclama la lampe torche. Il l'alluma et se mit à examiner les sépultures.

Et là, enfin, un robuste pilier de marbre blanc, incrusté de saleté.

Gyle Theurer, époux et père bien-aimé. Pas de dates, sobre.

« Et maintenant ? » demanda Rudd.

Lael bascula la pelle de son épaule pour la ficher dans la terre.

« À ton avis ? »

Rudd regarda la pelle mordre la première motte de terre.

« Non, dit-il. Très mauvaise idée. »

Lael soupira et, se penchant en avant, fit reposer son poids sur la pelle. « Je ne le ferais pas si ça n'était pas absolument indispensable, dit-il.

— C'est mal, dit Rudd.

— Ça n'enlève rien à la nécessité de la chose.

— Mais…

— Tu ne veux pas savoir si on est frères ? »

Rudd déglutit, secoua la tête.

« Bien sûr que si. C'est toi-même qui l'as dit. Allez, arrête de mentir. » Il posa le pied sur la tête de la pelle, se remit à attaquer la tombe. « Tu n'auras pas d'autre moyen de savoir. »

La pelle arracha de grosses mottes d'herbe et de racines avant d'entamer le terreau en dessous. Lael parlait tout bas à Rudd tandis qu'il creusait. Rudd ne répondait pas, mais il resta et quand à la fin Lael, lessivé, lui tendit la pelle, il l'accepta et en examina le tranchant comme si c'était une figure humaine qu'il regardait. Puis il se mit à creuser. Ils se relayèrent ensuite, creusant et tenant la torche à tour de rôle, s'interrompant pour se cacher derrière la crypte quand une voiture pleine d'adolescents hystériques fit irruption pour un tour du cimetière à tombeau ouvert. « On se donne les frissons qu'on peut », commenta Lael, narquois. Sur le trottoir d'en face, un ivrogne s'arrêta devant le scooter de Rudd, s'installa sur la selle et tourna le guidon deux ou trois fois avant de s'en aller.

« Ça me met mal à l'aise de faire ça, dit Rudd.

— Je ne te demande pas d'être à l'aise, répondit Lael. Je te demande juste de le faire. »

Tard dans la nuit ils touchèrent le couvercle du cercueil. Ils parvinrent à dégager assez de terre pour le mettre au jour, mais ils ne voyaient pas comment le soulever pour l'exhumer.

Juché sur le couvercle, Lael brisa le loquet à l'aide du tranchant de la pelle. Puis il se hissa hors de la tombe et ficha la pelle dans le joint usé entre le couvercle et le cercueil.

« On n'aura que quelques secondes pour voir, dit Lael. Éclaire-le pleine face. »

Rudd acquiesça, agité d'un léger tremblement. Il cala la torche contre le bord du trou, fit jouer le faisceau sur la surface réfléchissante.

« Prêt ? »

Rudd fit signe que non.

Lael appuya le manche de la pelle contre le bord de la fosse puis monta sur l'extrémité du manche. Le couvercle s'ouvrit tout de suite, en grinçant, et Rudd braqua son faisceau sur la gorge tranchée de son père, sur le visage de son père qui, sous ses yeux, s'effondra, perdant ce qu'il avait d'humain. Devant ce spectacle terrifiant, il lâcha la lampe qui dégringola dans la fosse et s'en fut reposer, toujours allumée, entre ce qu'il restait des jambes de son père. Le pied de Lael glissa de son perchoir et le couvercle se rabattit.

« Là. Tu as vu ?

— Vu quoi ?

— Son visage, dit Lael, triomphal. J'y suis. Tu y es et moi aussi. Tu nous as vus, mélangés dans son visage ? »

Rudd essaya de revoir le visage de son père tel qu'il était apparu, l'espace de quelques secondes, entier, avant de s'effondrer tout seul, mais il ne voyait que l'affaissement, et la torche qui dégringolait. Il n'y avait pas eu le moindre signe de lui ni de son frère.

« Oui, mentit-il. J'ai vu. »

Lael s'avança, maculant la nuit de son pas traînant. « C'est la preuve, dit-il. On est frères. Ça se fête. »

VIII

Il ne se rappelait plus comment il était rentré après la profanation ; après le corps noirci de Lael qui marchait sur lui, il n'y avait plus rien. Il se réveilla dans son lit, les paumes meurtries, de la terre sous les ongles. Cela l'inquiéta.

Plus tard encore, il fut incapable de se rappeler comment il en était venu à trouver une certaine validité – purement théorique, bien sûr – à l'expiation par le sang. Il ne savait pas trop s'il s'était convaincu tout seul ou si c'était Lael. Il était trop tard pour essayer d'y voir clair, même s'il savait que cela non plus n'était pas étranger à la profanation de la sépulture de son père au nom de la fraternité. Maintenant que ce tabou s'était effondré entre son demi-frère et lui, rien d'autre ne paraîtrait insurmontable. Comme s'ils étaient capables de tout. Pour la première fois il comprit ce que Lael avait dû ressentir le jour où il avait poussé le scooter jusqu'au bout, sachant qu'il tomberait en panne, jouissant de cette certitude même. Ça venait peut-être de la voix de Lael, basse et tranquille, comme ce jour où, assis sur un gros bloc ferrugineux vers le haut du canyon, il lui avait parlé sur un ton serein des frères Lafferty qui avaient sacrifié une de leurs femmes et son enfant, d'Ervil Le Baron qui, sur l'ordre de Dieu, avait fait exécuter une vingtaine de personnes (dont sa propre fille), de cet habitant de Salt Lake City qui après avoir égorgé son enfant l'avait laissé se vider de son sang, pendu par les pieds à une corde à linge.

« Macabre, dit Rudd.

— OK, dit Lael. Mais ça ne change rien à la puissance du geste. Quand tu fais un truc pareil, ça te place complètement hors du monde.

— Déterrer un cercueil, ça le vaut. »

Lael haussa les épaules. « C'est un bon début. »

Rudd ne répondit pas mais il continuait à écouter et Lael à parler. Certaines personnes, expliquait-il, avaient commis des péchés tellement graves que les tuer était un acte de charité. On leur rendait service en les tuant.

« J'explique juste la logique », dit Lael en s'étirant d'un air détaché.

Y avait-il des péchés qui n'admettaient pas de pardon ? se demanda Rudd, la nuit, quand il fut de nouveau seul. Ses pensées étaient devenues confuses quand il avait connu Lael, et maintenant il ne savait pas trop comment les redresser.

« Qu'est-ce qu'on est avant huit ans ? demanda Lael.

— Quoi ?

— Les mormons ne sont pas baptisés avant l'âge de huit ans », dit Lael. Il se leva, épousseta son pantalon et enfourcha le scooter. « Avant huit ans l'enfant n'est pas responsable de ses actes. Donc il ne peut pas pécher. Sinon pourquoi on attendrait cet âge-là pour le baptiser ?

— Et ? demanda Rudd, prenant sa place derrière Lael.

— Alors ça veut dire qu'il vaut mieux mourir avant d'avoir huit ans. Le plus grand service qu'on puisse rendre à quelqu'un, c'est de le tuer tant qu'il est jeune.

— Donc tu dis qu'on devrait massacrer tous les enfants de moins de huit ans ?

— Théoriquement, répondit-il. Seulement en théorie. »

Il y eut des rêves dans lesquels le demi-frère de Rudd le dévorait, arrachant ses membres à pleines dents. Rudd se sentait troublé et satisfait tout à la fois. Il imaginait le Prophète faisant advenir le millenium et le retour de Jésus-Christ en ordonnant le massacre de tous les enfants de moins de huit ans. L'idée paraissait valide dans l'abstrait, tant qu'il parvenait à se représenter ininterrompue la file de bambins se déversant par les portes du paradis. Mais elle s'effondrait quand il se figurait la hache fendant chaque petit crâne à son tour, par-derrière.

« Mais non, dit Lael quand Rudd mentionna la hache. Des couteaux. Égorgés, comme pour un sacrifice. » Mais ça n'aidait pas.

Dans l'un des ouvrages de son père, un vieux tapuscrit relié par une spirale intitulé *Les Confessions de John D. Lee*, Rudd apprit que la méthode traditionnelle consistait à creuser la fosse avant de trancher la gorge de l'individu en le retenant un instant, de sorte qu'en mourant il tombe dans la fosse déjà imbibée de son sang. On appelait cela « baptiser la fosse ».

Il devint distrait. Ses résultats s'en ressentirent. Mrs. Madison le retint après la classe, invoquant d'un ton grave la notion de responsabilité. Mr. Burnside l'avertit que, s'il ne se ressaisissait pas très vite, il devrait appeler sa mère. Il se retrouva dans le bureau du proviseur sans savoir comment ni pourquoi il avait atterri là. Depuis la profanation il avait de ces trous, de ces moments déconcertants où son corps semblait s'être mû tout seul, sans lui, et où il ne se rappelait ni où il était, ni ce qu'il avait fait. Tout remontait à cette nuit dans le cimetière : quelque chose s'était produit, il avait fait quelque chose. Il brûlait de demander quoi à Lael mais il ne pouvait avouer à personne, pas même à Lael, ce qui lui arrivait. Le soir, parfois, il s'apercevait que sa mère le regardait bizarrement sous la ligne redessinée de ses sourcils arqués, l'air d'attendre quelque chose de lui, ou la réponse à une question. D'étranges et minutieux croquis de mains humaines désincarnées firent leur apparition dans les marges de ses cahiers, accompagnés de bâtons formant les marques sacrées des sous-vêtements mormons : un V et un angle droit côte à côte, un segment horizontal centré en dessous, et encore en dessous, légèrement décalée sur la droite, une autre ligne horizontale. Il en ignorait le sens – il était interdit de l'évoquer. Dans ses poches, dans les plis de ses vêtements, il retrouvait des bouts de papier couverts de gribouillis illisibles. Il avait un mal de tête quasi permanent, sa vie lui échappait, ce qu'il en restait s'estompait et s'effaçait, et l'image ne le quittait plus du cercueil ouvert : la vision fugitive du visage de son père qui s'effondre.

Il irait voir quelqu'un, parler à quelqu'un, se résolut-il. Une conseillère au lycée, peut-être. Mais il n'y allait pas. Que dirait-il ? Qu'expliquerait-il ? Ce n'était pas rationnel. Il y avait bien son évêque à l'église, l'église n'était pas rationnelle : elle faisait appel à d'autres systèmes, d'autres logiques. Il pourrait, bien qu'il n'ait pas mis les pieds à l'église depuis des mois, aller trouver son évêque et se confier à lui. Peut-être même qu'on le croirait ?

Il y a des fois où je ne suis pas dans mon corps.
C'est-à-dire ?
Je ne sais pas.
Où es-tu pendant ce temps-là ?
Ça non plus je ne sais pas.

Non, il serait malavisé d'avoir cette conversation avec un évêque. Il songea à se convertir, à devenir, pourquoi pas, catholique, et se confesser. Mais, avec sa foi actuelle, au moins il savait quand il valait mieux se taire. Alors qu'avec une autre religion, privé de tout contexte, il risquait de s'attirer de sérieux problèmes.

Sur le chemin de l'école, sur le chemin de la maison, il commença à ressentir la nécessité d'arrêter un passant pour lui parler, n'importe qui, quelqu'un qu'il ne reverrait peut-être jamais. Il déploierait un sourire désarmant, se glisserait furtivement aux côtés de l'inconnu, lui prendrait le bras et commencerait à parler tout en marchant, viderait son sac, expliquant tout à l'inconnu autant qu'à lui-même, abandonnant le bras avant de s'être trop livré, pour en trouver un autre.

Il y a des fois où je ne suis pas dans mon corps, s'entendit-il dire.

Il ne manquait plus que ça, pensa-t-il, *avoir ça coincé dans le crâne*.

Il se réveilla en pleine nuit et découvrit sur le dos de sa main un tampon à l'encre bleu pâle qui certifiait « Bœuf catégorie A, norme américaine ». Il n'avait pas souvenir d'avoir mis les pieds dans une épicerie ou une boucherie.

« Qu'est-ce que c'est que ça ? s'enquit sa mère au petit déjeuner.

— Ça ? dit-il en fixant le tampon sur sa main. Je ne sais pas. Une blague.

— Qu'est-ce qu'il y a d'amusant ?

— Ce n'est pas le genre de blague qui est censé faire rire. »

La soirée entière avait disparu. *Il y a des fois où je ne suis pas dans mon corps*. Toute cette histoire avait un côté terrifiant. Il se ratissait la cervelle dans l'espoir d'exhumer des souvenirs qui semblaient ne pas exister.

Il était sur le scooter, en route pour chez Lael, et l'instant d'après, comme si l'heure n'avait pas tourné, Lael était devant lui et ils avaient déjà parcouru la moitié du chemin vers le canyon, le front de Lael battu par ses cheveux. Il irait voir un psychiatre, se promettait-il, mais il n'en faisait rien, il ne pouvait pas : il n'avait pas l'argent, ne pouvait pas le demander à sa mère. S'il y avait bien une chose dont il n'avait pas besoin, c'était de s'entendre confirmer la gravité de son cas. *Et alors ?* pensait-il. Et alors ? Ça arrivait sûrement à des tas de gens, il allait bien, pas fou, normal, il irait bien. Et alors ? Les gens se trimballaient tous avec ce même dilemme. Chacun avait des absences et pensait être le seul.

Les absences ne suivaient aucune règle, aucun schéma. Parfois plusieurs trous dans une même journée, plusieurs jours d'affilée, et puis, à d'autres moments, rien pendant toute une semaine. Chaque fois qu'il arrivait au degré d'inquiétude qui le décidait à agir, tout rentrait dans l'ordre pour un temps.

Il tomba sur une émission de radio, appela, expliqua son problème au psychiatre de service. On lui conseilla de rendre à son ami psy les bouquins qu'il lui avait empruntés et d'arrêter les canulars téléphoniques. La prochaine fois ils appelleraient la police. « Mais… » commença-t-il, mais la ligne était déjà coupée.

*

« Qu'est-ce qui t'arrive ? demanda Lael quand Rudd passa le prendre.

— Comment ça ? »

Lael le força à se baisser à la hauteur des rétroviseurs ronds du scooter. Un visage blême et flasque, des yeux cerclés de cernes noirs.

« Je ne dors pas bien en ce moment. »

Et ils partirent, Lael devant. Il se sentit perdre connaissance comme on glisse, une étrange rupture d'équilibre. Trop tard, il n'y avait plus qu'à fermer les yeux. Quand il les rouvrit il était assis en tailleur sur la pelouse d'un parc qu'il ne reconnaissait pas, sur une colline sans arbres. Lael portait une petite pipe à sa bouche, dont Rudd respira l'épaisse fumée suave. Lael lui tendit la pipe et se mit à tousser, la fumée roulant de ses narines.

« Non merci, dit Rudd. Je ne fume pas. »

Lael le regarda bizarrement, la tête penchée. « Tu as passé l'après-midi à ça. »

Et c'est seulement là, d'un coup, qu'il prit conscience de son visage gourd, de sa bouche sèche, du picotement perdu au fond de sa gorge. Perplexe, il se leva, flageolant sur ses jambes, puis se rassit.

« Ce n'était pas moi », affirma-t-il.

Lael le regarda en abritant la pipe au creux de sa main, tout sourire. Il y avait à ses pieds un sac congélation tout froissé où il puisa de quoi remplir la pipe, bourrant du bout du pouce la marijuana. Il la tendit à Rudd, un briquet dans l'autre main.

« Alors c'était qui ? demanda-t-il.

— Ce n'était pas moi », persista Rudd, sonné, prenant pourtant la pipe. Puis il accepta le briquet, l'alluma avec le pouce, surpris d'y parvenir si bien.

Lui ne savait pas quoi faire ensuite, ses mains en revanche se souvenaient ; il vit comme elles avançaient le briquet à la rencontre du réservoir, la flamme penchée et, quand il aspira, renversant la pipe, comme les brins verts s'embrasaient et se tordaient. Il sentit la fumée emplir ses poumons. Il toussa.

« Fini de te débiner, frangin, dit Lael. C'était bien toi. »

*

Ce qu'on fait, c'est qu'on creuse d'abord la fosse avant d'y mener l'objet du sacrifice et de l'inviter à se confesser et à s'offrir à Dieu. On tranche la gorge de part en part pour que le sang gicle et baptise la fosse. Puis on laisse tomber l'objet du sacrifice dans la fosse et on l'enterre comme il est tombé, sans le redresser ni l'arranger. Il a été baptisé avec son sang en même temps que la fosse et, le millenium venu, il se relèvera de la tombe, restauré.

Mais si, se demandait-il, la victime est exécutée à un moment où elle n'est pas dans son corps ? Alors ce n'est pas le bon sujet qui est tué et se relèvera restauré. Et que devient la victime, alors ?

Il y avait les mots dans ses poches, aussi. Il les sortait pour les lire mais était incapable d'en déchiffrer la moindre ligne. Dans ses poches, cette fois, pas de mot, mais une petite pipe polie et un briquet jetable jaune citron.

« Ce n'est pas seulement de l'herbe, dit-il. Il y a autre chose. » Sa propre voix lui arrivait de très loin, comme tamisée. De son poste, Lael l'observait, impassible, main tendue après la pipe.

Il replongea les mains dans ses poches, sentit le papier et sortit les mots. Il les déplia l'un après l'autre, les lissant bien à plat sur sa cuisse. Il n'y comprenait rien, l'écriture était trop hermétique et contournée. Il les tourna et retourna sans les quitter des yeux.

« Qu'est-ce que c'est que ça ? » demanda Lael.

Il ne sut que répondre. Finalement il dit : « Des mots. »

Il espérait que Lael lui demanderait quels mots c'était. Il dut se contenter d'une longue hésitation, au terme de laquelle Lael hocha lentement la tête. Rudd avait toujours les petits mots dans les mains. Il les sentait là et puis les réexaminait, essayant de se rappeler de quoi il retournait. Les mots. Il entreprit de les déchiffrer mais se déconcentra aussitôt. *Et si,* s'interrogeait-il, *la victime est tuée alors qu'elle n'est pas dans son corps ? Où va l'âme, dans ce cas-là ?* Il faudrait un guide de l'expiation par le sang, pensa-t-il, peut-être à la faveur d'un bref instant de lucidité, quelque chose qui évite de se tromper. Si on le faisait correctement, sans se tromper, c'était un acte de charité. D'où viennent ces pensées ? se demanda-t-il. *Mais qui est là-dedans avec moi ?* En lui une voix parlait lentement, tellement subtile qu'il arrivait rarement à la distinguer de sa propre voix intérieure, et qui l'entraînait toujours plus loin. Et hors de lui, son demi-frère, qui parlait peu, à demi-mot, mais toujours pour apporter de l'eau au moulin de l'autre.

Lael agita vers lui le manche court et épais de la pipe. Rudd se leva, fit quelques pas trébuchants et se rassit.

« Qu'est-ce qu'il y a ? » Lael paraissait loin.

« Je ne sais pas, dit Rudd. Il m'arrive un truc. » Il s'interrompit et regarda Lael, s'attendant à une réaction, mais rien. Il sentait que ce n'était pas seulement la drogue, mais que la drogue faisait affleurer et rendait manifeste ce qui était à l'œuvre depuis qu'il connaissait Lael, peut-être même avant. Il sentait son crâne pousser contre sa peau. Il se sentait désespéré, oblitéré, les trous des dernières semaines menaçaient de se dévoiler. *Mais qui est là-dedans avec moi ?*

Lael était devant lui, il sentit quelque chose dans sa main, s'aperçut qu'il tenait toujours les mots tout froissés et quand il les approcha de son visage les mots parurent lui dire vaguement quelque chose, même s'il ne les lisait pas vraiment. Et alors, à la fin d'un mot qui tenait en une ligne, il distingua la lettre W, à côté un H, puis un Y, en majuscules. William Hooper Young, pensa-t-il, ses initiales, il pouvait aussi n'y avoir aucun rapport, ça pouvait juste être *« why ? », W.H.Y. – why ? Pourquoi ?* La coïncidence ne lui apparaissait que maintenant. Et puis, en redoublant de concentration, les lettres elles-mêmes lui parurent hasardeuses, un effet possible de la drogue, et il douta de ce qu'il avait vu.

Lael traça du bout de la pipe une ligne entre eux dans la terre. « Franchis la ligne, dit-il avec un rictus, rejoins-moi en enfer. »

Rudd fixa longtemps la ligne. Il regarda Lael qui s'était mis à genoux pour la prolonger, la transformer en un cercle grossier dont Rudd était le centre.

« Franchis la ligne, dit Lael, et entre… »

Rudd se leva. Il chancela autour du cercle, son souffle lui meurtrissant les poumons. Il se mit à tourner lentement, suivant le contour du cercle de ses bras, tournant sur lui-même comme une toupie jusqu'au moment où, pris de nausée, il tomba dans les bras de Lael.

*

C'était son dernier souvenir de la journée, à peu de choses près. Dans les bras de Lael il sentit sa vision s'assombrir et décliner. « On va en sortir, disait Lael, en sortir tout à fait », puis il le guida jusqu'au scooter.

Une fraction de seconde tout se figea, puis un déclic, un flash et tout fut balayé pour laisser place à ce qui semblait être un mur blanc et nu. Au bout d'un moment il comprit qu'il fixait le plafond de sa chambre. Allongé sur le dos, pas sur le lit mais par terre.

Il se redressa. Ses deux jambes lui faisaient mal quand il bougeait. Il s'agenouilla, se leva, fit le nombre de pas nécessaires pour s'écrouler sur le lit, pas un de plus.

Dehors il faisait nuit. Quand il vit qu'il n'arrivait pas à dormir, il se leva et alluma sa lampe de bureau.

Sur la porte convertie par sa mère en bureau à l'aide de quatre piles de briques, les vieux livres de son père. Il les prit un par un, les manipula, les reposa. Il ouvrit son carnet, vit des pages et des pages couvertes des mêmes gribouillis illisibles que les petits mots. Sinon, rien sur le bureau qu'une éphéméride ouverte à une date distante de plusieurs mois. Le 17 mai. Il revint en arrière jusqu'à la date du jour.

Il se leva pour aller à la salle de bains. Il remplit d'eau son verre à dents, but d'un trait, sentit le goût des résidus de dentifrice. Dans le noir, il vit son visage en fantôme dans le miroir. Il se retourna, alluma et observa son reflet. Portant le gobelet à ses lèvres il but encore, un œil sur son double, et remarqua que l'extrémité de sa manche paraissait avoir trempé dans le sang.

Le verre tinta sur la tablette quand il le posa, loin, comme si le bruit venait d'une autre pièce. Il examina la bande de tissu teinte, et de là ses yeux en vinrent au dos de sa main. Il distinguait maintenant, dans les plis les plus profonds, de discrètes traces de sang.

Il étudia ses mains à la recherche de coupures, tâta ses bras sous le sweat-shirt. Rien, pas de zone meurtrie ni douloureuse.

Il ôta le vêtement, laissa couler l'eau sur la manche tachée avant de frotter le tissu, puis frotta l'endroit de la tache contre un pain de savon, rinça. Ça ne partait pas. Il le roula en boule et le cacha sous le lavabo, derrière les tuyaux.

Revenu dans sa chambre, il s'allongea sur le lit et fixa le plafond. Au bout d'un moment il tira le téléphone jusqu'à lui, composa le numéro de Lael.

Il eut sa mère. Elle prétendit d'abord ne pas avoir de fils. Puis il eut l'impression qu'elle avait raccroché. Quelques secondes plus tard, pourtant, Lael était au bout du fil.

« Qu'est-ce qui s'est passé ? demanda Rudd.

— Bien, dit Lael. Tu as réussi à rentrer.

— À rentrer d'où ?

— Comment ça ?

— J'arrive à la maison, dit Rudd. La première chose que je vois, c'est du sang sur ma manche.

— À quoi tu t'attendais ? demanda Lael.

— C'est le tien, c'est ton sang ?

— Tu sais bien que non, dit Lael. Qu'est-ce que tu as ?

— C'est le sang de qui ?

— Écoute, dit Lael d'une voix qui se nivelait, se vidait de tout affect. Arrête de te foutre de moi.

— Je ne me fous pas de toi, dit Rudd. Je veux vraiment savoir. »

D'abord Lael resta muet. Rudd resta à écouter le bruit blanc de la ligne.

« Tu m'as eu, dit-il enfin, en riant doucement. Tu m'as vraiment bien eu, frangin. À samedi. » Puis il raccrocha.

*

Il montait en lui comme une transe lorsqu'il pensait aux heures manquantes, une transe mêlée d'angoisse. Et pourtant, rien, pas même une image égarée. Il avait presque l'impression que son crâne renfermait deux cerveaux parfaitement étanches et qu'il passait de l'un à l'autre en vertu de facteurs qu'il ne maîtrisait pas. Lui était logé tout entier dans l'un des cerveaux. Il ne savait pas qui avait établi résidence dans l'autre.

Qu'est-ce qu'il avait pu faire, au pire ? Ce n'était pas comme s'il était couvert de sang non plus, il en avait juste sur le bord de la manche. Le sang de qui ? Pas le sien, pas celui de Lael. Pas forcément du sang humain. Peut-être avaient-ils percuté un lapin ou un tamia avec le scooter, rien de plus. Peu importait de toute façon, ce n'était pas lui qui avait agi, seulement son corps.

Mais pouvait-il être séparé de son corps ? Ne gardait-il pas toujours une responsabilité quoi qu'il arrive ? Et si un deuxième esprit logeait dans son crâne, qu'avait-il fait pour permettre son avènement ? N'était-il pas coupable, aussi, de n'avoir rien dit ? D'avoir, alors que les heures disparaissaient et qu'il le savait, continué à faire comme s'il était toujours un et indivis ?

*

Deux jours plus tard, juste en dessous de la pliure, à la une : une femme retrouvée morte au bas des rochers en dessous de Squaw Peak. Elle était jeune, dix-sept ans environ. En plus des coupures qu'elle s'était faites en tombant du haut de la falaise, elle présentait deux incisions latérales, la première juste au-dessus de la poitrine, l'autre en travers du ventre, manifestement causées (assurait le journal) non par la chute mais par un instrument, probablement un couteau à lame courte, par exemple un canif. Sur son cou aussi, au-dessus de la trachée, deux disques bleus montraient qu'on avait tenté de l'étrangler, peut-être pour lui faire perdre conscience avant de la précipiter dans le vide.

Ce n'était pas lui, se disait-il. Il avait le vertige, jamais il n'aurait pu grimper tout là-haut, jamais il n'aurait pu approcher d'un tel gouffre, d'une telle pente, sans se sentir mal. Il n'aurait même pas su tenir debout. Impossible, se répétait-il. Même dans un état second il était inenvisageable que son corps ait pu surmonter pareille altitude.

Mais il y avait toujours Lael. C'était peut-être Lael.

La vallée de l'Utah comptait plusieurs dizaines de milliers d'habitants, réfléchit-il. Il n'y avait aucune raison d'y voir le moindre rapport avec son demi-frère ou avec lui. Lael n'avait jamais rien dit qui aurait pu laisser croire qu'il était capable de ce genre de choses – deux bons garçons, voilà ce qu'ils étaient, aucune inquiétude à avoir, aucune raison de s'en faire.

Mais le temps, où passait le temps ? Que lui était-il arrivé entre le moment où il avait enfourché le scooter et celui où il était rentré ? Il irait consulter un hypnotiseur qui lui ramènerait ses souvenirs. Non, il ne se décidait pas à trouver un hypnotiseur, remettait toujours au lendemain. En l'espace de soixante secondes il passait de la certitude d'être gravement malade, quelque chose de terrible, de désespérant, à celle que tout allait bien, qu'il avait juste la mémoire qui flanchait un peu. Soixante secondes plus tard, la conviction d'être gravement malade était revenue. Son jugement ne lui laissait jamais le temps d'agir, et la seule fois où il décrocha le téléphone pour de bon, bien décidé à parler à un psychiatre, il n'arriva jamais à approcher le combiné de sa bouche. Un instant il faisait grand jour et il avait le combiné à la main, celui d'après il faisait noir, il était tapi dans des buissons, derrière une maison inconnue. Dérouté, il se releva, épousseta ses genoux, rentra chez lui l'air de rien.

*

Pendant un mois il éplucha le journal tous les jours, guettant des informations sur le meurtre de la jeune femme. Le plus souvent il n'y avait rien et quand il y avait quelque chose, c'était sans intérêt : « La police a surnommé l'assassin de la jeune femme le "Tueur du canyon". » Les pistes tournèrent vite court, aucun nouveau cadavre ne fut découvert. Un expert avança que c'était l'œuvre d'une secte. Un autre contesta le premier rapport, attribua les entailles à des rochers particulièrement tranchants et conclut que la fille avait peut-être fait une chute après tout. On parla d'exhumer son corps, sans donner suite. La police semblait n'avoir aucune idée de l'identité du tueur (si tueur il y avait).

Rudd se mit à en parler à Lael et Lael l'écouta avec attention mais sans intervenir. Il refusa de prendre part aux spéculations, même si celles des autres n'étaient apparemment pas pour lui déplaire.

« Le meurtre, ça te fascine ? demanda Lael d'une voix dont Rudd n'aurait pas su jauger l'ironie.

— Quoi ? demanda Rudd. Qu'est-ce qui te fait penser ça ? »

Lael haussa les épaules : « D'abord Hooper Young, maintenant ça.

— Toi aussi, ça t'intéressait, Hooper Young.

— C'est vrai, dit Lael, ses lèvres se retroussant à demi. Mais qui m'y a intéressé ? »

Rudd le regarda un instant puis détourna les yeux.

« Tu veux que j'arrête de parler de ça ?

— Tout ce que je dis, c'est : et maintenant ?

— Comment ça, “et maintenant” ?

— Ça veut dire ce que ça veut dire.

— Ça ne veut rien dire du tout. »

Mais il ne put s'empêcher de se la poser encore et encore, la question de Lael. Et maintenant ? Où cette fascination le menait-elle ? Où l'avait-elle déjà mené ? Il savait, et depuis le tout début, que le cas Hooper Young résistait à l'analyse, et qu'il aurait beau lire et relire les journaux, élaborer toutes sortes de configurations avec ou sans Elling, il ne parviendrait à aucune certitude, que l'incertitude était irréductible. Les initiales de Young – W.H.Y. – étaient emblématiques ; si loin qu'il aille elles seraient toujours là, miroitantes. L'existence de Young tout entière n'était qu'une longue question toujours renouvelée. Elle ne menait pas à des réponses mais à d'autres questions, le précipitait dans un vide, et au cœur de ce vide c'était son propre reflet qu'il redoutait d'entrevoir. Le meurtre du canyon était de même essence, irrésolu, mais si l'affaire Young restait irrésolue à cause du temps, de la distance, de la présence ou de l'absence d'un Elling, celui-ci n'offrait guère qu'un cadavre et un nom vide : « le Tueur du canyon ». Il comprit qu'il n'y avait rien derrière, et il lui sembla savoir d'ores et déjà que le tueur ne serait jamais pris. Il ne serait jamais qu'un nom sans référent. Mais il lui semblait, et ce soupçon le tourmentait, que si ce nom devait être associé à quelque chose, ce serait à son propre corps. Et maintenant ? se demandait Rudd. Et il finit par demander à Lael : « Que va-t-il se passer ?

— Il peut se passer n'importe quoi, dit Lael. Tout et n'importe quoi.

— Pourquoi ? » demanda Rudd.

W.H.Y.

IX

La nuit, parfois, alors qu'il glissait dans le sommeil, il lui arrivait d'entrevoir Hooper Young dans les plis de ses rideaux ou le grain de sa commode en chêne. Il ignorait à quoi il le reconnaissait – il n'avait jamais vu de photo de lui – mais c'était bien de lui qu'il s'agissait, sans l'ombre d'un doute. Le teint sombre, l'étrange charisme. Rudd clignait des yeux une seconde et quand il les reposait au même endroit, le visage avait disparu. D'autres fois encore, dans l'image rémanente laissée par Hooper Young, il croyait apercevoir autre chose, un autre visage. *Papa*, pensait-il, puis *Elling*, peut-être même *Lael*, peut-être encore un autre. Mais ce visage-là ne dévoilait pas son identité sans heurt ni effort.

Il se mit à fuir le sommeil. Il veillait des heures et des heures, titubant de pièce en pièce ou lisant jusqu'à sombrer entre les lignes, l'intrigue prenant un tour halluciné comme il oscillait entre veille et sommeil. Il ne se sentait pas bien mais n'avait rien de tangible, rien de physique sur quoi mettre le doigt.

Il recommença à bien travailler : le travail scolaire le distrayait, fût-ce sporadiquement, il l'empêchait de se demander à tout bout de champ s'il devenait fou. Il avait des douleurs au cou, qu'il s'efforçait de ne pas prendre au sérieux : il avait renoncé à se considérer comme malade. De même il continua tant bien que mal à faire comme si les heures disparues n'existaient pas, comme si n'existaient pas non plus les accrocs et déchirures qui apparaissaient sur le sweat-shirt à la manche teintée de sang qu'il n'avait jamais aucun souvenir d'avoir enfilé mais dans lequel il se retrouvait fréquemment la nuit.

*

Sa mère était là qui cognait à la porte, quelque chose n'allait pas ? Il essaya de parler, et s'aperçut qu'il ne le pouvait pas : sa bouche s'ouvrait et se fermait sans rien produire qu'un sifflement d'air. Le loquet s'agita furieusement et sa mère frappa de plus belle en lui demandant d'ôter le verrou.

Il sortit du lit, hagard, avança dans le noir jusqu'à la porte et se planta devant, essayant de parler, n'obtenant qu'un sifflement sourd, poitrine et gorge entravées.

« Rudd ? » fit sa mère d'une voix plus aiguë que d'habitude.

Il avança la main, défit le verrou, entrebâilla la porte, juste de quoi lui montrer sa figure. Elle était en robe de chambre, le poing levé comme pour toquer une énième fois.

« Tout va bien ? » demanda-t-elle.

Il hocha lentement la tête.

« C'est que, dit-elle, coulant un demi-regard dans le couloir, j'ai entendu des cris. »

Il fit non de la tête.

« Ce n'était pas ta voix, dit-elle. Une autre. Et puis, juste à l'instant, un genre de sifflement. »

Il haussa les épaules, commença à refermer lentement la porte. Elle glissa un avant-bras dans l'entrebâillement.

« Il n'y a personne d'autre là-dedans ? » demanda-t-elle.

De nouveau il hocha la tête, puis il essaya de repousser doucement son bras.

« Aucun problème, sûr ? » Elle ne le quittait pas des yeux, se forçait à sourire. « Pourquoi est-ce que tu ne dis rien ? »

Il ouvrit grand la bouche, sentit sa langue palpiter à la recherche des mots tandis que l'air s'échappait en sifflant. Les yeux de sa mère se révulsèrent, elle s'évanouit.

Quand il eut réussi à l'étendre sur le sol et qu'il lui eut frictionné le visage à tout hasard, la voix lui était revenue. Maladroite au début, un peu râpeuse, elle retrouva vite son timbre et sa force. Les paupières de sa mère frissonnèrent et elle le regarda d'un air las, sans parler ni bouger.

« Ça va ? demanda-t-il.

— Tu parles ?

— Bien sûr, pourquoi est-ce que je ne parlerais pas ?

— Il y a une minute tu ne pouvais pas.

— Mais si, dit-il. Tout va bien. »

Elle le dévisagea. Il commanda à ses traits de se relâcher pour lui cacher qu'il mentait. Puis il la releva.

« Il est tard. Retourne au lit. »

*

Il dormait de moins en moins, passait de plus en plus de temps plongé dans les Écritures et bientôt elles parurent s'adresser à lui directement, l'exhorter à faire une chose qu'il n'identifiait pas vraiment – lui proposer, en quelque sorte, un destin. À la surface de tout ce qu'il lisait, ses devoirs, le moindre problème de géométrie, semblait affleurer un sens occulte, qu'il échouait invariablement à mettre au jour. Young désormais ne lui apparaissait plus seulement la nuit en rêve, bien circonscrit dans la trame d'un rideau ou une tache de peinture, mais partout, toujours à la lisière de son champ de vision, disparaissant chaque fois qu'il essayait de capturer son image. L'obscur et insaisissable Elling, s'il s'agissait bien de lui, était là lui aussi. L'étude et divers autres passe-temps, lorsqu'il s'y plongeait, lui permettaient de leur échapper, mais jamais la pensée ne l'abandonnait qu'ils allaient revenir. C'était plus fréquent, s'aperçut-il, à l'approche des pertes de conscience.

Sa vie tout entière commença à ressembler à une hallucination, sombre et convolutée, comme construite de toutes pièces à partir des matériaux de son esprit. Elle sonnait faux, comme s'il jouait la comédie, et tout lui paraissait tellement forcé, figé, qu'il devait souvent se retenir d'éclater de rire. Seules comptaient les heures escamotées, celles, justement, qui lui étaient interdites. Il emprunta un Caméscope qu'il essaya de déclencher quand il sentit venir une absence, mais lorsqu'il revint à lui la cassette était sortie de l'appareil, la bande dévidée en un monticule tortueux et luisant. On lui avait laissé un mot au crayon sur le mur, mais là encore rien de déchiffrable. Peut-être ne s'agissait-il même pas de lettres mais d'un autre système de symboles. Vus fugacement et sous un certain angle, les signes lui rappelèrent les marques sacrées des sous-vêtements de sa mère, et, une fois l'idée nichée dans sa tête, les marques s'étalèrent partout, sur chaque surface, le sceau de Dieu apposé sur toute chose. Il savait qu'il pouvait vivre sans dormir ; il n'avait qu'à fermer les yeux pour se reposer, mais tout ce temps il continuait à penser et à voir les marques malgré ses paupières closes, dans son souvenir. Et aussi vite qu'elle était venue l'impression le quitta et il se retrouva le crayon à la main, s'escrimant avec la gomme sur les marques de Dieu, puis sentit qu'il lui fallait sortir de là. Il déboula dans le couloir, passa sans mot dire devant sa mère livide, traversa l'entrée et il fut dehors. La terre entière sembla lui murmurer des choses, saturée de bruit, de trop de bruit pour qu'il en tire quoi que ce soit. Mais ce n'était pas la sienne, et quant à savoir comment elle s'était introduite dans son crâne… Il ne fallait pas la croire. Il était en bonne santé, en pleine forme, le monde lui parlait depuis toujours, il le savait bien, avant il ne l'entendait pas, rien de plus. Bientôt il ne se contenterait plus de l'entendre, il le comprendrait, et alors il saurait ce qu'on attendait de lui, ce qu'il devait faire à présent.

« Rudd ? appelait une voix. Rudd ? » Il lui fallut un moment pour comprendre qu'elle n'était pas dans sa tête mais quelque part devant lui. Un visage sombre, Elling. Sauf que non. Une femme. Mrs. Madison.

« Quelque chose ne va pas, Rudd ? » demanda-t-elle.

Il connaissait la réponse. Il commença à lever la main avant de s'apercevoir que ce n'était pas une question du type où il fallait lever la main. « Non, dit-il. Tout va bien. » C'était la vérité, dans un certain sens, plus ou moins, et si ce n'était pas exactement vrai, c'était nécessaire de toute façon. Les choses nécessaires permettaient de vivre et la nécessité…

« Tu es sûr ? »

La première réponse était-elle mauvaise ? Était-ce la mauvaise voix qu'il écoutait, ou, sinon la mauvaise, la bonne mais tronquée ? Il leva les yeux pour observer le visage, vit Elling doubler de son ombre ses traits, entendit sa voix s'amenuiser.

« À vrai dire, je ne dors pas très bien ces temps-ci », parvint-il à confier alors que sa vision se brouillait, trou noir, trou noir, trou noir.

*

Et puis, tout comme plusieurs années auparavant Rudd avait débarqué chez Lael sans crier gare, un après-midi, voilà que Lael fut devant la porte de Rudd. Rudd répondit avant sa mère, ouvrit et fila sans lui laisser le loisir de l'arrêter.

« Qu'est-ce que tu fais là ? demanda-t-il.

— Quoi ? demanda Lael. C'est toi qui m'as demandé de venir.

— Je t'ai demandé ?

— C'est aujourd'hui, on est le 17 mai, tu te rappelles ? »

Il ne savait pas quoi dire. « Comment tu es venu ? » demanda-t-il.

Lael le considéra, lèvres closes, tête un peu inclinée. « Avec le scooter que tu m'as prêté.

— Oh, dit Rudd. OK.

— Il y a un problème ?

— Non, dit Rudd, voyant déjà les taches s'étendre sur le visage de Lael, la face sombre se surimposer. Non rien, dit-il. Rien du tout. »

Puis, en un clin d'œil, littéralement, il se retrouva sur le scooter, pas derrière cette fois mais devant, Lael cramponné à son dos. Il slaloma un peu, ralentit, s'aperçut qu'il ne savait même pas où il allait, continua droit devant. C'était le milieu de la journée, peut-être le même jour, peut-être un autre, et ils traversaient des champs sur des routes de campagne, des fermes partout, les montagnes se dressant devant eux, rocheuses, embroussaillées, lourdes. Le scooter vrombissait et déjà ses mains fourmillaient de vibrations, comme si elles se désintégraient. Il s'aperçut qu'il serrait trop fort les poignées. Il remarqua que sur le dos de ses deux mains se dessinait l'ombre du visage d'Elling. Rester concentré sur la route devint une gageure. Sans cesse il revenait aux visages sur ses mains, essayant ensuite d'attraper le reflet de Lael dans le rétroviseur, pour comparer, alors qu'il ne voyait rien de Lael, sentait seulement son menton qui appuyait contre le dos de Lael – ou plutôt le menton de Lael pressé contre son dos à lui, la tête de Lael cachée derrière son propre corps. Mais c'était comme si c'était le dos de Lael et son menton à lui, parce qu'auparavant ç'avait toujours été ainsi ; l'espace d'un instant il lui sembla qu'ils avaient échangé leurs corps, ou qu'il était Lael et lui-même, les deux à la fois. Il laissa l'idée lui emplir le crâne, et ce fut presque comme s'il ne pouvait pas voir devant lui parce que sa tête était appuyée contre son propre dos. Il essaya de la redresser, lutta pour la redresser, mais quand à la longue il y parvint, il n'était pas sur le scooter et Lael n'était pas devant lui mais près de lui et ils marchaient côte à côte, non pas sur la route mais gravissant un talus. La tête commença à lui tourner alors que ce n'était pas le cas au moment où il avait repris conscience, et pour se distraire il essaya de garder les yeux fixés sur le dos de Lael, s'interdisant de regarder la pente. Il poursuivit son ascension laborieuse, aux oreilles un vent effiloché dont il finit par comprendre qu'il s'agissait de son propre souffle déchiré. Ou de son souffle mêlé à celui de Lael qui, il le remarquait maintenant, tenait à la main un objet scintillant qu'il identifia comme un couteau.

« Pourquoi ton couteau est sorti ? » réussit-il à demander.

Lael n'interrompit pas sa marche, Rudd non plus, mais Lael se pencha légèrement vers lui.

« Pour la même raison que le tien l'est », dit Lael, et entre deux pas Rudd aperçut l'éclat de la lame dans sa propre main. Il voulut refermer le couteau et le ranger mais il n'en fit rien ; il n'avait aucune idée non plus de ce qu'il fabriquait avec ; en fait, tout ce qui retenait maintenant son attention était le pur vertige flageolant qui s'était emparé de lui. Il tendit le bras pour prendre appui sur son demi-frère, vit que son couteau avait transpercé sa manche pour se planter dans son bras.

« Bon Dieu ! » cria Lael, qui s'arrêta pour examiner bras et chemise. Rudd détecta chez lui une espèce de panique, peut-être même de la peur.

« Désolé, dit Rudd. Enfin, je n'ai pas fait exp…

— Je t'ai fait confiance. Je t'ai accompagné depuis le début. Est-ce que j'ai eu tort ?

— Depuis le début de quoi ? » demanda Rudd.

Lael secoua la tête et reprit son ascension en marmonnant. Rudd fit un pas, le sol se déroba sous ses pieds, il s'effondra.

Et le voilà accroupi au sommet d'un monticule surplombant une aire de camping quasi déserte, la cahute verte d'un garde forestier au bout d'un sentier pavé, des sentiers de terre défoncés menant aux emplacements individuels. Le soleil n'allait pas tarder à se coucher. Lael tenait Rudd par l'épaule. Le sol, stable depuis un moment, se remit à vaciller et chavirer. Il se mit à quatre pattes et finalement, comme son malaise empirait, à plat ventre.

« Là », dit Lael. Rudd cligna des yeux, essaya de faire le point, ne vit qu'arbres, herbe, terre, cicatrices calcinées de feux de camp.

« Quoi ? demanda-t-il. Où ? »

Lael montra et Rudd essaya de suivre son doigt. Quelque chose entre les arbres, là-dessous, une voiture apparemment, une familiale, et autour d'elle des formes qui s'affairaient.

« C'est ça, dit Lael. Eux. »

Rudd posa la tête, huma la terre contre son visage. Puis Lael le releva et ils avancèrent, trébuchants, Lael le soutenant toujours et le maintenant d'aplomb. Ils se laissèrent glisser le long d'une coulée d'argile, s'accroupirent derrière un vieux pied de sauge flétrie dont l'odeur légère lui éclaircit les idées. Et voici qu'ils étaient là devant eux, une famille, à une centaine de mètres, trois, la tente dressée, sur la table une lanterne éteinte.

« Qu'est-ce qu'on fait maintenant ? » demanda Rudd.

Lael se tourna à demi. « On attend qu'il fasse noir. » Il retourna son couteau et se mit à le repasser d'abord sur la semelle de sa chaussure, puis contre une pierre à moitié enfouie. Rudd ne savait rien de la famille. Ils jouaient à se lancer un Frisbee, deux d'entre eux en tout cas, un homme et une petite fille. Une femme les regardait, près d'un feu qu'elle tisonnait à l'aide d'une brindille.

Le sol ne basculait plus autant et il crut d'abord que c'était parce qu'ils étaient un peu descendus et que le terrain s'était un peu aplani. Puis il s'aperçut que c'était parce qu'il commençait à se sentir exilé, enfoncé, inhumé de plus en plus profondément à l'intérieur de son corps. Le monde ne lui était plus aussi proche – même regarder de ses yeux était comme regarder de plus loin au fond de sa tête, sa vision du dehors encadrée par de vastes ténèbres qui gagnaient du terrain.

« Qu'est-ce qu'on fait maintenant ? s'entendit-il redemander.

— Patience, dit Lael. La nuit approche. »

Il inspira profondément, sentit sa vision s'assombrir. Il se sentit oppressé, chassé de ses sensations, précipité dans l'inconscience.

Par fragments, par éclats, j'ai pu autrefois me soumettre à des inconnus... mais le voici avec ses douze visages différents, parcourant cent rues distinctes.

TRUMAN CAPOTE, *La Harpe d'herbe*

... les hommes ne devraient pas regarder leurs semblables de trop près, ils ne sont pas semblables aux tableaux.

SHIRLEY JACKSON, *The Bird's Nest*

II

LYNDI, ÉGARÉE

I

Ils se présentèrent à sa porte pour l'avertir mais trop tard, c'était déjà aux informations : Mike Parry, le randonneur, avait appelé la presse avant la police. Elle faisait ses exercices d'algèbre affalée sur le canapé, un œil sur la télé, *quatre corps, toujours pas identifiés, une aire de camping, entailles horribles, trois longues blessures infligées en travers de la gorge, de la poitrine, du bassin. Les corps arrangés au sol pour former un motif : un V et un angle droit, côte à côte. Et puis, un peu en contrebas, équidistant du corps en V et du corps plié à angle droit, un cadavre étendu de tout son long bras plaqués, une ligne horizontale ; et un autre encore, sous l'angle droit mais plus bas sur le flanc de la montagne, étendu lui aussi,* si bien que vu du ciel (et d'après le croquis de l'artiste) on obtenait :

V L
–
–

Ce qui présente une ressemblance troublante, poursuivait le journaliste, *abstraction faite du cours d'eau qui perturbe le motif, avec les marques caractéristiques des habits du temple mormon.*

Drôle d'histoire, se dit-elle en changeant de chaîne. Mais Channel 4 parlait de la même chose. Sur Channel 2, ni montagne ni reporter mais une vieille photo de son père. Comme si la télé était déréglée. Elle ne comprit pas tout de suite, repassant sur la 4 puis sur la 5, d'où elle était partie et où elle la retrouva : la photo de son père, à côté du visage de sa mère. Deux hommes gantés de caoutchouc qui fermaient un sac mortuaire, retour sur les photos de ses parents, le nom de sa sœur aussi, mal orthographié, sans photo. *Nous sommes donc en mesure de confirmer l'identité*, et la caméra qui revient sur la journaliste secouant la tête, *une tragédie, atroce, aucune piste pour l'instant – un survivant.* On sonnait, depuis un moment, s'aperçut-elle brusquement, et elle avança vers la porte, télécommande à la main, *encore une fois nous sommes en mesure de confirmer les*, ouvrit la porte : deux hommes en civil, leurs insignes brandis réfléchissant la lumière. Derrière eux, massés derrière le cordon de police, une meute de journalistes qui se mit à hurler dès que la porte s'ouvrit. Les agents en civil, insignes toujours brandis, qui remuent les lèvres sans que les sons lui parviennent. Ou plutôt si, ils lui parvenaient, mais elle ne pouvait pas, ces sons, les rattacher à un sens. *Je sais*, s'entendit-elle dire en lâchant la télécommande, *j'étais devant.* Demi-tour, deux pas vers le canapé, et soudain le carrelage contre sa joue.

*

On l'enveloppa dans une couverture, on lui demanda et lui redemanda comment elle se sentait. Cernée par les journalistes. Un type, appareil photo à bout de bras au-dessus de sa tête, força le passage jusqu'à elle, flash crépitant, avant d'être refoulé.

Ça allait ? voulait-on savoir. Prête à faire une déclaration ?

Quatre corps, crut-elle entendre derrière elle, tout bas. *Une espèce de rite*. On voulait qu'elle prenne un gobelet de quelque chose mais elle agrippait la couverture et ne pouvait plus desserrer les doigts. Des lumières fluorescentes, un léger bourdon. Un bureau, rien dessus qu'un crayon, un autre bureau à côté, un troisième derrière.

« On ne devrait pas l'emmener à l'hôpital ?

— Linda, ça va ?

— C'est comme ça qu'elle s'appelle ?

— Ma foi, je crois bien. Qui a le dossier ?

— Elle a déjà un dossier ?

— Linda, tu es là ? Tu m'entends ? »

Surgissant : deux visages à sa droite, deux à gauche, leurs après-rasages et leurs chairs respectives qui tissaient une toile autour d'elle. Puis des doigts qui lui mordent le bras, son corps qu'on évacue du commissariat, le soleil aveuglant en pleine face, un appareil photo braqué sur elle, son corps changé en toupie, arrimé à quoi, qu'on emmène.

*

Jour, noir. *Amène-moi ma robe de chambre*, elle était sûre d'avoir entendu ça. Une aiguille qui s'enfonce en elle depuis l'intérieur de son poignet, le tube opaque qui rejoint, trois loopings plus loin, une poche en plastique pendue à une perche et gonflée de liquide pâle.

« Lyndi ? »

Elle ouvrit la bouche, passa la langue sur ses lèvres. Sèches, crevassées. On lui braque une lumière dans l'œil. Une main posée sur sa joue, les doigts qui écartent ses paupières.

« Lyndi ? »

La lumière dans sa pupille qui s'éloigne en laissant dans son crâne un poing sensible. Elle abrite cet œil de sa paupière, en ouvre un autre. Deux têtes aux traits vagues, indifférenciables, puis elles se rassemblent lentement et se figent, l'une devient un médecin, l'autre un homme dont la fonction n'est révélée ni par la face ni par l'accoutrement.

À boire, parvint-elle à réclamer. Le deuxième homme quitta son champ de vision, revint avec un gobelet qu'il lui présenta aux lèvres. L'eau qui coule aux coins de sa bouche, des aiguilles de froid sur ses clavicules. Il éloigna le gobelet, lui épongea les lèvres avec le coin du drap.

« Comment te sens-tu ? demanda le médecin.

— Je deviens folle, dit-elle.

— C'est bien ça, dit le deuxième en souriant. Métaphoriquement parlant, s'entend.

— Là, dit le docteur. Ça n'a rien d'étonnant. On a subi un sacré choc, pas vrai ? »

Il recommença à lui braquer la lumière dans les yeux.

« Il y a une aiguille dans mon bras, dit-elle.

— Juste une perfusion, expliqua le docteur. Aucune crainte à avoir.

— Non, mais qu'est-ce qu'il y a dedans ?

— Dedans ? dit-il. Quelque chose qui va nous aider à nous stabiliser, trois fois rien. On regarde à gauche…

— Lyndi », dit le deuxième homme.

Elle voulut tourner la tête vers lui, mais le docteur la retint. « On regarde à gauche, intima-t-il de nouveau.

— Quoi ? demanda-t-elle.

— Tu veux bien répondre à quelques questions ? demanda le deuxième homme.

— Questions ?

— Oui, des questions. Tu veux bien, n'est-ce pas ?

— Une minute, monsieur l'agent, dit le docteur. On a presque terminé.

— Bien sûr, bien sûr, dit le deuxième homme. Désolé.

— Agent ? demanda-t-elle.

— C'est ça, dit-il. De policc. Lieutenant, même. »

Puis la voix calme du médecin qui l'interroge, sur des trucs sans intérêt : quel jour on est, est-ce qu'elle préfère les œufs ou le fromage, quelle partie de son bras il touche là, est-ce qu'elle se rappelle comment elle est arrivée ici. Elle ignorait si ses réponses donnaient satisfaction. Il répétait les mêmes questions, recevait les mêmes réponses et finit par reculer et quitter la chambre en griffonnant sur sa fiche.

« Bien, dit le lieutenant. Nous voilà tous les deux. »

Elle le regarda d'un peu plus près, il ne cillait pas. Teint pâle, cheveux foncés. Les traits un peu empâtés. « On dirait bien, dit-elle.

— Donc, mes questions, dit-il. Y a-t-il quelqu'un qui en voulait à tes parents ?

— Au point de les tuer ?

— Ton père, avait-il des ennemis ?

— Je ne sais pas.

— Pourquoi tu n'es pas allée camper avec eux ?

— Je ne sais pas. Je viens de commencer la fac. »

Il se rapprocha un peu du lit, la dévisagea. « Lyndi, dit-il. Et toi ?

— Moi quoi ?

— Est-ce que tu les as tués ?

— Quoi ?

— Ou fait tuer par une tierce personne ?

— Je n'en reviens pas, dit-elle, que vous…

— Entre nous, dit-il en posant sa grande main sur la sienne.

— Non, dit-elle. Bien sûr que non. »

Il esquissa un demi-sourire bref, lui tapota le genou à travers le drap. « Je te crois. Je suis heureux qu'on ait éliminé cette possibilité, dit-il. Maintenant, voyons ce qu'on peut trouver. »

*

Un agent posté devant la porte. Dans la chambre, un homme dans un lit, bras attachés. Une perfusion plantée dans le dos de la main, un tube dans la gorge, le cou enveloppé de coton. La pulsation d'un moniteur cardiaque à son chevet.

« Comment il s'appelle ? demanda-t-elle.

— Rudd quelque chose, dit le lieutenant. Troyer, il me semble. Pas exactement, mais j'ai ça dans mon carnet. Je peux regarder. »

Il n'en fit rien.

« L'unique survivant. Tu le reconnais ?

— Non, dit-elle. En tout cas pas comme ça.

— Ce n'est pas un ami de la famille ? Il n'était pas avec tes parents ?

— Non.

— C'est la première fois que tu le vois ?

— Oui. »

Il lui serra la main et lui tendit sa carte. « Tu peux y aller. »

Elle le remercia en glissant la carte dans sa poche. Elle avait encore l'esprit embrumé. Elle se dirigea vers la porte, revint sur ses pas pour revoir l'homme. S'approcha assez pour voir ses deux profils. Pas un homme, un garçon, même âge qu'elle ou pas loin. Le lieutenant toujours là, derrière elle, qui voulait savoir s'il lui rappelait quelque chose, finalement ? Non, elle ne l'avait jamais vu. Sûre ? Sûre.

II

L'évêque vint en parler avec elle, essaya de la réconforter. Elle en éprouva gratitude et ressentiment. Des dames apportèrent des civets. Elle les remercia sans se résoudre à les manger. Ils restèrent sur la paillasse jusqu'à ce qu'ils se couvrent d'une couche de moisissure et qu'elle les jette. Elle s'aperçut qu'elle ne mangeait quasiment rien,.

Sans bien comprendre ce qui l'y poussait, elle se mit à collectionner les articles sur les meurtres. Elle les conserva sous son lit dans une boîte à chaussures jusqu'à l'enterrement, après quoi elle les punaisa dans la buanderie au-dessus des machines. C'était devenu « les meurtres de Devil's Kitchen », bien que les corps eussent été retrouvés à l'est et au sud de Devil's Kitchen. D'un article à l'autre des variantes apparaissaient. On avançait ici que son père avait été attaqué en premier, là c'était Rudd Theurer qui avait eu l'honneur, et un membre de sa famille – ou plusieurs – avait surpris cette agression. Au moment de la découverte des corps la famille était morte depuis sept heures, selon le *Daily Herald*. Ou était-ce, comme croyait le savoir le *Salt Lake Tribune*, douze heures ? L'arme du crime était tour à tour un couteau, un rasoir, une pierre affûtée, un tesson de bouteille. Si dans certains rapports ils n'avaient pas eu le temps de souffrir, d'autres leur infligeaient une mort lente et douloureuse.

Debout devant le séchoir qui tournait, elle relisait les articles en scrutant les photos au gros grain pixelisé – les corps vus d'avion, les policiers qui font rouler un cadavre (celui de son père, sûre et certaine) sur une civière. Rudd à demi mort, au milieu d'une nuée d'infirmiers, sa main et son avant-bras les seules parties visibles de son corps.

Qu'en conclure ? Ce qu'il y avait de sûr, c'était que ses parents étaient allés dans les montagnes, que Rudd était avec eux, ou alors qu'ils avaient décidé de monter leur tente près de lui. Puis un individu – ou plusieurs – avait tué ses parents en leur tranchant la gorge et en leur infligeant de profondes entailles en travers de la poitrine et du bassin. Puis un individu – ou plusieurs – avait soigneusement plié les cadavres, les disposant sur le flanc de la montagne pour former un motif évoquant les signes des vêtements du temple mormon : l'équerre, le signe du compas, la marque du nombril, la marque du genou. Elle n'avait pas l'âge d'être admise au temple, elle n'en portait donc pas les habits, non plus qu'elle était autorisée à en connaître tout le sens. Les marques étaient sacrées. On n'en parlait pas hors du temple. Le *Deseret News*, propriété de l'Église, déclara qu'il ne pouvait discuter du symbolisme des signes, mais que parmi les enquêteurs un mormon *s'intéressait de très près* à la question. Les victimes étaient toutes mortes d'hémorragie, sauf ce Rudd, qui avait eu la trachée ouverte superficiellement mais aucune artère majeure de touchée. Malgré tout il avait eu de la chance de ne pas mourir suffoqué par son propre sang. Peut-être, spéculait le *Tribune*, le (ou les) tueur avait-il été interrompu avant d'avoir pu achever son ouvrage.

Des mormons se présentèrent à sa porte, l'exhortant à reconstruire sa vie – deux dames des Œuvres charitables, puis la présidente en personne de ces mêmes Œuvres charitables. *Comment allait-elle ?* s'enquirent-elles, et Lyndi perçut chez elles le désir de glaner quelque détail que les journaux n'auraient pas divulgué. Le désir était là qui leur marquait la face, pourtant elles paraissaient se soucier d'elle sincèrement, désireuses de la secourir. Pourquoi rien n'était-il simple ? Elles parlèrent guérison, épreuves que Dieu nous envoie, s'ouvrirent à elle des épreuves par elles-mêmes surmontées. Elles lui inspiraient l'amour en même temps que le dégoût. C'était bien qu'elle vienne à l'église de temps en temps, s'entendit-elle dire, mais ç'aurait été encore mieux tous les dimanches, surtout dans ces moments, surtout maintenant. On y trouvait du réconfort.

C'est pourtant seule qu'elle passa le gros de la semaine, à errer dans la maison vide. Elle remarqua que les articles qui retenaient le plus son attention étaient ceux qui mentionnaient Rudd : il avait beau être dans le coma, c'était quand même lui l'unique survivant. Il était fils unique, vivait seul avec sa mère au moment du drame. De quelques mois son cadet, il était encore élève de terminale au lycée. On le décrivait comme un solitaire, un assez bon élève qui avait parfois des idées saugrenues, sujet au vertige, comme un garçon qui, apparemment, s'était trouvé au mauvais endroit au mauvais moment. Les journaux reproduisaient tous la même photo de l'annuaire des élèves où on le voyait sourire en essayant de ne pas sourire, sans dévoiler les dents, d'où cet air tendu qui avait tout du rictus macabre. Elle feuilleta l'annuaire des élèves de son propre lycée, constata que l'expression de Rudd était celle de la majorité des élèves. Quant à elle, elle était immortalisée toutes dents dehors. Son professeur d'anglais le disait perturbé, obsédé par la mort. *Quelle ironie*, notait-elle sans se soucier de caricaturer aussi outrageusement son propre personnage, *que ce soit celui qui était obsédé par la mort qui ait survécu.*

*

Sa tante Debby, celle qui vivait en Californie du Sud, apparut sur le perron, chargée de quatre valises de luxe. Elle avait appelé, pourquoi Lyndi ne décrochait-elle pas ? Elle se faisait du mouron, annonça-t-elle. D'accord, Lyndi était majeure, certes, mais avec le choc et tout ça, peut-être aimerait-elle avoir quelqu'un auprès d'elle quelques semaines, même un peu plus.

« Euh, c'est-à-dire… » dit Lyndi.

Elle savait ce que c'était. Les pleurs intarissables, l'état de choc, les poches sous les yeux, la confusion générale, l'envie de mourir, le Valium. Elle était là pour l'aider à traverser cette passe difficile, dans la mesure du possible. Lyndi pouvait compter sur elle.

Prise au dépourvu, Lyndi l'invita à entrer.

Sa tante franchit le seuil en ôtant ses gants, abandonnant ses valises sur le perron aux bons soins de Lyndi. Elle évalua le salon, pleine d'appréhension.

« Comme c'est désuet, c'est charmant », insinua-t-elle.

Puis elle se lança dans l'entrée et poursuivit dans son élan jusqu'à l'étage, tout droit dans la chambre qui avait été celle des parents de Lyndi, où elle poussa tous les cintres garnis du même côté de la penderie et entreprit, une fois que Lyndi eut monté ses bagages, d'installer ses propres vêtements. Elle réorganisa les commodes, aussi, allouant aux sous-vêtements et chaussettes du père de Lyndi un seul tiroir, casant tout le reste de ses effets dans la commode de sa mère. Quand Lyndi protesta :

« Chérie, il va falloir regarder les choses en face, tu sais. Ils sont morts. Ils ne reviendront pas. »

Ce n'était pas qu'elle ne regardait pas les choses en face, ce n'était pas qu'elle ignorait leur mort. C'était le peu de respect que sa tante manifestait, sa façon cavalière de jeter leurs brosses à dents à la poubelle et de vider leur flacon de shampooing à moitié plein dans les toilettes qui débordèrent de mousse quand elle tira la chasse. Maintenant elle réagençait tous les tiroirs de cuisine – *c'est pour ton bien, ma chérie, il est temps de lâcher prise* – pour en faire la réplique des siens en Californie du Sud. Si Lyndi n'avait pas touché aux tiroirs, ce n'était pas par respect pour ses parents mais parce qu'elle avait toujours connu les tiroirs rangés ainsi. Elle y trouvait ce qu'elle cherchait.

Sa tante était là, drapée dans son peignoir devant une théière que par déférence mormone elle appelait « tisanière » : *Garde-toi de l'apparence même du mal*, recommandait-elle, *les boissons excitantes sont à bannir, même des noms de la vaisselle*. Elles se retrouvaient autour de la table basse pour un brin de causette, activité que sa tante aimait programmer de temps à autre et que Lyndi subissait. À l'ordre du jour des brins de causette, des ragots mettant en scène divers protagonistes que Lyndi ne connaissait ni d'Ève ni d'Adam et dont elle avait toutes les peines à retenir les noms. Il y avait Todd Fuller, vendeur chez un concessionnaire d'occasions, qui buvait en douce. Il y avait la voisine de sa tante, taxée de vulgarité, et sa tante d'égrener les chefs d'accusation : ouvre sa porte en bigoudis, écoute la radio dans son jardin, fait sécher ses soutiens-gorge dehors. Plus loin dans sa rue il y avait Mrs. Miller, qui avait enchaîné cinq maris en dépit de ce que sa tante appelait ses « tracas colostomiques » et qui maintenant couchait avec un garçon deux fois plus jeune qu'elle.

« J'ai des devoirs, dit Lyndi. Tu veux bien m'excuser ?

— Au diable les devoirs, dit sa tante. Tu es en deuil. »

Lyndi estimait qu'elle s'en sortait plutôt bien. Ça n'avait pas été évident, ça ne l'était toujours pas ; elle aimait ses parents, elle avait souffert de les perdre, mais elle avait su s'en dépêtrer. Se dépêtrer de sa tante, en revanche, était une affaire plus délicate, qui aurait dû lui être épargnée. « Rends-toi compte, disait sa tante, moitié plus jeune, et encore ! Il y a des gens pour trouver une poche de colostomie érotique, si tu vois ce que je veux dire, mais très peu pour moi. Enfin, il faut de tout pour faire un monde, et Dieu soit loué, d'ailleurs, sinon on aurait tous les pervers et les détraqués à nos trousses. »

Sa tante avança la main pour prendre un biscuit salé dans son emballage en plastique puis commenta l'action, comme si celle-ci était susceptible de présenter un intérêt pour Lyndi, comme si elle était susceptible, même, de favoriser sa guérison. Dans sa bouche les dernières syllabes étaient comme les dents d'une fourchette. « Tu dois aller de l'avant, dit-elle, comme si elle trouvait l'apaisement dans la mastication. Tu ne peux pas te laisser dépérir. »

C'est ça, pensa Lyndi.

Sa tante tira sur l'ourlet de sa robe.

« J'ai été mariée deux fois, dit-elle. Trois, en fait, mais le deuxième ne compte pas parce qu'il n'y avait pas de vie sexuelle digne de ce nom, pour ainsi dire. Alors je sais ce que c'est, d'avoir envie de mourir. »

Ici les yeux de sa tante se mirent à larmoyer, le dernier coin de biscuit lui tomba de la main. Lyndi chercha un Kleenex. Il n'y en avait pas. Sans arrêter de pleurer, sa tante se resservit dans l'emballage en plastique.

« Toutes les deux on s'en sortira, articula-t-elle parmi les sanglots, crachotant des miettes de biscuit. C'est toi et moi contre le monde, ma grande. »

S'il te plaît, mon Dieu, pensa Lyndi, *achève-moi.*

*

Il était difficile d'échapper aux brins de causette, mais quand sa tante avait causé tout son soûl, Lyndi pouvait s'éclipser. Elle allait à la bibliothèque lire et travailler. Elle continuait à faire ses devoirs, même si certains professeurs avaient laissé entendre qu'elle s'en était plutôt bien tirée jusqu'à présent, qu'on aurait pu lui donner la note qu'elle méritait à ce stade de l'année, lui laisser le temps de récupérer, peut-être. Mais c'était ça, récupérer, pour elle, faire ce qu'elle aurait fait si ses parents étaient vivants, n'en déplaise à sa tante pour qui il s'agissait là de rien de moins que de *déni*.

Déni ou pas, elle ne faisait pas autre chose. Debout à sept heures, douchée, maquillée, elle se préparait un petit déjeuner. Sa tante émergeait pour l'accompagner en se frottant les yeux, dans un peignoir éponge qu'elle avait adopté pour remplacer sa robe de chambre quand celle-ci fut sale. Un verre de jus d'orange, puis elle la pressait de questions sur la journée à venir. L'agenda lacunaire prêtait le flanc à la programmation d'un brin de causette, mais en cas d'agenda comble sa tante lui serinait la chanson du déni, la menaçait de prendre rendez-vous pour elle chez un *conseiller*.

« Pas chez un psychiatre ni un psychologue, non – sa tante ne tombait pas dans le panneau de ces théories pseudo-scientifiques – mais chez un bon vieux conseiller sans prétention, nourri au grain du bon sens.

— Nourri au grain ? demanda Lyndi.

— Ne fais pas la maligne, Mistinguett, menaça sa tante, index à l'appui. Si tu te mets à dos la tante Debby, qu'est-ce qu'il va te rester ? »

Personne, effectivement, mais de tante Debby à personne, elle n'était pas sûre de perdre au change. Plus les jours passaient et plus sa tante lui semblait une contradiction vivante, un amalgame de névroses entrées en collision. Pas une femme remarquable à proprement parler, mais une femme cousue de plusieurs pièces, et aux coutures apparentes. Chacune d'elles témoignant de ce qu'elle était *allée de l'avant*, de ce qu'elle avait *refusé de se laisser dépérir*.

Elle plaça des œufs dans une assiette, brouillés.

Lyndi jonglait avec les brins de causette et les menaces de rendez-vous chez le conseiller, maintenant l'équilibre fragile au prix duquel les premiers restaient rares et les secondes en l'air. La tante semblait voir en la nièce une apprentie domestique à qui revenait de préparer tous les repas. Les courses, également, incombaient à Lyndi, et avec la fac, la cuisine et la lessive, elle était assez occupée pour n'avoir presque plus besoin de mentir quand elle affirmait que son agenda était plein. La tante se réserva une seule tâche : offrir à Lyndi ce qu'elle annonça comme un *relooking complet*. « Une nouvelle femme pour une nouvelle vie » : elle en fit sa devise. On découvrit que Lyndi était *automne* et s'habillait depuis toujours à rebours de sa palette. Sa garde-robe était *calamiteuse*, il convenait de l'abandonner au profit d'une *palette en demi-teintes*. Son maquillage laissait à désirer, aussi, il y avait forcément une voisine qui distribuait Avon ? *Tu sais bien, les ambassadrices*

Avon ? Quand Lyndi avoua que non, elle ne savait pas, sa tante secoua la tête. « Je ne veux pas dire de mal des défunts, déclara-t-elle, mais ta mère n'a vraiment rien fait pour éveiller ta féminité. »

Il y eut des excursions au centre commercial, sa tante ne manquant pas de déplorer la pauvreté de l'Utah en magasins chic. Des essayages chez Nordstrom et JC Penney, au terme desquels Lyndi avait presque toujours l'air d'une jeune fille de dix-huit ans allant sur ses quarante-cinq. Des ensembles extraits de brochures d'agences immobilières, des jupes de secrétaire qui adhéraient à ses cuisses quand elle marchait, des twin-sets pastel, des robes-pulls à manches frangées. Chaque fois sa tante était là tout près d'elle, prête à lui tendre un nouvel habit qui chaque fois lui plaisait moins que le précédent. Croulant sous les ensembles, Lyndi était expédiée dans une cabine dont elle devait émerger avec l'un d'eux sur le dos puis tourner sur elle-même avant de rentrer passer le suivant. Puis on allait chez Brass Plum, où de nouveau il fallait essayer, de nouveau la toupie, et les sacs s'amoncelaient, remplis de frusques qui n'avaient rien à voir avec elle et qui, si d'aventure elle les portait, auraient l'air plaqués, empruntés. Devant elle : un stand de maquillage gardé par une armada de vendeuses sèches comme un coup de trique, flanquées de faces artificielles, parées d'accessoires cliquetant comme des mandibules. Deux dames trapues qui flânent au rayon lingerie, un homme qui les regarde à la dérobée du rayon d'en face. Un chien d'aveugle qui guide une femme aux yeux pâles mais dont les gestes ne sont pas ceux d'une aveugle. Sa main saisie par une main tierce qui la traîne jusqu'à un stand, paume vers le ciel. L'escalator en plein milieu du magasin, trois enfants qui courent dedans, le vacarme qu'ils font. Une vague sensation tout là-bas, au bout de son bras. « Alors, qu'est-ce que tu en penses ? » disait une voix, mais était-ce à elle qu'elle s'adressait ? Un alignement de flacons multicolores. Des présentoirs fragiles, circulaires, en longues lignes brisées. Plus bas les allées disloquées, en enfilade, reliant sections et nœuds. « Vas-y, essaie, ma chérie – la voix de sa tante, agacée –, mets-y un peu du tien. » Près de l'escalator deux enfants ont renversé un mannequin, sa tête souriante s'en va rouler. Sa propre main qui se décolle de la paillasse et monte à la rencontre de son visage, comme si une force la propulsait.

« Ma chérie, mais qu'as-tu donc, à la fin ? Tu trembles.

— Ça va... » dit-elle, n'entendant de sa voix que des échos lointains. Elle était incapable de fixer son attention sur quoi que ce soit, ses yeux sautaient d'un objet à l'autre. Le parfum trop fort sur son poignet. « J'ai besoin d'air, dit-elle.

— Veux-tu que je t'accompagne ? » demanda sa tante.

Il y avait des sacs à ses pieds qu'elle écarta pour aller tituber dans la première allée qui s'offrait. Elle se tourna à demi, jeta un regard en arrière, vit sa tante esquisser un sourire bizarre, les lèvres bougeant à trop basse vitesse. Le film de sa vie sautait. L'allée vacilla brusquement sous ses pieds et la jeta au milieu des portants, des cintres s'entrechoquant, des éclats de lumière partout. Une autre allée la conduisit, au terme d'une boucle, devant un stand de parfumerie, nez à nez avec une tante.

« Je croyais que tu avais besoin d'air, dit la tante.

— Je... » dit-elle avant de fermer la bouche et de repartir, dans l'autre sens cette fois, maintenant le cap jusqu'à ce qu'elle eût fait tout le tour et débouché dans la galerie marchande. Un immense patio intérieur avec des centaines de flâneurs, une fontaine, des kiosques bardés de lunettes de soleil, d'animaux en verre soufflé et de répliques du temple, çà et là d'étranges plantes solitaires expirant dans des pots incongrus disposés au petit bonheur sur le sol en faux marbre. Deux chemins à droite, deux à gauche, pas d'air en vue. Quelqu'un près d'elle demandait si ça allait, mais elle ne le voyait pas bien et elle était repartie, penchant pour la droite. Magasins partout, néons crus, autre fontaine, aire de restauration, pagaille de tables et de chaises, de gens, de sacs, de bébés et de victuailles. Traverser leurs rangs pour émerger de l'autre côté, longer des enfilades de magasins identiques, son visage vacillant dans les vitres des devantures et enfin, au bout de l'allée, une série de portes qui ouvrent sur le dehors.

L'air libre, la lumière. Grisant. Au bord du trottoir, sous un auvent, le parking tout luisant d'une averse récente dont l'odeur était encore forte. Marcher, prendre une rangée, couper entre deux voitures, revenir sur ses pas et se retrouver devant une voiture qui ressemblait à la sienne mais n'était pas la sienne. Elle la chercha des yeux, ne la vit pas. Elle chercha la clé dans sa poche, se souvint que sa tante l'avait dans son sac.

Elle trouva un lampadaire entre deux voitures, s'assit sur la base et s'adossa à la tige, attendit. Elle se cacha le visage dans les mains, puis, une fois son souffle apaisé, les laissa retomber et partit à la recherche de sa voiture.

Et puis elle vit soudain, défilant devant elle en une lente procession, sa famille : son père, les yeux vitreux, pâle, trousseau de clés dans la main gauche, peau de la gorge pendante et béante. Il s'arrêta, posa un instant les yeux sur elle, reprit sa marche. Sa sœur, puis sa mère, un peu à la traîne, pâle. Derrière eux, fuyant son regard, Rudd qui se tenait la gorge, titubant.

Elle s'assit, attendant qu'apparaisse leur assassin. Puis, comme il ne venait pas, elle se leva pour les rattraper, les vit monter dans cette voiture qui ressemblait à la sienne mais n'était pas la sienne. La voiture démarra, s'éloigna. Mais quand elle arriva devant l'emplacement la voiture était toujours là. Elle se planta devant. Elle essaya d'ouvrir la portière, la trouva fermée.

Elle repartit en direction du centre commercial, remarqua alors, garé devant l'entrée la plus proche, un taxi et monta dedans.

« Je veux rentrer chez moi, dit-elle.

— Chez vous, où ça ? » demanda le chauffeur.

Elle commença à donner l'adresse, se ravisa. « À l'hôpital, dit-elle. Je vais à l'hôpital. »

— C'est vous qui voyez », dit-il en lui jetant un coup d'œil dans le rétroviseur. Il démarra.

III

Sa tante s'en retourna en Californie, décrétant que Lyndi souffrait de *complaisance pathologique* et *pataugeait jusqu'au cou dans le déni*, menaçant toutefois de revenir illico si d'aventure sa nièce devait s'ouvrir à la guérison. Seule et désœuvrée, Lyndi prit l'habitude d'aller régulièrement à l'hôpital veiller Rudd dans son coma. Le pansement de sa gorge avait été enlevé, les agrafes aussi, laissant place à une cicatrice suintante dont le rouge virait lentement au rose. Elle s'asseyait les mains sur les genoux, près de la tête du lit. Une fois elle se servit de ses doigts pour lui ouvrir les paupières. Elle vit une fine lame de bleu, ce qu'il restait d'un œil révulsé. Derrière l'autre, que du blanc.

On le nourrissait par perfusion. Il s'amaigrissait de jour en jour, ses pommettes acquirent un contour saillant comme la peau se stabilisait sur son visage. Elle aidait parfois l'infirmière à le déplacer et à changer les draps ; elle vit les escarres qui apparaissaient le long de ses jambes et de son dos. Quelquefois aussi elle lui parlait, lui demandait comment il avait rencontré son père et sa mère, s'il les avait connus. Qu'est-ce que ça lui avait fait, lui demandait-elle, un homme qui se jette sur lui, déjà couvert, peut-être, du sang de ses parents, brandissant un couteau, un coupe-chou, un caillou affûté ou un tesson de bouteille ? Elle imaginait quatre hommes, un pour chaque arme envisagée, leurs visages toujours obscurcis. Ou peut-être le tueur était-il un cinquième homme, muni d'une autre arme, sans visage. Ils occupaient son crâne, s'y bousculaient. Ou peut-être le tueur avait-il surgi par-derrière, suggérait-elle, notamment à Rudd, sans que rien ne l'annonce – une douleur aiguë, brûlante, sur sa gorge, et sur sa chemise un flot de sang.

Il s'en était tiré, songeait-elle, et pour cela il devrait lui tenir lieu de père, de mère et de sœur tout ensemble. La violence avait créé un lien entre eux.

Parfois, si elle était encore là à la tombée du soir, la mère de Rudd arrivait. Un jour Lyndi voulut se présenter, mais la mère la regarda bizarrement, esquissa un sourire et ne desserra pas les dents. *Vous êtes sourde ?* faillit demander Lyndi. Au lieu de quoi elle se leva et sortit. À compter de ce jour, quand sa mère arrivait elle s'en allait tout de suite et allait attendre dans une cafétéria jusqu'à ce qu'elle soit sûre que l'autre était partie.

En pensée, elle conversait avec Rudd, et parfois ses pensées débordaient dans sa bouche. Elle lui demandait ce qu'il aimait faire, ce qu'il regardait à la télé quand il était petit, qui il aimait comme acteurs. « Non, disait-elle quand il ne répondait rien, sans rire ? Moi pareil. » Comment ça se passait au lycée ? « Pas de copains ? Pas de petite copine ? Personne pour te rendre visite ? Comment ça ? Un aussi beau garçon ? » Parfois l'agent qui gardait la porte jetait un œil dans la chambre pour la surveiller. Parfois elle tirait le rideau autour d'eux, mais elle continuait à sentir les yeux du policier sur ses pieds et ses chevilles. Elle prit l'habitude de s'asseoir sur le bord du lit, assez haut pour que ses pieds ne dépassent pas du rideau. Elle parla à Rudd de sa tante, lui parla de ses parents aussi. Elle parlait jusqu'à ce qu'à la fin de la soirée le policier vienne la mettre à la porte – « J'ai fini mon service, le prenez pas mal, mais les visites sont finies depuis longtemps » – pour fermer à clé et rentrer chez lui. « Ils *n'aimaient même pas la montagne*, mes parents, commençait-elle, de retour le lendemain. Ça faisait des années qu'ils n'avaient pas pique-niqué. On se réveille un matin, disait-elle. On décide de faire une balade en montagne, comme ça sur un coup de tête, et on se fait tuer. Et toi ? demandait-elle. Toi aussi c'était un coup de tête ? À toi je peux tout dire, disait-elle. Tout ce qui me passe par la tête, n'importe quoi. Pieds de cochon, dit-elle. Tu es le seul garçon au monde devant qui j'aie pu dire pieds de cochon », dit-elle avant de se demander ce qui lui avait pris de dire cela, cela plutôt que n'importe quoi d'autre. Elle suivit du doigt la cicatrice rose sur son cou, *pieds de cochon*, laissa sa main descendre le long de sa mâchoire avant de remonter pour envelopper son oreille. Elle lui avait déjà parlé des heures et des heures, qu'est-ce qui l'empêchait de le toucher ? Elle lui passa la main dans les cheveux. *À quoi tu tiens ? À quoi tu crois ?* Peut-être, songea-t-elle, qu'il n'est pas si différent de moi.

Une infirmière entra et défit les liens des poignets du blessé. Elle fit rouler son corps d'un côté du lit, le tube qui lui plongeait dans la gorge se tendit autour de son cou.

« Ça ne risque rien ? » demanda Lyndi, puis elle le maintint le temps que l'infirmière défasse les draps du côté vide du lit et les ramasse en boule contre le dos de Rudd. Elles le firent rouler de l'autre côté pardessus le monticule de draps froissés, répétèrent l'opération pour installer les draps propres.

« C'est ton petit ami ? demanda l'infirmière.

— Non, dit-elle. Pas exactement.

— Un ami, alors, dit l'infirmière.

— Non, dit Lyndi. Pas exactement non plus, pour tout vous dire. »

L'infirmière, lissant les draps, hocha doucement la tête. « Si ce n'est pas indiscret, demanda-t-elle, qu'est-ce qu'il est, au juste ? »

Effectivement, qu'est-ce qu'il est ? se demanda-t-elle. Elle le connaissait à peine, ne savait de lui que ce qu'elle en avait lu dans les journaux, un tissu de contradictions pour l'essentiel. Qu'était-il pour elle ? Il s'en était tiré, s'était distingué de cette façon, et pour cette raison devrait lui tenir lieu de famille. Mais opposé à la curiosité de l'infirmière, le raisonnement risquait de paraître suspect. Il n'avait aucune obligation envers elle, ne la connaissait pas, ne l'avait jamais vue. L'intérêt qu'elle éprouvait, elle voulut s'en convaincre, était simplement fonction du rôle qu'il pouvait jouer : l'aider à démasquer l'assassin de ses parents, à venger ses parents. Il pouvait lui être utile. Il pouvait lui permettre de *tourner la page*.

Mais elle savait qu'elle en voulait davantage, comprenait que sans le connaître elle se sentait plus proche de Rudd que de n'importe qui d'autre, mort ou vivant. *La prochaine fois qu'une infirmière me demande si c'est mon petit ami*, se promit-elle, *je dirai que oui.*

*

Elle vint le voir un jour, après le cours d'algèbre, et trouva le policier parti. La porte était ouverte, le rideau écarté. Rudd, les mains toujours attachées, était couché comme il l'était depuis le début.

Elle tira le rideau, ferma la porte, alla au bureau des infirmières.

« Le garde n'est plus là, dit-elle à un homme pâle et lourd aux cheveux blonds frisés, manifestement décolorés.

— Pardon ?

— Le garde, dit-elle. Le policier. »

L'infirmier pinça les lèvres.

« Quelle chambre, s'il vous plaît ? »

Elle lui donna le numéro de chambre, le vit parcourir du regard un tableau dans une pochette en plastique chiffonnée.

« Theurer ? » demanda-t-il. Il prononçait « siourer ».

« C'est ça, dit Lyndi.

— Pas de garde répertorié, dit-il.

— Un policier était là tous les jours, dit Lyndi.

— Pas de garde répertorié », répéta l'infirmier en retournant le tableau.

Lyndi se hâta de regagner la chambre. Elle s'assit tout au bord du fauteuil, en face de lui. Dans son portefeuille elle retrouva la carte que le lieutenant lui avait donnée. Elle décrocha le téléphone à côté du lit, essaya de composer le numéro, mais il y eut un déclic après le quatrième chiffre et la ligne numérota sans la laisser finir.

« Clinique de podologie », dit une voix.

Elle raccrocha, resta assise à scruter le téléphone. Elle retourna au bureau des infirmières.

« Est-ce qu'il y a un téléphone dont je peux me servir ? » demanda-t-elle.

De mauvaise grâce, l'infirmier décrocha un combiné, le lui tendit de l'autre côté du bureau. « Quel numéro ? » demanda-t-il.

Lyndi le lui dicta. Elle pressa le combiné contre son oreille, les yeux rivés sur le mur de la porte de Rudd, juste à l'extérieur de son champ de vision.

« Lyndi, dit le lieutenant quand il comprit qui était au bout du fil. Je suis navré. Toujours aucune piste.

— Non, dit-elle. Ce n'est pas pour ça. C'est Rudd.

— Rudd ? Qu'est-ce qui lui arrive ?

— Où est le garde ?

— Lyndi, vous devez comprendre que nos moyens sont limités.

— Mais l'assassin, dit-elle. Il est toujours en liberté.

— Je suis navré, dit-il.

— Mais il y a un garde depuis le début, dit-elle. Rien que quelques jours, encore.

— Lyndi, dit-il. Je compatis. Sincèrement. Mais mes patrons, ce sont les contribuables. »

*

Elle desserra le frein qui bloquait les roulettes. Avec une taie d'oreiller, elle attacha la perfusion aux montants. Puis elle fit rouler le lit jusqu'à la porte et l'y laissa le temps d'une rapide reconnaissance dans le couloir.

Personne, et personne en vue. Elle tira le lit jusqu'à l'ascenseur, appuya sur le bouton. La porte s'ouvrit tout de suite.

À l'intérieur, une vieille dame dans une robe de chambre à carreaux. Autour de son cou, une monture sans verres au bout d'une chaînette.

« Johnny ? dit la dame.

— Quoi ? dit Lyndi. Non, ce n'est pas Johnny. C'est Rudd.

— Johnny ? redemanda la dame.

— À quel étage allez-vous ? demanda Lyndi. Ici ? C'est cet étage que vous vouliez ? »

La dame resta muette, immobile dans son coin d'ascenseur. Lyndi voulut appuyer sur un bouton, sentit la cabine trembler et monter, la prenant de court. La plaie au cou de Rudd suintait le sang, pleurait doucement. Les portes s'ouvrirent et elle se trouva nez à nez avec deux internes vêtus de blanc.

« Johnny ? demanda la dame.

— Ah, vous voilà, Mrs. Baetz, dit le premier. On vous a cherchée partout.

— Pardon », s'excusa Lyndi. Les internes s'écartèrent sans un regard, l'un d'eux lui tint la porte et Lyndi poussa le lit devant elle.

« Allons, Mrs. Baetz, dit l'un des internes.

— Johnny ? dit-elle.

— Non, Mrs. Baetz, je ne suis pas Johnny », entendit-elle avant de se retrouver au bout du couloir. « Consultations externes », indiquait un panneau. Elle entendit crier derrière elle, une voix aiguë. Elle avança vers deux portes doubles qui s'ouvrirent sans son concours, passa un bureau des infirmières désert, continua à avancer dans le couloir, regardant à l'intérieur de chaque chambre jusqu'à en trouver une vide. Elle fit entrer le lit, ferma la porte.

Elle éteignit. Dehors, un lampadaire assez lointain rendait pâle et friable tout ce qui l'entourait. Elle détacha la perfusion, s'assura que le tuyau n'avait pas souffert du voyage. Elle abaissa la rambarde de sûreté pour s'asseoir au bord du lit, débarrassa les poignets de Rudd de leurs entraves, aussi. Elle lui croisa les mains sur la poitrine, le tuyau de la perfusion se tendit, l'aiguille tout au bout saillant légèrement sous la peau. Elle posa les mains sur les siennes.

Elle lui caressa la joue. Il n'était pas vilain, se dit-elle, bien qu'un peu émacié maintenant. En tout cas, son visage lui était devenu familier. Elle fit glisser sa main le long de sa mâchoire et jusque sur sa gorge, tâta la cicatrice baveuse, l'humidité des larmes de sang. Elle sentit la pulsation lente du sang dans son cou.

Elle se leva et passa de l'autre côté, baissa la rambarde. Lentement, prudemment, elle tira Rudd à elle. Le lit avança sur ses roulettes. Elle serra le frein, tira Rudd jusqu'à ce qu'il ait l'épaule à moitié dans le vide.

Elle refit le tour du lit, se glissa sous le tuyau de la perfusion et s'installa à côté de lui, allongeant son corps contre le sien. Elle passa un bras prudent autour de lui, posant la main sur l'os pointu de sa hanche. Elle demeura ainsi, écoutant sa respiration faible, lui parlant à l'oreille. Elle ne tarda pas à s'endormir.

*

Elle se réveilla sans savoir où elle était. Il y avait quelqu'un à côté d'elle, une main sur son épaule. Elle se secoua et la main glissa. Soulevant la tête, elle vit le visage à côté d'elle dans la pénombre. Frissonnantes, les paupières s'ouvrirent et se refermèrent.

« Rudd ? dit-elle.

— Non », dit-il en fermant les yeux.

Elle répéta son nom mais il ne dit plus rien. Elle se demanda si elle avait rêvé. Elle le secoua, rien ne se produisit.

« Rudd ? » dit-elle à nouveau.

Elle sortit du lit, fit le tour de la chambre. Elle se dit qu'elle devrait peut-être appeler quelqu'un. Mais si elle avait rêvé ? Elle alla à la fenêtre, regarda dehors. En bas, le parking de l'hôpital était éclairé par la lueur morne des lampadaires. Elle chercha sa voiture, garée près de l'un d'eux. Peut-être que ce n'était rien. Peut-être que c'était son imagination. Elle retourna au lit, s'y recoucha. Ses yeux ne quittèrent pas le visage de Rudd, elle attendait.

*

Lorsqu'elle se réveilla de nouveau il faisait grand jour, le soleil ruisselait par la fenêtre, s'ajoutant aux néons fluorescents du plafond. Un docteur était là tout près d'elle avec une infirmière, et la mère de Rudd, aussi, qui paraissait choquée.

« Ah, vous voilà, dit le docteur. On se demandait ce que vous aviez fait de lui.

— Je l'ai sauvé, dit-elle. L'assassin.

— Appelez la police, dit la mère de Rudd.

— Allons, réfléchissons une seconde, dit le docteur en se tournant vers elle. Il n'y a pas de mal. Pas besoin d'aller déranger la police, si ? »

Lyndi sortit du lit. « Je le protégeais, dit-elle. Il s'est réveillé. »

La mère de Rudd posa les yeux sur elle. « Je porte plainte pour enlèvement.

— Allons, allons, dit le docteur en souriant. Épargnons-nous tout ça. » Il prit la tête du garçon entre ses mains, l'immobilisant pour l'examiner tout en secouant frénétiquement sa propre tête. Les paupières de Rudd frissonnèrent.

« Il a fait ça déjà tout à l'heure, dit Lyndi.

— Voyez-vous ça, dit le docteur.

— Rudd, tu m'entends ? »

Rudd ouvrit les yeux et les leva – sur Lyndi. Il soutint son regard, tranquille. Son expression était sereine, si on pouvait parler d'expression. Il continua à la regarder, jusqu'à ce que sa mère la dégage d'un coup de coude et serre contre son cœur le visage brusquement terrifié de son fils.

IV

Quelque temps après, elle avait regagné la vraie vie – la fin du semestre, le départ en vacances de ses rares camarades de fac, les coups de fil sporadiques de sa tante, les visites occasionnelles des paroissiens et voisins, les programmes de la nuit jusqu'à s'endormir devant la télévision sur le canapé où elle avait appris la mort de ses parents. Elle était seule.

Pendant les vacances, elle se réveillait au petit matin, s'extirpait du canapé, éteignait la télé et titubait jusqu'à son lit pour s'y rendormir quelques heures. Au réveil, elle se douchait dans la salle de bains de ses parents ; après, une serviette en turban et une autre nouée au-dessus de la poitrine, elle passait lentement en revue leur penderie, sans rien toucher. Elle réorganisa les tiroirs de cuisine, restaurant chaque chose à la place qu'elle occupait avant la venue de sa tante, puis passa quatre ou cinq jours à ouvrir systématiquement le mauvais tiroir, le temps que son corps retrouve ses marques.

Une voisine essaya de jouer les entremetteuses en lui présentant son neveu, un gosse de riche déplaisant à la lippe boudeuse qui ne s'intéressait guère qu'au ski et au rap bubble-gum. Elle se remit à fréquenter l'église, affrontant bravement la curiosité écrasante du premier jour.

« Où sont tes parents ? tonna sœur Woolsey, une veuve en chaise roulante, irascible et intubée. Pourquoi tu ne les as pas amenés ? »

Lyndi entendit sa petite-fille lui chuchoter : « Ils sont morts, maman.

— Ah bon, elle a rudement bien fait alors. »

La vie continuait, elle survivait. Elle se fit embaucher à l'emballage des cadeaux pour la période des fêtes à la librairie universitaire, s'aperçut qu'elle était la seule à avoir moins de cinquante ans. *Viens passer Noël*, proposa sa tante par répondeur interposé, *si tu peux te payer le billet*. Elle ne prit pas la peine de rappeler. Il existait dans le secteur une congrégation de célibataires, l'informa l'évêque – peut-être préférerait-elle fréquenter leur église ? Peut-être ce livre l'intéresserait-il ? *Les Sept Règles de vie des abonnés au succès*. Un chauve posait en couverture. Elle dit merci, décampa dès qu'elle put.

*

D'abord elle vit par la fenêtre qu'il tombait de minuscules flocons qui dérivaient en suspension, l'air glacial. Cinq heures moins le quart. Elle coupa un dernier morceau de scotch, marqua le pli, fixa le rabat. « Client suivant », dit-elle.

À la fin de la journée d'emballage – jeux de société, Saintes Écritures, cassettes de motivation, parfois même quelques livres, une file continue de neuf heures du matin à la fermeture à six –, partir, traverser le Wilkinson Center, dépasser le cinéma, descendre un étage, dépasser le fleuriste, passer sous l'auvent et déboucher à l'air libre, dehors.

Elle traversa pour regagner sa voiture, l'une des dernières sur le parking. Elle monta, lança le moteur, demeura. La neige tombait plus dru maintenant et s'amoncelait sur le pare-brise. Elle ne se décidait pas à démarrer. *Mais qu'est-ce que j'ai ?* se demanda-t-elle. La neige s'accumula jusqu'à ce qu'elle ne voie plus rien, la voiture murée et silencieuse, le dehors effacé. Plus rien qu'elle et l'habitacle. L'idée l'inquiéta et elle actionna les essuie-glaces, une seule fois, qui chassèrent la neige. Mais la vitre embuée ne la laissa presque rien voir. Elle approcha la main du levier de vitesse, mais déjà la neige recouvrait le pare-brise, et Lyndi comprit qu'elle ne trouverait pas la force de conduire.

Mais qu'est-ce que j'ai ? pensa-t-elle, et puis : *Qu'est-ce que j'ai avec les parkings ?*

Et puis : *Et s'il revient pour moi ?*

Qui ?

Celui qui a tué ma famille.

C'est-à-dire ? Qui ça ?

Je ne sais pas.

Elle s'était fait du mauvais sang pour Rudd, qui avait vu l'assassin. Rudd *savait*. En tout cas c'était possible. Mais elle ? Elle était le dernier membre vivant de sa famille. Si l'assassin avait choisi son père, sa mère et sa sœur, si ce n'était ni un meurtre gratuit ni un coup du sort, il y avait toutes les chances qu'il s'en prenne à elle maintenant. Pourtant la police n'avait jamais rien proposé, ni garde ni quoi que ce soit, pour sa protection. N'importe qui pouvait la tuer, n'importe quand.

Elle se remémora l'étrange procession des défunts dans l'autre parking – son père, sa mère, sa sœur, Rudd : une procession de défunts que suivait un vivant, à la traîne derrière les autres, même si d'abord elle avait lu son apparition comme le signe qu'il était mort lui aussi. Si elle ouvrait sa portière ici, sur ce parking, les reverrait-elle ?

De nouveau elle voulut démarrer, de nouveau elle en fut incapable. Une brume blanche lui voilait les yeux et persista même après qu'elle eut relancé les essuie-glaces ; elle n'aurait pas su dire si ça venait de dehors, de dedans ou des deux. Derrière le vent qui soufflait elle entendit la voix de son père, ténue, presque inaudible, mais là, malgré tout. Était-ce vraiment lui ? Peut-être ne s'agissait-il pas de son père mais de l'assassin. Ou alors, du vent, simplement. De nouveau elle déclencha les essuie-glaces ; rien. Il n'y a rien, se dit-elle, mais elle ignorait si elle voulait dire « rien d'inquiétant » ou « rien du tout ». Elle posa une main sur le pare-brise, sentit le froid. Elle réussit à passer la première puis, incapable d'y voir clair, revint au point mort. Elle déclencha l'antigivre et, décidée à se reprendre, ouvrit grand la portière.

Le parking disparaissait sous la neige, on ne voyait plus que sa voiture, le reste emmailloté de blanc, difforme dans le silence absolu. Elle hésita entre le soulagement de ne pas voir les morts et la terreur d'être seule. La neige tombait de plus en plus dru. Elle remonta en voiture, mit les phares. Quelques minutes encore et le pare-brise se dégagea, la laissant voir le faisceau d'un demi-mètre que ses phares découpaient dans la neige et les flocons qui voletaient autour d'elle. Elle fit marche arrière.

*

Sur son répondeur, un message du lieutenant chargé du meurtre de ses parents. Rien de neuf, était-il au regret d'annoncer, en revanche on estimait le jeune homme, Rudd, *assez stable et sorti de son coma, pardon, je lis mes notes*, pour être interrogé. Voulait-elle être là ? Peut-être réagirait-elle à quelque chose dans ses propos, quelque chose que les policiers n'auraient pas relevé ? Ça aiderait, si elle pouvait venir.

À son arrivée on la conduisit jusqu'à la salle d'interrogatoire. Le lieutenant était là, Rudd aussi. Elle resta debout derrière la glace sans tain, entourée de policiers qui observaient.

« C'est vous qui… commença un agent, grassouillet, écritoire à pince à la main, en pointant le doigt vers elle. C'est vos parents qui…

— Oui, dit-elle très vite. C'est ça, c'est moi. »

Le haut-parleur émettait un son granuleux, déglingué. « Et votre dernier souvenir ? demandait le lieutenant.

— Je n'ai pas de dernier souvenir, répondit Rudd.

— Vous le connaissez ? demanda un agent derrière elle.

— Plus ou moins, dit-elle.

— Faites un effort. Il y a forcément un dernier souvenir.

— Je ne sais pas comment ça se fait. J'étais là sur la montagne, accroupi, j'entendais des voix mais je ne voyais personne, et alors il y a eu d'autres choses mais je ne me rappelle pas quoi. Mais je sais qu'elles ont eu lieu. C'est comme un brouillard.

— Un brouillard ?

— Vous ne voyez pas ce que je veux dire ?

— Franchement, on dirait une réplique de téléfilm. Vous seriez d'accord pour qu'on vous mette sous hypnose ? »

Rudd haussa les épaules. « Pas de problème », dit-il.

Sa voix ne ressemblait pas à celle qu'elle lui avait imaginée quand elle le veillait à l'hôpital. C'était peut-être simplement le haut-parleur. Mais ses gestes, aussi, étaient plus nerveux, plus saccadés qu'elle ne se les était figurés. À l'hôpital pendant leurs conversations à une voix, elle avait imaginé certains sons, certains gestes, posés comme une armature sur le gabarit de son corps immobile, mais elle s'était trompée.

Le lieutenant demanda à Rudd s'il connaissait le père de Lyndi.

« Non. »

Ils lui montrèrent une photo.

« Non.

— Jamais vu auparavant ?

— Non.

— Même pas le jour du meurtre ?

— Même pas.

— Et pendant ces événements dont vous savez qu'ils ont eu lieu mais que vous avez oubliés ?

— Je ne me rappelle pas, mais je ne crois pas.

— Vous avez vu qui les a tués ?

— Non.

— Vous avez vu qui a essayé de vous tuer ?

— Non.

— Avez-vous vu quelqu'un, qui que ce soit ?

— Je n'ai vu personne.

— Les voix que vous avez entendues sur la montagne : qu'est-ce qu'elles disaient ?

— J'étais trop loin pour entendre ce qu'elles disaient.

— Et la dernière chose dont vous vous souvenez ?

— Je vous l'ai déjà dit : il n'y a pas de dernière chose. »

Et ça continuait, pour mieux revenir à la même question et à l'étrange refus, de la part de Rudd, d'admettre un dernier souvenir. Ils allaient faire venir un hypnotiseur, déclara le lieutenant. « Très bien », dit Rudd, mais quand le praticien fut là, une heure plus tard, il fut incapable de l'endormir. On réessaya deux ou trois fois en variant les méthodes, puis il repartit.

« Qu'étiez-vous venu faire là-haut dans la montagne ? » demanda le lieutenant à Rudd.

Rudd haussa les épaules. « Prendre l'air ? hasarda-t-il.

— Mais votre mère dit que vous êtes sujet au vertige.

— Ma mère croit que j'ai cinq ans.

— Donc vous n'êtes pas sujet au vertige ?

— On s'y fait. »

Elle-même, songea Lyndi, était sujette au vertige, dans le temps. Un jour, elle avait onze ans, sur la route du Colorado son père s'était garé devant un panorama de montagne et elle avait refusé de descendre. Elle s'était allongée sur la banquette arrière, une couverture sur la tête, tremblante comme une feuille.

« À votre avis, pourquoi il vous a choisi, vous ?

— Qui ça, "il" ?

— Le meurtrier.

— Je ne sais pas, dit Rudd en repoussant les cheveux sur son front. Comment voulez-vous que je sache ? » Il avait un drôle d'accent de contrariété. « Parce que j'étais là, sans doute. »

L'interrogatoire se poursuivit. Rien à en tirer, zéro, pensa Lyndi. De temps à autre, un des agents qui l'entouraient lui jetait un coup d'œil quand Rudd parlait, qu'il mentionnait un nom ou un lieu, mais chaque fois elle faisait non de la tête. Le lieutenant sortit de la salle d'interrogatoire, échangea quelques mots avec elle. Elle fit juste non de la tête. Le lieutenant soupira avant d'y retourner. À travers la glace elle vit Rudd sortir un mouchoir de sa poche et s'éponger le cou. Il retira le mouchoir zébré de sang. Ils étaient en train de conclure, la voix du lieutenant plus lente et plus détendue, Rudd qui exprimait son regret de n'avoir pas pu l'aider.

Les agents s'éloignaient dans le couloir, sauf le grassouillet qui lui demanda :

« Vous connaissez le chemin ?

— Je crois, dit-elle en montrant un coin.

— Prenez par là, dit-il en indiquant une autre direction, comme ça vous ne risquez pas de le croiser.

— Ça ne me gêne pas de le croiser », dit-elle.

Le policier leva son gobelet de café en guise d'adieu et s'en alla. Elle tourna au coin et prit le couloir. Elle entendit une porte s'ouvrir derrière elle, puis l'échange guindé de Rudd et du lieutenant. Elle se retourna à demi, fit signe de la main.

« Lyndi », dit le lieutenant.

Elle leur laissa le temps de la rattraper. « Qu'est-ce qu'il y a ? demanda-t-elle.

— Rien, dit-il. Je voulais juste dire bonjour. »

Elle hocha la tête. Rudd lui tendit la main. « À l'hôpital, c'est bien ça ? La chambre ?

— Oui.

— Ma mère ne vous aime pas, dit-il. Il ne faut pas le prendre pour vous. »

Elle hocha la tête.

« Vous ressemblez à votre père, dit-il. La photo qu'ils m'ont montrée, en tout cas. »

Prise de court, Lyndi répondit : « Merci. Pour lui, je veux dire.

— Vous savez comment rentrer ? demanda le lieutenant.

— En scooter, dit Rudd.

— Le temps est à la neige, dit le lieutenant, il doit y avoir du verglas.

— Je veux bien le ramener, s'il veut, dit Lyndi. Vous pourrez reprendre votre scooter demain. »

Il la regarda, haussa les épaules.

Pendant qu'ils traversaient le parking, elle quelques pas derrière, elle s'attendait à chaque instant à voir apparaître devant lui dans la neige son père mort, sa famille morte. *Comment interpréter*, se demanda-t-elle, *que ce ne soit pas l'assassin qui le suive cette fois*, comme dans cette scène qu'elle avait imaginée dans l'autre parking, *mais moi* ?

« Qu'est-ce que vous faites pour Noël ? demanda-t-il quand elle eut démarré.

— Je ne sais pas, dit-elle. Je n'ai rien prévu.

— Vous n'avez pas d'autre famille ?

— Pas dans le coin. »

Il se rapprocha et sourit. « Je passerai peut-être vous voir, dit-il.

— Vous n'êtes pas obligé.

— Après tout vous êtes bien venue me voir, moi. »

Elle sourit.

« D'accord. Vous n'avez qu'à passer. »

*

Et voilà comment cela commença. Tôt le matin de Noël, la sonnette la tira du canapé où elle avait sombré une fois de plus. Elle se traîna jusqu'à la porte, ouvrit et le découvrit sur le seuil, emmitouflé jusqu'aux yeux, un paquet à la main.

« Pas de sapin ? demanda-t-il.

— Pour quoi faire ? »

Elle ouvrit le paquet – une boîte en fer d'Almond Roca, des bonbons que son père adorait mais qui collaient aux dents.

« Merci, dit-elle. Je suis désolée, je n'ai pas de cadeau. »

Il sourit et baissa la tête.

Elle lui versa un jus d'orange, l'abandonna devant la télé qui retransmettait un défilé le temps de monter se doucher et enfiler un jean et un chemisier. Quand elle revint, il lui décrivit quelques-uns des chars qu'elle avait ratés et ils restèrent tous les deux sur le canapé, devant la télé. Au bout d'un moment elle alla dans la cuisine et en rapporta deux bols de Corn Chex et un pichet de lait.

Ils restèrent côte à côte, mâchant de concert.

« Tu as déjà essayé de la faire, la recette spéciale ? demanda-t-il.

— Non, dit-elle. Mais ma mère la faisait.

— La mienne pas, dit-il. Mais j'ai déjà goûté une fois chez quelqu'un. »

Elle retourna chercher les céréales à la cuisine. La recette était imprimée sur le côté de la boîte. Ils se retrouvèrent finalement tous les deux à la cuisine, mélangeant dans le plus grand saladier de sa mère le restant du paquet avec du beurre et du sel.

Le téléphone sonna, elle alla décrocher dans la pièce d'à côté. C'était sa tante, qui lui souhaita un joyeux Noël avant de lui reprocher de ne pas être venue en Californie. « Merci, désolée, désolée, répéta Lyndi.

— Et la voisine, tu sais ? Mrs. Miller – pas tout à fait ma voisine, mais dans ma rue, celle avec la colostomie ? »

Des épreuves et chagrins qui jalonnaient la vie de sa tante, c'était le dernier en date. Lyndi hocha la tête et accompagna de quelques grognements anodins le ronron du récit – Mrs. Miller et sa poche pour colostomie, ses mœurs faciles et pédophiles attestées, d'après ce que Lyndi avait compris, par un baiser sur la joue au livreur de journaux, surpris par sa tante. « Mais, doux Jésus, tu me croiras si tu veux… » Sa tante avait jeté un œil par la fenêtre, tôt ce matin, et ne voilà-t-il pas Mrs. Miller « radieuse comme pas deux et affreuse comme pas une, sur son perron, à peine une loque sur le dos…

— Tante Debby, dit Lyndi. Il faut que j'y aille. »

Sa tante se tut net. Lyndi écouta le bruit blanc. « Tante Debby ?

— Très bien, dit sa tante d'une voix glaciale. Si c'est comme ça. C'était sans doute naïf de ma part de vouloir t'amener un peu de l'esprit de Noël.

— Tante Debby, ce n'est pas ça.

— Pour guérir, encore faut-il le vouloir. Mais si ce que tu veux, c'est attendre la mort avec un grand trou noir à la place du cœur, loin de moi l'idée de…

— J'ai des invités, dit Lyndi. C'est tout. »

Nouveau silence. À l'écran le défilé s'étiolait. Rudd continuait à s'affairer à la cuisine.

« Des invités ? demanda sa tante d'une toute petite voix.

— Un invité, en fait. Juste un ami à moi.

— Lyndi, tu fréquentes un garçon et tu ne m'en as pas parlé ?

— Non, dit Lyndi. Ce n'est pas tout à fait ça. C'est juste…

— Ta mère approuverait ?

— Approuverait ?

— Quel âge a-t-il, ce garçon ?

— Le même âge que moi, presque.

— Plus vieux de combien ? Laisse-moi deviner : il est en deuxième ou troisième année, tout prêt à te faire un sort.

— Il a quelques mois de moins, en fait.

— Lyndi, il te faut un chaperon, annonça-t-elle enfin d'une voix qui avait retrouvé toute son assurance. Tu n'as pas l'âge d'inviter de jeunes hommes à passer Noël, c'est évident, et ce qui est encore plus évident, c'est que lui n'a pas l'âge d'accepter les invitations de femmes plus âgées.

— On ne sort même pas ensemble, dit-elle. Je viens de le rencontrer, je ne cherche pas de petit ami et de toute façon il est trop timide.

— Aucune importance, dit sa tante. Tous les maris que j'ai eus, c'est à force de ne pas chercher que je les ai trouvés. Et les timides, c'est encore eux les pires. Tu vas raccrocher ce téléphone et me renvoyer ce garçon tout de suite. »

Elle raccrocha. Elle se sentait épuisée, vidée. Dans la salle de bains, elle s'aspergea d'eau froide, éclaboussant son corsage. Elle se regarda dans la glace : c'était elle, tout allait bien, elle n'avait pas encore l'air trop défaite.

Dans la cuisine, Rudd avait sorti du four le mélange festif et l'avait posé sur la gazinière. Il picorait, mangeant tous les Corn Chex.

Ils reversèrent la mixture dans le saladier qu'ils emmenèrent avec eux sur le canapé pour regarder *La vie est belle*. Un couple qu'elle connaissait à peine se présenta avec une assiette de fudge, accompagnée d'une carte qui disait *Joyeuses fêtes, dans votre douleur*. « Merci, dit Lyndi. Merci beaucoup. » La femme, qui avait aperçu Rudd, se tordait le cou pour mieux voir à l'intérieur. Elle continua jusqu'à ce que Lyndi, la remerciant une troisième fois, lui ferme la porte au nez.

Quelques heures plus tard elle prépara à déjeuner. Ils parlèrent de tout et de rien. Il terminait le lycée ; il n'avait pas réalisé qu'elle était à la fac. Ils avaient presque le même âge, dit-elle, alors qu'est-ce que ça changeait ? Sa tante rappela, laissa un message vague mais sinistre. Lyndi traversait une *période de grande vulnérabilité*, confiait-elle, entre autres, au répondeur, alors que le monde était *plein de vautours*.

« Ta tante a l'air un peu spéciale », avança Rudd, sans méchanceté.

Elle hocha la tête, rit. Elle sortit le Monopoly et ils passèrent le plus clair de l'après-midi à jouer. À la nuit tombée, elle retourna au congélateur du garage et finit par en extirper un jambon au miel. Elle le décongela au micro-ondes, le mit à réchauffer au four, prépara une purée de pommes de terre. Le résultat était plein de grumeaux et pas assez salé. « Ça, c'est des pommes de terre », dit-il avant de lui raconter que le jambon avait sans doute été glacé au chalumeau.

Le repas était terminé et Rudd faisait la vaisselle, maladroit comme si c'était la première fois. Elle jeta le reste de jambon, racla les pommes de terre dans la poubelle. Il était devant la porte, remontant la fermeture éclair de son manteau jusqu'au cou, la tirette brillant en dessous de sa cicatrice.

« Merci d'être passé, dit-elle.

— Je pourrai revenir te voir ?

— Ça me ferait grand plaisir », dit-elle.

Quand il la serra dans ses bras, la force et la gaucherie de son étreinte trahirent la nature purement théorique de son expérience amoureuse. Et puis, brusquement, il fut dehors, parti.

V

Après coup elle ne sut pas dire comment c'était devenu sérieux. Il y avait eu ce Noël à deux, quelques autres occasions, puis il s'était disputé avec sa mère, avait débarqué dans tous ses états et l'avait embrassée pour la première fois. Et voilà que sans crier gare il s'était installé, sans que jamais le sujet n'eût été évoqué. Ils restaient chastes, chacun sa chambre, mais là où ils allaient, ni tante, ni mère, ni Église ne les suivraient. À ce stade, au moment d'élucider comment ils en étaient arrivés là, faire machine arrière ne paraissait plus possible.

D'ailleurs, elle n'était pas certaine de vouloir faire machine arrière. Des jours passés à l'hôpital elle avait gardé le sentiment vague d'un lien qui les unissait, même si les premières semaines de vie commune lui avaient appris qu'il était, pour ainsi dire, un inconnu. Il avait un je-ne-sais-quoi de bizarre, d'étranges manies, une propension à mentir au sujet de broutilles, et même parfois une sorte de froideur passagère qu'elle catalogua bientôt comme ses humeurs. Des jours s'écoulaient parfois sans qu'elle le vît, jours qu'il passait dehors ou enfermé dans la chambre qu'il avait élue et qui était autrefois celle de sa sœur. D'autres fois elle le retrouvait dans la buanderie, absorbé dans la contemplation des coupures de journaux.

« Tu veux que je les enlève ? » demanda-t-elle, mais il fit non de la tête.

D'autres jours il était adorable, attentionné. Il l'aidait à la cuisine, s'asseyait avec elle sur le canapé, la prenait maladroitement dans ses bras et la serrait contre lui. Mais ils n'allèrent jamais plus loin que quelques baisers gênés. Elle se demanda s'il n'était pas anormal. Sur le plan sexuel. Mais il semblait relativement normal par ailleurs. Peut-être était-il tout simplement chaste. Chose qu'elle-même, en tant que mormone, elle essaya de s'en persuader, admirait et respectait. Peut-être voulait-il rester pur jusqu'au mariage.

Leurs rapports étaient cordiaux, courtois même, bien qu'il lui arrivât de se montrer un peu abrupt. Quelques jours après qu'il se fut installé, elle lui donna une clé, prélevée sur un trousseau que son père gardait dans sa commode. Il prit l'habitude d'aller et venir à sa guise, la réveillant parfois à trois ou quatre heures du matin quand il se cognait au canapé, empestant la cigarette et la terre, sans jamais donner d'explication. Après deux ou trois incidents de ce type, elle eut l'impression d'avoir laissé passer sa chance d'en parler. À la place, elle essaya de s'habituer à se réveiller pile à la fin du Late Show pour aller se mettre au lit avant son retour. Elle avait moins de mal à dormir dans son lit depuis qu'elle n'était plus seule dans la maison.

*

« Ta mère te manque ? » lui demanda-t-elle un jour.

Il était là depuis quelques semaines et ils étaient tous les deux sur le canapé.

« Non », dit-il simplement.

Elle attendit qu'il explique mais rien ne vint. Ils continuèrent à regarder la télé.

« La mienne me manque », dit-elle enfin.

Il changea de chaîne.

« Peut-être que la mienne me manquerait si elle était morte », dit-il.

Elle ne sut pas quoi répondre. Elle se sentit vaguement blessée mais essaya de ne plus y penser.

« Et ton père ? » demanda-t-elle, et une drôle de terreur se peignit sur son visage.

À l'écran : un homme petit et un homme grand. Le grand, lent et lourd, se cognait partout. Le petit passait et repassait entre les jambes du grand comme sous un pont et lui martelait le ventre de ses poings. Sur fond de rires enregistrés. *Est-ce un nain ou une personne de petite taille ?* se demanda-t-elle. Il portait une veste à épaulettes et un masque : difficile à dire.

*

Elle travaillait à son bureau pour l'un de ses deux cours, entourée de feuilles de notes, quand il entra en traînant son sac qu'il abandonna au pied du canapé.

« C'était bien, les cours ? » demanda-t-elle.

Mais il n'eut pas l'air d'entendre. Rejetant son manteau d'un coup d'épaules, il passa dans la cuisine.

« Rudd ? »

Elle suivait ses déplacements à l'oreille, la porte du réfrigérateur qu'on ouvre et qu'on ferme. Elle se leva et le rejoignit.

« Tu ne m'entends pas ? demanda-t-elle.

— Quoi ? dit-il d'un air morose sans se retourner.

— Qu'est-ce qui ne va pas ? demanda-t-elle

— Il n'y a rien qui ne va pas », dit-il.

Elle leva les mains et quitta la pièce, décontenancée. Elle essaya de se remettre au travail. Elle le vit sortir de la cuisine, ramasser son sac à dos, traverser le couloir comme un somnambule.

Elle guetta le bruit de la porte d'entrée ouverte puis claquée, il ne vint pas. Ses devoirs achevés, elle resta assise au bureau, contemplant un stylo qu'elle faisait pivoter lentement entre ses doigts. Elle finit par se lever et traversa le couloir à son tour.

La porte de la chambre qu'il occupait était fermée. Elle frappa sans obtenir de réponse. Elle ouvrit, jeta un œil. Elle appela son nom, avec une inflexion montante, puis comprit que la chambre était vide.

Elle ferma la porte.

Il était là au fond du couloir, dans la buanderie, face aux machines. Il fixait les coupures de presse.

« Qu'est-ce qu'il y a ? demanda-t-elle. Qu'est-ce qui ne va pas ? »

Il tourna lentement la tête vers elle, ses traits flasques, ses yeux voilés. « Lael, dit-il, qu'est-ce qu'il est devenu, Lael ? »

*

« Non, dit le lieutenant. Désolé. Personne à ce nom. Aucun Lael Korth, aucun Lael tout court, d'ailleurs.

— À Springville, dit Rudd. Dans le centre-ville. Je suis allé chez lui. »

Le lieutenant se tourna vers elle. « Ce nom vous évoque quelque chose ? »

Lyndi secoua la tête. Le lieutenant se retourna vers Rudd avec un haussement d'épaules.

« Mais… dit Rudd.

— Personne à ce nom, dit le lieutenant. On a un Lyle Korth, à peu près du même âge que toi, à Springville. La mère s'appelle Anne Korth. On l'a contacté. Il dit qu'il ne te connaît pas, qu'il ne croit pas t'avoir rencontré. C'est tout ce qu'on peut faire.

— Mais c'est Lael qu'il s'appelle, insista Rudd.

— Pourquoi tu n'en as pas parlé avant, dans ce cas ? demanda le lieutenant. Pourquoi est-ce que ça vient maintenant ? »

Et ainsi de suite, Rudd soutenant qu'il y avait bien un Lael Korth et que ce Lael l'accompagnait le soir des meurtres – c'était cela la dernière chose qu'il se rappelait, affirmait-il maintenant : le visage de Lael près du sien, la nuit qui tombe. Le lieutenant se renversa dans son fauteuil en se croisant les doigts sur le ventre. Il était à scooter avec Lael, raconta Rudd, puis d'un seul coup ils ne roulaient plus mais poussaient l'engin pour gravir la pente, quelque part dans le canyon, son souffle haletant, et quelque chose dans sa…

« Quoi ? demanda le lieutenant.

— Rien, dit Rudd. Il n'y avait rien. Je commence à inventer des choses.

— Dans sa main, tu voulais dire ? Qu'est-ce qu'il avait dans la main ?

— Je me suis trompé, dit Rudd. Pour ça je me suis trompé.

— Et pour son nom ? Pour le nom aussi, tu t'es trompé ? »

Rudd fit non de la tête. Le lieutenant se leva, lui serra la main et dit merci, qu'il verrait, Rudd avait eu raison de venir, mais des informations comme celles-ci, franchement, que voulait-on qu'il en fasse ?

Dans la voiture, Lyndi était perplexe. Rudd à côté d'elle, l'air malade et n'ayant que Lael à la bouche, racontait maintenant qu'en fait ils étaient demi-frères, qu'ils partageaient ce lien, que personne ne l'avait jamais compris, sauf peut-être Lael.

« Ta mère saurait peut-être où il est », dit-elle.

Non, affirma-t-il, justement. Lael était le fils de son père, d'une deuxième femme, une épouse secrète, lui-même avait appris son existence par hasard. Inutile d'aller trouver sa mère. « Je suis sûre, dit-elle, qu'il y a forcément quelqu'un ou quelque chose d'autre que tu pourrais… »

Non, non, non, non, dit-il, excédé. Lael vivait sa vie de son côté à Springville mais Rudd n'en faisait pas partie, de même que Rudd vivait à Provo une vie dont Lael ne faisait pas partie. Si les rôles étaient inversés, Lael non plus ne saurait pas à qui s'adresser. *Rudd qui ?* lui dirait-on sans doute, personne à ce nom.

« Tu ne t'appelles pas Rudd ? demanda-t-elle.

— Bien sûr que si, dit-il. Rudd Elling Theurer. Mais si quelqu'un appelait chez ma mère aujourd'hui et demandait son fils, elle dirait : "Mon fils ? Quel fils ? Je n'ai pas de fils."

— Parce que tu habites avec moi.

— C'est le genre de choses qu'elle aurait fait même si j'habitais encore à la maison. »

Ils roulèrent un moment puis elle dit, juste pour parler : « Je ne savais pas que c'était Elling, ton deuxième prénom.

— Je n'ai pas de deuxième prénom, dit-il, blême de surprise. Et si j'en avais un ce ne serait certainement pas Elling.

— Mais tu viens de dire…

— Je n'ai jamais dit ça. Rudd Theurer, point barre. »

*

Elle le déposa à la maison. Il descendit, chancela jusqu'à la porte. Il l'avait dit, pensa-t-elle. *Elling*. Elle était sûre et certaine d'avoir bien entendu. À quoi cela rimait-il de le dire si ce n'était pas vrai ? Et si c'était vrai, à quoi cela rimait-il de le cacher ? Ce n'était qu'un nom. Est-ce que je le hais ou est-ce que je l'aime ? se demanda-t-elle. Est-ce que je le connais suffisamment pour l'un ou l'autre ? Non, pensa-t-elle. Puis il a besoin que quelqu'un s'occupe de lui.

Elle recula dans l'allée et prit à droite dans Timpview Drive, l'église, la maison en briques des Bailey, d'autres maisons, le pré des Roberts, puis la seconde église, celle en retrait de la route, puis l'école primaire de Rock Canyon, avec le grand géocoucou dessiné sur la marquise du préau. Des enfants jouaient dans la cour. « Réu. parents-prof. jeu. 1 » annonçait la marquise, un L à l'envers pour le 7. Elle arriva au bout de la route, prit à gauche, dépassa le chœur du tabernacle mormon et le temple, continua sur 9th Street East, dépassa l'épicerie Allen's Grocery dont l'enseigne clignotait « fermé le dimanche », dépassa l'université, atteignit Center Street, continua encore, tourna en direction du cimetière. Puis à gauche, l'autoroute, direction Springville.

La petite maison était sur 3rd, quelques pâtés de maisons à l'est de Main Street. Elle était en briques rouges, petite, carrée, faisait l'angle, ses finitions blanches s'écaillaient. *Bâtie quelque part dans les années quarante*, estima Lyndi. La porte était bizarre, son vert grisâtre plus un apprêt qu'un fini, et moucheté de jaune, reliquats d'une surcouche presque complètement partie, ou sous-couche apparaissant maintenant à la surface.

Elle enfonça le bouton de la sonnette. Le plastique, craquelé par le soleil, accrocha le coussinet de son pouce.

À l'intérieur, un carillon tinta platement. Un genre de chanson, impossible de retrouver ce que ça avait pu être.

Elle rangeait ses cheveux derrière les oreilles quand la porte s'ouvrit.

Un adolescent blond et trapu, la peau claire, les yeux verts.

« Vous venez voir ma mère, je parie, dit-il en lui faisant signe de le suivre.

— Non, dit-elle. Je viens voir Lael.

— Lyle ? dit-il. C'est moi.

— Mais on vous appelle Lael.

— Non, dit-il. Le plus souvent on m'appelle Marc. C'est mon deuxième prénom.

— Vous ne vous êtes jamais fait appeler Lael ?

— Que se passe-t-il ? demanda-t-il. Ce n'est pas vous qui avez téléphoné, au moins ? Enfin, c'était un homme, mais c'est la même histoire ?

— Plus ou moins, dit-elle. C'est à propos de mon copain. »

Elle fut surprise de se l'entendre dire, *mon copain*. D'accord il l'embrassait quelquefois, mais ses baisers étaient distraits, sans fougue, parcimonieux, indifférents.

« Lael, disait-il. C'est ridicule. »

Elle hocha la tête. « Vous connaissez Rudd Theurer ? demanda-t-elle.

— Rod comment ? J'ai déjà dit que non à celui qui a appelé. Écoutez, si vous avez une photo, peut-être, je pourrai vous dire si je l'ai déjà vu ou quoi.

— Pas la peine », dit-elle avant de regagner sa voiture.

Le garçon resta sur le porche, bras croisés. Quelque chose clochait, pensa-t-elle sur le trajet du retour. *Un boulon de travers*, comme son père disait pour se moquer de lui-même, en se tapant sur la tempe, mais chez Rudd ça avait l'air d'être plus que ça, plus un simple boulon mais tout un mécanisme qui commençait à dérailler. Qui était-il ? Elle n'aurait pas su dire. Pire, on aurait dit que lui non plus. *Je devrais le renvoyer à sa mère*, pensa-t-elle. Mais il la détestait, retourner auprès d'elle ne pouvait pas lui être bénéfique ; elle ne devait pas seulement penser à son seul intérêt mais aussi au sien à lui. Non, Lyndi ne pouvait pas le renvoyer là-bas, n'empêche qu'il ne pouvait pas rester chez elle. Il avait forcément de la famille qui pouvait l'accueillir, tout le monde avait de la famille. Puis elle pensa : *Non, moi je n'en ai pas, personne qui soit sain d'esprit en tout cas, alors pourquoi lui devrait-il ?* N'empêche, elle ne savait plus où elle en était, elle avait besoin de prendre du recul. Chez sa mère ou ailleurs, Rudd allait devoir partir.

Mais elle le trouva allongé sur le canapé, emmitouflé dans une couverture dont n'émergeait que sa tête. Il dormait, innocent comme l'enfant qui vient de naître. *Non*, pensa-t-elle, *ça peut attendre demain.*

Elle s'assit sur la moquette, adossée au canapé. Peu importait ce qui clochait, c'était bon d'avoir quelqu'un dans la maison. Ça ne la dérangeait pas de s'occuper de lui. Si elle le renvoyait chez sa mère, il risquait d'en mourir.

Elle avait allumé la télé sans le son et s'affaissait lentement. Elle finit par défaire le premier bouton de son jean pour s'allonger tout à fait et s'endormir là à ses pieds.

*

Le lendemain ou le surlendemain, un dimanche, il était parti sans dire où – tout juste s'il lui avait adressé la parole depuis – et elle-même s'apprêtait à sortir, elle avait déjà enfilé son manteau, ses gants. Mais, se ravisant, elle rentra et alla jusqu'à la porte de Rudd. Elle frappa une fois, histoire d'être sûre, ses gants rendant un son moite contre le bois, puis poussa la porte et regarda à l'intérieur.

À première vue une chambre assez ordinaire, peu différente de celle de sa sœur quand elle était en vie – même lit défait, mêmes murs, mêmes babioles entassées sur les trois étagères à droite de la porte. Les affaires de Rudd, elles, étaient soigneusement pliées sous les étagères.

À côté des piles de vêtements, un tas de manuels scolaires, et un carton avec un adhésif qui s'effritait le long des rabats dépliés. Elle ôta ses gants pour l'ouvrir.

Dedans elle trouva de vieux livres, des ouvrages religieux. *La Doctrine mormone* ; plusieurs volumes piqués de vers de l'*Histoire de l'Église* en sept tomes ; un *Doctrines du salut* ; un vieil exemplaire tout corné d'un texte tapé à la machine et relié par une spirale intitulé *Les Confessions de John D. Lee*. Tout au fond, récemment scotchée sur le carton, une carte routière des États de l'Ouest, datant de 1986. Quelqu'un y avait tracé un itinéraire au crayon rouge, partant de l'Utah et descendant vers le sud jusqu'à la frontière mexicaine.

Elle remit les livres en place, recouvrant la carte. Elle ramassa un par un les manuels posés à côté du carton, le papier brun qui les protégeait l'obligeant à les ouvrir pour voir de quoi ils traitaient. Sur chaque page de garde, Rudd avait écrit son nom en cursive,

Rudd Theurer. On y lisait aussi, biffés, les noms des élèves qui l'avaient précédé, sauf pour l'anthologie de littérature, où c'était *Lael Korth* qu'on lisait, d'une autre écriture.

*

Elle rêvait et savait qu'elle rêvait, mais dans le rêve elle était éveillée. Elle était couchée dans le lit de ses parents, dans le noir, quand la porte s'ouvrit pour laisser entrer quelqu'un.

Elle devinait la silhouette à grand-peine dans l'obscurité. Celle-ci hésita un instant dans l'encadrement de la porte puis glissa sans un bruit dans la pièce.

« Papa ? » appela-t-elle.

La silhouette ne répondit pas. Elle la distinguait à peine, sa lente avancée était une sorte de frémissement des ténèbres.

« Maman ? » demanda-t-elle. Puis : « Rudd ? »

Et alors la silhouette approcha et elle sut, mystérieusement, que c'était Elling.

Elle se réveilla sur le canapé, la seule lumière venant de l'écran brouillé de la télévision. Au-dessus d'elle, une forme voûtée et pas tout à fait humaine.

« C'est seulement moi, dit Rudd. N'aie pas peur. »

Elle s'assit en se demandant si elle était encore dans le rêve, repoussa ses cheveux de son visage.

« Tu m'as fait peur, dit-elle. Où étais-tu ?

— Sorti.

— Quelle heure est-il ? demanda-t-elle.

— Tard.

— Je veux savoir, exigea-t-elle. Qui est Elling ?

— Elling », répéta-t-il prudemment. Dans l'obscurité, avec la télé qui l'éclairait par-derrière, un trou noir lui mangeait le visage.

« Ou bien est-ce que tu as un deuxième prénom, finalement ? demanda-t-elle.

— Je n'ai pas de deuxième prénom, dit-il très vite. On en a déjà parlé.

— Elling ? Lael ? Qu'est-ce que c'est que cette histoire, Rudd ? Dis-moi la vérité pour une fois.

— Ils n'ont rien à voir l'un avec l'autre, dit-il.

— Qu'est-ce que tu caches ? demanda-t-elle.

— Arrête, dit-il. Ne commence pas. »

Elle croisa les bras. « Peut-être que nous deux ça ne marche pas, dit-elle. Peut-être que tu devrais t'en aller.

— On en reparlera demain », dit-il. Il éteignit la télé, sortit dans le couloir.

« Je veux dire "pour de bon", cria-t-elle derrière lui. Va-t'en pour de bon.

— Bonne nuit », dit-il, et, disparaissant dans la chambre de sa sœur, il ferma la porte derrière lui.

*

Le lendemain au réveil elle se sentit coupable. *Non, c'était le rêve, j'étais sous le coup du rêve, ma réaction n'avait rien à voir avec lui. Ce n'est qu'un gosse, encore plus jeune que moi, alors qu'en plus les garçons sont moins mûrs que les filles. Je lui en demande trop, il fait ce qu'il peut.* Elle avait traversé des épreuves cette année, d'accord, mais celles que lui avait traversées étaient pires encore, il ne fallait pas l'oublier. Il avait besoin qu'elle le laisse respirer. D'abord sa gorge et sa poitrine tailladées, puis les semaines de coma à l'hôpital. Il récupérait encore, se dit-elle, puis elle grimaça, pensant que c'était pile le verbe que sa tante aurait employé.

Ils prirent le petit déjeuner tous les deux et elle se montra aimable ; ni lui ni elle ne mentionnèrent la nuit précédente. Quand il eut terminé, il fit le tour de la table pour venir se pencher sur elle. « J'ai de la chance de t'avoir », dit-il en souriant, et l'espace d'un instant elle se crut revenue le jour de Noël. Peut-être était-ce suffisant, pensa-t-elle. Peut-être que tout irait bien. Finalement, ça marcherait peut-être.

VI

Puis l'été arriva. Elle était presque toujours en short, quant à lui il paraissait beaucoup mieux, ses humeurs le prenaient moins souvent. Il était plus tendre, bien qu'il restât chaste : quelques baisers, laisser Lyndi poser sa tête sur ses genoux, ça n'allait pas vraiment plus loin. C'était suffisant, se disait Lyndi, elle n'avait pas besoin de plus.

Mais alors il décida de fermer la chambre de sa sœur : il vissa un loquet sur la porte et dans le montant, et chaque fois qu'il sortait il fermait au cadenas. Même si elle ne voyait pas comment, il avait peut-être compris qu'elle était entrée en son absence et avait examiné ses livres. Elle se dit que ce n'était pas grave : d'accord elle était chez elle et l'hébergeait gratuitement, et alors ? Il voulait un peu d'intimité, il en avait besoin. C'était compréhensible. Comment espérer sinon qu'il s'ouvre à elle sur d'autres plans ?

Le lieutenant appela pour proposer à Rudd de retourner au canyon, sur le site des meurtres, dans l'espoir de raviver sa mémoire. Non, déclina Rudd, il voulait oublier cet épisode de sa vie, tourner la page. Le lieutenant demanda à parler à Lyndi. Elle prit le combiné et il la supplia de parler à Rudd, d'essayer de le convaincre. L'enquête était au point mort, avoua-t-il, et inutile de se voiler la face : l'assassin courait toujours, des mois s'étaient écoulés, ils avaient une obligation morale, il fallait la relancer. Comme c'était étrange, dit le lieutenant, de les imaginer vivant sous le même toit, et elle dit : sous le même toit mais pas dans le même lit, juste une question de solitude, guère plus, elle n'avait personne d'autre à qui parler, lui non plus. Le lieutenant resta longtemps muet au bout du fil, puis dit : « Même pas dans le même lit, excusez ma franchise mais c'est encore plus bizarre. »

Elle changea d'oreille. « Nous sommes mormons, dit-elle.

— Tout à fait, tout à fait », dit-il, mais ce n'était pas pour cela qu'il appelait, n'est-ce pas ? Pouvait-elle simplement, si elle voulait bien, voir ce qu'elle pouvait faire ?

Quand elle eut raccroché, elle monta frapper à sa porte. Il ne répondit pas.

« Rudd ? » dit-elle.

Elle posa une main sur la poignée et entrebâilla la porte. La pièce était plongée dans l'obscurité. « Rudd ? » répéta-t-elle.

« N'entre pas, dit-il. C'est ma chambre. Je t'interdis d'y entrer.

— Mais je voulais seulement…

— Ferme la porte », dit-il.

Elle obéit et resta plantée là à étudier le grain du bois. Puis elle frappa.

« Rudd, dit-elle. Il faut qu'on parle. »

Elle appuya l'oreille contre la porte. Elle l'entendit quitter le lit, marcher sur le parquet et venir s'adosser à la porte qui grinça.

« Je t'écoute », dit-il.

Elle décolla son oreille. « Et si tu sortais ?

— Pas envie, dit-il.

— Écoute, je discutais avec le lieutenant…
— Non.
— Mais… dit-elle. L'enquête. C'est le seul moyen…
— Non.
— Rudd, dit-elle. Sois raisonnable.
— Je ne veux pas y aller. C'est une erreur. »

Pourquoi, demanda-t-elle, pourquoi une erreur ? Qu'il ait peur d'y retourner, elle le comprenait aisément, mais une erreur ? Pourquoi ? Peut-être qu'au bout du compte ça lui ferait du bien, hasarda-t-elle à travers la porte, la victime qui revient sur le lieu du crime.

« *Why* – pourquoi ? dit-il. Why. W.H.Y.

— Pourquoi tu me l'épelles ? demanda-t-elle. Un mot de trois lettres. Pas la peine d'être condescendant. » Il y avait quelque chose de pas normal dans sa voix, un genre de tension, elle n'aurait pas su dire précisément. Peut-être lui arrivait-elle assourdie par l'épaisseur de la porte, tout simplement, mais ça avait l'air d'être plus que ça.

« C'est l'assassin qui revient sur le lieu du crime, dit-il. Pas la victime. La victime, elle s'arrange pour rester le plus loin possible du lieu du crime, parce qu'elle n'a pas envie que ça remonte à la surface et que ça vienne salir le présent.

— On ne dirait même pas toi quand tu parles, dit-elle. Tu répètes un truc que tu as lu je ne sais où.

— Tu veux que j'y aille ? hurla-t-il. C'est ça que tu veux ? » Il ouvrit la porte à la volée et elle vit un visage rouge et contorsionné, une bouche tremblante. « Très bien, hurla-t-il, j'irai mais tout ça est une erreur, sur toute la ligne. » Puis la porte lui fut claquée au nez et elle demeura, seule et meurtrie, dans le couloir.

*

Ils montèrent dans la voiture du lieutenant jusqu'au parking du camping et de là continuèrent à pied. Rudd avait pâli, une fois de plus il semblait complètement désemparé. Elle le protégerait. Elle ne laisserait rien lui arriver. Elle lui prit la main, la trouva moite. Il la retira lentement.

« Voilà, c'est ici », dit le lieutenant qui se campa fermement, les poings sur les hanches et les yeux braqués sur Rudd. Rudd ne cessait de porter les mains à sa gorge, tant et si bien que le sang commença à perler. Le lieutenant produisit un mouchoir avec lequel il nettoya ses lunettes avant de le lui tendre. Rudd le prit et l'observa, l'air de ne pas savoir quoi faire avec.

« Essuie-toi la gorge », dit Lyndi.

Il obéit puis retira le mouchoir et l'inspecta.

« Tu étais précisément là, j'en suis certain, dit le lieutenant en désigant un endroit. Ça doit être la colline dont tu nous as parlé », dit-il en décalant légèrement le doigt. Il se tourna : « Et les corps, ici, ici et ici.

— Non, dit Rudd. Rien ne me vient. Je voudrais rentrer.

— Tu ne te rappelles rien ? Vraiment rien, zéro ?

— Non.

— Le corps de mon père, lequel c'était ? demanda Lyndi.

— Ici, dit le lieutenant, pivotant pour montrer.

— Et ma mère ?

— Ici », dit-il encore. Puis, se tournant vers Rudd : « Ce Lael, tu maintiens toujours qu'il était là ?

— Non, dit-il.

— Non ?

— Je ne sais pas où j'ai pris ça, dit-il. Un rêve, je ne sais pas.

— Bizarre, dit le lieutenant.

— Il y a forcément quelque chose, dit Lyndi. Comment peux-tu n'avoir aucun souvenir ?

— Je ne sais pas, dit Rudd en lui lançant un regard torve.

— Le moindre détail peut avoir un sens, dit le lieutenant. Le détail le plus insignifiant. »

Rudd resta sans bouger. *Il fait semblant de réfléchir*, pensa-t-elle. De nouveau il s'essuya le cou. Il ne faisait aucun effort. Elle était furieuse.

« Non, dit-il. Vraiment rien.

— Très bien, dit le lieutenant. Il fallait quand même tenter le coup. Rentrons. »

*

Dans la voiture, il se noua le mouchoir du lieutenant autour du cou, comme un bandana. *Putain de sans-gêne*, pensa-t-elle, tout en ayant l'impression que « sans-gêne » n'était pas le mot exact. Et le sourire aux lèvres avec ça – du moins c'est ce qu'elle crut tout d'abord, mais de plus près ce n'était qu'un rictus gelé, un masque de terreur, pas un sourire. Elle fut prise simultanément de haine et de pitié.

« Tu t'es rappelé quelque chose », dit-elle assez bas pour que le lieutenant, qui conduisait, n'entende pas.

Il la regarda – surpris, pensa-t-elle. « Non, déclara-t-il.

— J'en mettrais ma main au feu, dit-elle. L'air que tu avais, ta tête.

— Arrête.

— Tu caches quelque chose.

— Ce n'est pas moi.

— Quoi ? dit-elle, haussant la voix. Tu m'accuses ? Moi ? Parce que je ne vois que nous deux sur cette banquette, alors si ce n'est pas toi, dis-moi qui il reste ?

— Tout va bien derrière, les enfants ? » demanda le lieutenant. Elle se tourna pour trouver son regard dans le rétroviseur. Elle s'adossa à la portière, le plus loin possible de Rudd, posant le front contre la vitre.

Une fois rentrés, il monta tout droit dans sa chambre. Elle voulut l'y suivre mais il tint la poignée de l'intérieur, la bloquant de son côté.

« C'est quoi ton problème ? cria-t-elle. Pourquoi tu refuses de me dire ? »

Elle eut beau s'escrimer contre la poignée, il était trop fort pour elle. À la fin, exaspérée, elle lâcha prise, claqua la porte et boucla le cadenas.

« Là, dit-elle. Maintenant tu vas devoir écouter. Tu ne sortiras pas tant que tu n'auras pas écouté tout ce que j'ai sur le cœur. »

*

Toute la journée et jusque dans la soirée elle campa devant sa porte, parlant tout son soûl, incapable de s'arrêter, l'accusant de protéger le meurtrier de ses parents, dont il avait failli être lui-même victime. Que cachait-il ? Pourquoi refuser de parler ? Avait-il peur qu'on le prenne pour un fou ? Même si ça paraissait fou, ça pouvait être utile, disait-elle. Le moindre détail pouvait être utile. Elle essaierait de le croire, disait-elle, elle essaierait de comprendre, quoi qu'il arrive elle ne le traiterait pas de fou. N'était-elle pas allée chercher Lael quand le lieutenant ne s'était pas donné cette peine ? Et de toute façon, il faudrait bien qu'il se confie à quelqu'un – si ce n'était pas à elle, à qui d'autre ? Certainement pas à sa mère, qui n'était bonne qu'à faire des histoires : c'était lui-même qui l'avait dit. Lael ? Mais

Lael était un songe, ou quelque souvenir déformé et corrompu, *Lael n'existe pas*. Elle se contentait de répéter les discours qu'il avait lui-même tenus, inutile de le préciser. *Et qui il te reste, Rudd ?* Des fois il l'énervait tellement qu'elle était à deux doigts d'appeler la police et de le faire expulser, elle n'aurait qu'à faire changer les serrures et basta. Ils ne se reverraient plus jamais. Ça lui ferait plaisir ? Ce serait dommage, mais peut-être était-ce la seule solution, elle en tout cas était à court d'idées. Elle n'allait pas lui cacher qu'il ne la laissait pas indifférente, mais certains jours elle ne savait plus quoi faire. Qu'est-ce qu'il lui voulait, à la fin ? Est-ce qu'ils sortaient ensemble ? Est-ce qu'ils formaient un couple ? Rudd éprouvait-il le moindre désir pour elle ? Aimait-il seulement les filles ? Franchement, elle en venait parfois à se demander si c'était elle qui le dégoûtait ou les filles en général…

« Tu ne me dégoûtes pas », dit-il à travers la porte.

… tant mieux, dit-elle, tant mieux, c'était déjà ça, puisse Dieu lui donner du courage, ce ne serait peut-être pas mal de songer à le lui montrer un peu plus. *J'étais avec toi*, dit-elle, *avant même de rien savoir de toi. Je t'ai veillé, j'ai attendu que tu te réveilles, des heures et des heures, Dieu sait que ce n'est pas ta mère qui aurait fait cela.* Dieu savait qu'elle, Lyndi, rien ne l'y obligeait, pourtant elle l'avait fait, elle avait été là, et Dieu seul savait comment on en était arrivé là après ces débuts si innocents, Dieu savait en tout cas que ce n'était pas sa faute, pas son fait à elle, que s'il y avait un responsable c'était bien lui – lui Rudd, pas lui Dieu –, et malgré tout elle avait essayé de comprendre, il avait vécu des choses difficiles, quand on l'avait laissé pour mort et même avant ça. Cela elle essayait de le comprendre, elle essayait de le laisser respirer, comme on dit, mais elle aussi avait vécu des « choses difficiles », pas aussi difficiles, dans un sens, mais dans un autre encore plus difficiles peut-être, il avait suffi de quelques coups de couteau pour trancher tout ce qui la reliait au monde. Tout ce qu'elle lui demandait, c'était d'être honnête avec elle, de lui dire ce qu'il savait même si ça paraissait complètement fou, de se confier un peu à elle au lieu de rester là à ruminer et dépérir à petit feu. C'était de la psychologie de bas étage, elle s'en rendait bien compte, mais c'était la manière la plus simple de dire les choses – en tout cas la manière la plus simple de dire les choses à travers une porte. Sincèrement, elle avait des sentiments pour lui et était à peu près sûre qu'il avait des sentiments pour elle, mais il allait tourner fou s'il continuait comme ça *à tout garder à l'intérieur* – c'était un cliché, elle s'en rendait compte, mais quand même, ça voulait dire quelque chose – tout le monde doit laisser quelqu'un, une personne au moins, une personne au monde, avoir accès à qui il est…

« Je t'ai trahie », dit-il à travers la porte.

Non, dit-elle. Enfin si, mais ce n'était pas comme ça qu'il fallait voir les choses, ils avaient la vie devant eux, et ils avaient eu des bons moments aussi, non ? Noël, par exemple, il avait été adorable ce jour-là, et à d'autres moments depuis, aussi, non ? Non, pas de constat d'échec, ce n'était pas comme ça qu'il fallait voir les choses, mais oui, c'était vrai, ils étaient capables de mieux, oui ils avaient des problèmes à résoudre, mais il devait arrêter de penser *je*, ce n'était pas de *je* qu'il était question mais de *nous*, et leurs problèmes n'étaient pas insolubles, elle en était certaine, elle non plus n'était pas toute blanche, même si elle était loin d'être aussi fautive que lui. C'était tout nouveau pour elle, elle en était encore au stade où elle essayait de comprendre comment fonctionne une relation. Ils pouvaient travailler tous les deux, mais voilà, c'était ça, il fallait qu'ils travaillent tous les deux, il fallait régler des choses, *il faut que tu me dises ce que tu penses et ce que tu sais, après on verra bien où ça mène, qui ça implique, qui est responsable, tu ne peux rien me cacher, dis-moi ce que tu sais, Rudd, dis-moi ce que...*

« Je n'y arrive plus, dit-il. Tu ne peux pas savoir, dit-il. Si tu savais, je te promets.

— Quoi ? dit-elle.

— Je veux mourir.

— Pourquoi ? »

Mais il ne répondit rien.

« Qu'est-ce que tu racontes ? Ce n'est pas une solution pour moi, ce n'est pas une solution pour toi, alors pour qui c'est une solution ? Ce n'est pas ça que je veux, c'est la dernière chose que je veux. C'est ça que tu as compris dans tout ce que je t'ai dit ? »

Elle l'entendit aller et venir dans la chambre, sanglotant.

« Tu n'es qu'un imbécile, dit-elle. Un vrai con. » Elle se releva et courut appeler les urgences. On lui dit qu'une ambulance arrivait. Elle laissa tomber le combiné, retraversa la maison en courant, cogna de toutes ses forces à la porte. « Rudd, appela-t-elle. Rudd ? » Elle essaya d'ouvrir, maintenant qu'il n'était plus là pour bloquer la porte ni tenir la poignée, mais il y avait ce fichu cadenas qu'elle avait mis elle-même. Elle tourna dans la maison à la recherche d'un outil, et sous ses pieds le sol meuble menaçait de l'engloutir, comme le jour où elle avait appris la mort de ses parents. Tout au bout du couloir elle arriva à la buanderie, le lave-linge et le sèche-linge, les photos et les articles sur les meurtres, la boîte à outils dans un coin. Elle l'ouvrit, s'arma d'un tournevis Phillips, courut jusqu'à la porte de Rudd. Quatre vis sur le moraillon qui maintenait le loquet, elle s'attaqua à la première, la vis menaça d'abord de s'arracher puis céda lentement et dans un dernier grincement tomba proprement sur la moquette.

« Rudd, non », dit-elle.

Puis la deuxième, poussive ; insoutenable de devoir appliquer toute son énergie à la rotation d'une vis minuscule. Qui tombe à son tour, à la suivante. Dans la chambre, Rudd produit des sons inarticulés et s'effondre pesamment. La bouche de Lyndi qu'elle ne contrôle plus, qui hurle, la vis refuse de venir, elle n'arrive même pas à amorcer son extraction, alors elle arque tout son corps contre le manche du tournevis et enfin la vis cède en grinçant, libérée. Et la dernière maintenant, qui bizarrement vient tout de suite et sans résistance, et alors elle tourne la poignée, pousse et entre…

Il gisait au sol, à la main un canif aux quatre lames sorties. Sa gorge ouverte gargouillait, le sang bouillonnant avait imbibé le col du t-shirt et commencé à couler le long du cou. Elle posa sa bouche sur la sienne et souffla, entendit le sifflement de l'air qui s'échappait par l'entaille, puis il lui toussa du sang dans la bouche. D'une main elle couvrit la blessure, sentit l'air qui rentrait et restait tandis que le sang lui suintait entre les doigts. De nouveau il toussa et elle goûta son sang, mais il respirait encore, il respirait, et les ambulanciers écartèrent Lyndi et emportèrent Rudd.

*

On lui dit d'attendre. Centimètre par centimètre elle avança sa chaise pour finir presque collée au bureau. Elle se pencha pour examiner la collection de presse-papiers érigée comme une espèce de barricade entre l'espace où elle était assise et celui où il ne tarderait pas à s'installer. Il lui serra la main en entrant ; elle se cogna le genou contre le bureau en essayant de se lever. Il s'assit, s'occupa les mains avec le dossier de Rudd.

« Son état est stable », dit-il.

Elle hocha la tête.

« Sa voix sera peut-être changée, selon que la trachée cicatrise bien ou mal. Pour la peau du cou, sur une partie de la surface au moins, le traumatisme est trop profond pour qu'on récupère complètement. Ça pourra saigner de temps en temps, suinter un peu. On a fait ce qu'on a pu, à terme il faudra une greffe. » Il la scruta attentivement. « Ce n'est pas sa première, si ? Tentative ? »

Elle hocha la tête. « Si, dit-elle. La première fois, c'était une tentative de meurtre.

— Oh, dit-il. Je demanderai peut-être un suivi pour prévenir la récidive.

— Je vais rester avec lui, dit-elle.

— On va lui laisser les bras attachés deux, trois jours. Par mesure de sécurité.

— D'accord. »

Il se leva, sortit et ne reparut jamais. Une infirmière finit par venir la chercher et l'emmener en salle postopératoire. Rudd était allongé dans un lit d'hôpital, inconscient, bras attachés le long du torse.

« Ne les ôtez pas, dit l'infirmière en montrant les entraves. Elles sont là pour sa protection. »

Elle avança la chaise, s'assit près du lit, posa une main sur son bras.

« Retour à la case départ, dit-elle gaiement. Prêt pour le deuxième essai ? »

*

Conscience intermittente. Éveillée, endormie, éveillée. *Amène-moi ma robe de chambre*, crut-elle entendre. Un mince fil d'argent qui se métamorphosait, lentement, en rambarde de sécurité.

Réveillé, il faisait grincer les rambardes auxquelles il était attaché en essayant d'agiter les mains. Tout va bien, lui dit-elle, et il tourna les yeux vers elle comme s'il la remarquait seulement maintenant. Son cou était pansé, le bandage assez trempé de sang pour laisser deviner la chair recousue en dessous.

« Non, dit-elle. N'essaie pas de parler. »

Il joignit le pouce et l'index, répétant le même geste jusqu'à ce qu'elle comprenne qu'il réclamait un stylo. Elle alla en emprunter un au bureau des infirmières, avec un bloc-notes. Elle desserra un peu les entraves mais dut quand même lui tenir le bloc-notes, le déplaçant au fur et à mesure pour qu'il puisse utiliser toute la largeur de la feuille et finir ses mots.

Pardon, écrivit-il.

« Ne refais plus jamais ça, dit-elle. Jure-le-moi. »

Il hocha la tête. *Je t'aime*, écrivit-il.

« Moi aussi j'ai l'impression d'éprouver des sentiments très forts pour toi, dit-elle. Quelquefois je me demande pourquoi. Dieu seul le sait. »

Tu me grattes le visage ?

« Où sur le visage ? »

Partout.

Elle posa la main sur son visage, bougea en demandant : Ici ? Ici ? jusqu'à ce qu'il hoche un peu la tête. Elle gratta jusqu'à ce qu'il fasse entendre un gémissement et revienne au bloc-notes.

Épouse-moi, écrivit-il.

« Tu es sérieux ? » demanda-t-elle.

Dis oui.

« Tu es vraiment un imbécile, dit-elle. Le roi des imbéciles. »

Puis elle pensa : *Comme ça j'aurai quelqu'un pour de bon. Je me suis déjà tellement trompée, je ne suis plus à une erreur près. Il est temps que la roue tourne*. Mais il était perturbé. *Mais ne suis-je pas assez forte pour le sauver ?*

Je t'en supplie, avait-il écrit. Le i et le e tout petits en dessous des autres lettres parce qu'il ne pouvait pas aller plus loin :

Je t'en suppl
ie

« Tu es vraiment un imbécile », répéta-t-elle. Et brusquement l'idée de se retrouver seule à nouveau, l'idée de ce qu'elle risquait de déclencher en refusant la terrifièrent tant qu'elle se saisit du bloc-notes et écrivit, minutieusement :

Oui.

VII

« Non, dit sa tante au téléphone. Je ne saurais l'admettre, tu es trop jeune, c'est hors de question. »

La mère de Rudd avait dit la même chose – *inadmissible* –, achevant de convaincre Lyndi, qui avait eu ses doutes elle aussi, qu'elle avait quelque chose à prouver.

Son évêque était prudent, oui, mais néanmoins optimiste. « Bon, dit-il, tu es jeune, c'est vrai, mais d'autres que toi se sont mariées jeunes et ça ne les a pas empêchées de réussir leur mariage. Quel âge as-tu ?

— Dix-neuf ans », dit-elle.

Il accusa le choc. « Effectivement, c'est jeune. Et lui, quel âge a-t-il ?

— Bientôt dix-neuf. »

L'évêque posa les coudes sur son bureau, s'avança. « Encore plus jeune, dit-il. Normalement à cet âge les jeunes garçons partent en mission.

— Il a vécu des choses très dures, dit-elle, manqué de se faire tuer et tout ça. Il n'a pas encore tout digéré. Je ne crois pas qu'une mission serait le plus indiqué dans son cas.

— As-tu prié à ce sujet ?

— Oui, mentit Lyndi.

— Et lui, a-t-il prié à ce sujet ?

— Oui, mentit Lyndi. Nous avons tous les deux l'impression que c'est la bonne décision.

— Bon, dit-il. Et bien évidemment vous comptez faire ce qu'il faut.

— Ce qu'il faut ?

— Vous marier au temple, j'entends.

— Oh, dit-elle. Bien évidemment. »

*

Il sortit de l'hôpital, le cou toujours bandé de gaze. Chaque jour elle l'aidait à changer le pansement. Elle retirait les bandes, badigeonnait la surface dénudée de la crème qu'on lui avait fournie. La peau greffée avait plus vilaine allure que le reste du cou, un paquet de chair boursouflée en travers de sa gorge.

« Comment te sens-tu ? demanda-t-elle.

— Bien », répondit-il d'une voix étrange, comme ensevelie. Sa gorge martyrisée ne produisait plus qu'une suite de sons atones.

« Tu m'aimes ? demanda-t-elle.

— Oui », dit-il de la même voix plate, les yeux mornes.

Emmaillotant son cou de gaze propre, elle lui prépara un bol de porridge bien liquide. Il porta la bouillie à sa bouche avec lenteur, comme s'il était en état de choc.

« Je me disais : une réception toute simple, ici dans le jardin, ou alors carrément rien du tout. »

Il hocha la tête. « Je ne connais personne.

— C'est vrai. On a déjà une maison avec tout ce qu'il faut. Rien du tout, alors. On n'en parlera à personne. Ce sera comme si on fuguait tous les deux. »

Pas de réponse. Il continua à manger, la cuillère montant lentement à sa bouche, le porridge s'écoulant entre ses lèvres.

*

Il était normal maintenant, se disait-elle, calmé. Avoir la gorge tranchée pour la deuxième fois l'avait rendu plus docile. On verrait si ça durait, mais il s'était mué en un auditeur attentif qui restait assis sans broncher quand elle parlait, ne répondant que si elle lui posait une question directe ou si ce qu'elle venait de dire appelait une réponse. Pour une fois, elle avait le dessus. Elle savait qu'il ne fallait pas penser les relations en ces termes, le faisait quand même.

L'été touchait à sa fin et elle avait repris la fac, rien de bien violent. Lui était trop malade pour s'inscrire, expliqua-t-il, avec son cou qui, malgré la greffe, suintait encore en cas d'effort trop intense. « Embrasse-moi », disait-elle, et lui, froid, le cou luisant, obéissait.

*

La veille du mariage, il commença à donner des signes de nervosité.

« Pourquoi au temple ? demanda-t-il alors qu'ils regardaient la télé. J'ai mal au cou. » Effectivement, la peau greffée était d'un vilain rouge. « Peut-être qu'on devrait prendre encore un peu de temps pour réfléchir. Peut-être qu'on devrait se contenter d'un mariage civil.

— *Moi*, je n'ai pas le moindre doute, dit-elle. Mais si *toi*, tu en as, pas de problème, on attend.

— Non, dit-il. J'essaie juste de me convaincre.

— Moi je n'ai pas besoin de me convaincre.

— S'il te plaît, arrête, dit-il. Je demandais juste si tu étais sûre, c'est tout.

— On ne peut plus sûre, dit-elle.
— Tu as prié ? demanda-t-il.
— Pas vraiment. Mais j'ai un bon pressentiment.
— Un bon pressentiment ? Comment se fait-il que tu n'aies pas prié ?
— Et toi, comment ça se fait ?
— Moi ça ne sert à rien, dit-il. Plus maintenant. Dieu ne répond pas à mes prières.
— Peut-être qu'il y répond d'une façon que tu ne comprends pas. Ou peut-être qu'il te répond *non*.
— Non, dit-il. Dieu a tiré un rideau entre son royaume et moi, et ce rideau ne peut plus être écarté. Quand j'étais petit, je sentais sa présence quelquefois. Aujourd'hui, plus jamais.
— Qu'est-ce que tu as fait ?
— Ce que j'ai fait ? demanda-t-il, méfiant. Qui t'a dit que j'avais fait quelque chose ? »

Elle alla dans la buanderie, mit une lessive à sécher. Rapportant le panier avec elle au salon, elle se mit à plier du linge pendant qu'il passait de chaîne en chaîne.

« Tu n'as pas foi en l'Église ? demanda-t-elle.
— C'est plus compliqué que ça. »

Elle se laissa glisser du canapé et s'assit par terre pour être plus près du panier.

« Un bon pressentiment, répéta-t-il en ricanant. Si tu avais prié, Dieu aurait peut-être eu deux ou trois choses à te dire sur moi.
— Dieu me donnerait son feu vert, dit-elle tout de suite.
— Peut-être qu'il te dirait de prendre tes jambes à ton cou. Peut-être aussi qu'il ne prendrait même pas la peine d'écarter assez le rideau pour jeter un œil et te répondre. »

*

Il était remonté dans sa chambre. Dès son retour de l'hôpital il avait réinstallé le cadenas et en avait profité pour poser un deuxième loquet côté chambre, de sorte qu'il pouvait maintenant fermer de l'extérieur ou de l'intérieur selon qu'il était dehors ou dedans. Elle resta encore un peu devant la télé puis rangea dans le panier les piles de linge plié.

Comme elle ignorait s'il avait mis le cadenas et n'avait pas envie de vérifier, elle déposa ses vêtements devant sa porte, deux piles bien nettes. Elle passa ensuite à la cuisine, déposa les torchons sur la paillasse, puis emmena le reste du linge dans la chambre de ses parents.

Elle rangea les vêtements dans la commode de son père puis déposa le panier vide devant la porte.

Elle s'allongea sur le lit, les bras au-dessus de la tête. C'était bon de s'étirer. Elle se mariait le lendemain : il y avait forcément quelque chose à faire. Elle n'avait pas l'impression d'être la veille de son mariage.

Elle se leva, alla jusqu'à la commode de sa mère, sortit la robe dans laquelle celle-ci s'était mariée. Elle l'étendit sur le lit, l'examina. La robe était toute simple, sans décolleté, avec des manches longues, la jupe aux chevilles, d'un blanc cassé un peu jauni.

Elle se déshabilla et l'enfila, laissant la glissière ouverte dans le dos. Elle se planta devant le miroir.

Tu es magnifique, se dit-elle.

Tu es en train de faire une grosse bêtise, se dit-elle.

Tu es magnifique, insista-t-elle. *Tu feras une très belle mariée. Une vierge rougissante.*

Mais son visage était blême. Elle se gifla la joue droite puis la gauche, n'eut pas l'air de rougir mais d'avoir pris une paire de gifles. Elle ôta la robe, la replia dans la commode, passa dans la salle de bains de ses parents et appliqua un peu de fard sur ses pommettes.

Elle se regarda dans la glace. *Vulgaire*, pensa-t-elle, *demain j'aurai la main plus légère*. Puis elle se rinça le visage.

Dans la vie, quelle quantité de choses pouvait-on refouler, et combien de temps pouvaient-elles rester refoulées ? Une pensée dangereuse, elle le savait, puis elle se dit : *Et si je priais ?* Il restait une nuit avant son mariage, ce n'était pas trop tard ; et si elle corrigeait son mensonge en priant ?

Elle s'agenouilla et posa les coudes sur le bord du lit, immobile, se recueillant avant de commencer. Prier en culotte et soutien-gorge semblait déplacé. Elle se leva, se rhabilla. S'agenouilla de nouveau, se recueillit et invoqua Dieu.

Pêle-mêle : *Montre-moi le chemin, dans ton infinie sagesse, à l'heure de notre désarroi ; je t'en supplie Seigneur, fais-le-moi savoir si...* Chapelet de formules, combinaisons verbales plaquées sur le fugace de la pensée. *Bénis mes parents dans l'au-delà* et *que ta volonté soit faite* et *je remets ma vie entre tes mains* et *mon Dieu, je t'en prie, ton enfant a besoin*. Elle commençait à avoir mal aux genoux. De nouveau, en boucle, les mêmes formules dans un ordre différent et *Je t'en supplie, Seigneur, révèle-moi ta volonté*.

Elle attendit une réponse, balançant son poids d'une genou à l'autre, mais rien ne vint, elle ne sentait rien. C'était juste elle, les yeux fermés et le vide autour, deux points de douleur concentrés aux rotules, la pression légère du lit contre ses avant-bras, à part ça le monde avait disparu et Dieu aussi s'était absenté. Elle réessaya, redoublant de ferveur, murmurant tout haut, mais plus hésitante aussi. *Je suis là ?* commença-t-elle, puis : *Que ta volonté ?* Et : *Je t'en supplie, révèle ? Suis-je prête à entendre ? Montre-*

moi comment tu veux que je conduise ma vie et j'obéirai ? Donne-moi un signe ? Laisse-moi sentir ta présence ? Toujours rien, le vide encore plus palpable, et rien au-delà, l'univers suspendu dans le néant. Dieu s'était complètement détourné d'elle, et si elle ouvrait les yeux elle serait projetée seule dans le monde où elle devrait se débrouiller seule, elle était seule et dans un sens ce n'était même pas elle, rien que du néant dressé contre du néant. En proie à la panique elle ouvrit les yeux et, sentant toujours autour d'elle l'absence de Dieu, elle dévala l'escalier, avala le couloir, tambourina à la porte de Rudd. « Rudd, s'entendit-elle appeler. Je t'en prie ? J'ai besoin de toi ? Tu ne veux pas me laisser entrer ? »

VIII

Elle se réveilla dans ses bras, sur le lit de sa sœur, ne se rappelant à peu près rien après sa fuite échevelée hors de la chambre de ses parents et le moment où elle tambourinait à la porte de Rudd. Évitons de trop y réfléchir, se dit-elle. Quand elle se leva, elle vit qu'elle n'avait ni haut de pyjama ni soutien-gorge.

Elle trouva son soutien-gorge et le mit en se dépêchant de passer la porte et de sortir. Dans la salle de bains elle examina son visage. Ses cheveux en bataille. Ses épaules et son cou marqués par de très légères traces de sang, presque invisibles. Elle examina son torse et ses bras pour voir où elle était blessée, mais rien – sauf, sur l'arrière d'une épaule et parfaitement identifiable, une marque de dents. Mais elle n'avait pas été mordue jusqu'au sang, il n'y avait qu'un bleu, ça ne pouvait pas venir de là. Elle examina ses jambes puis baissa sa culotte, mais pas de sang là non plus, *toujours vierge en principe*, pensa-t-elle, mais d'où venait le sang ? Alors elle comprit qu'il ne venait sans doute pas d'elle mais du cou abîmé de Rudd.

Elle gravit l'escalier, se força à entrer dans la chambre de ses parents. Elle se récura de pied en cap. Il n'y avait rien de mal, se dit-elle, rien dont elle eût à se sentir coupable, il n'y avait pas d'écoulement de sang donc, à moins qu'on ne l'ait trompée, elle était toujours vierge, en principe, toujours chaste, en principe, toujours digne, en principe, d'être mariée au temple. De toute façon elle n'avait aucun souvenir, alors ça ne pouvait pas être bien méchant, si ? Il s'était passé quelque chose mais pas *ça*, ç'avait peut-être été trop loin, mais elle était terrifiée, seule comme les pierres, plus tout à fait elle-même, on ne pouvait pas lui tenir rigueur de ce dont elle ne se souvenait même pas, si ? La cérémonie aurait lieu comme prévu, différer n'aurait eu aucun sens. Elle serait mariée, elle avait sa recommandation pour le temple. Dormir dans la même chambre que lui avait été une erreur, enlever son haut aussi, mais il n'y avait pas de mal. En principe.

Elle se sécha, revêtit une robe à fleurs, enleva la housse en plastique de celle de sa mère avant de la sortir de la penderie. Elle descendit, coucha la robe sur le canapé et entra dans la chambre de Rudd.

Il dormait encore et elle vit du sang séché sur son cou, comme si quelqu'un l'avait gratté. En regardant mieux elle vit aussi de légères traces de sang sur les draps, et même, çà et là, jusque sur les murs blancs, même si certaines étaient peut-être encore des vestiges du jour où il s'était tranché la gorge.

« Debout, dit-elle. C'est aujourd'hui qu'on se marie. »

Il s'étira, sourit. « Je croyais que j'avais mis le cadenas, dit-il.

— Oui, mais tu m'as ouvert.

— Si c'était ça, je serais déjà réveillé, dit-il.

— Pas là tout de suite. Cette nuit.

— Cette nuit ? dit-il. Mais non.

— Mais si, dit-elle.

— Tu n'étais pas là cette nuit.

— Mais si, j'étais là, dit-elle. J'ai dormi là », dit-elle en montrant le lit.

Il regarda. « Je ne me rappelle pas, dit-il. Je croyais que j'avais dormi d'une traite.

— Non, dit-elle. Tu m'as ouvert, après on a parlé un moment, et après…

— Et après ?

— Tu ne te rappelles pas ?

Elle se disait : *Si on ne se rappelle ni l'un ni l'autre, on ne peut être responsable ni l'un ni l'autre.* »

« Non », dit-il. Puis il ajouta furtivement : « Ah oui, ça me revient maintenant.

— Tu mens », dit-elle.

Il leva les mains, les laissa retomber. « Quelquefois, dit-il, les choses…

— Les choses quoi ?

— Laisse tomber, dit-il.

— Non, dit-elle. Quoi ?

— M'échappent, dit-il. Les choses m'échappent. »

*

Les choses lui échappent ? se demandait-elle dans la cuisine pendant qu'il se préparait. *C'est contagieux ?* Apparemment, à elle aussi les choses commençaient à échapper.

Elle se versa un jus d'orange. Elle se dit que si elle se concentrait elle pourrait en avoir le cœur net. En y mettant un peu de volonté, elle parviendrait à remonter le fil de cette nuit, à rassembler les pièces du puzzle, y compris la marque sur son épaule. Elle constata alors, en approchant son verre, qu'elle avait d'autres traces de morsure sur les mains, quasi imperceptibles, à peine une rougeur, presque comme une allergie. En fait, elle avait intérêt à laisser les pièces éparses. Car si elle devait apprendre qu'elle n'en était pas digne, elle n'était pas sûre de pouvoir pénétrer dans le temple. Mais si elle avait voulu elle aurait pu, elle en était sûre, presque sûre.

Il fit son entrée, vêtu de chinos, d'une chemise blanche et d'une veste de sport qu'elle lui avait choisie dans la penderie de son père.

« Comment je suis ? » demanda-t-il. Il paraissait très nerveux. « Assez bien pour me marier ? »

Elle hocha la tête, les lèvres serrées.

*

La journée s'accéléra. Ils passèrent d'abord retirer des effets à l'office de distribution des vêtements. Cela prit un temps fou. Le parking du temple était plein, ils durent faire des tours et des tours. Le bâtiment était affreux, pensa Lyndi – son clocher d'or, ses losanges de pierre blanche –, vu de loin on aurait dit une pièce montée pour mariage au rabais. L'architecte avait dû se croire malin. Ils finirent par renoncer, se garèrent plus loin et gravirent à pied le raidillon, coupant dans l'herbe. Quand Lyndi vit l'heure ils se mirent à courir. Ils s'arrêtèrent devant le bâtiment, hors d'haleine, essayant de reprendre leur souffle pour faire une entrée digne.

Lyndi se vit attribuer un chaperon qui lui remit un balluchon de vêtements.

La dame la conduisit jusqu'à un vestiaire. Elles laissèrent leurs chaussures sur une étagère juste derrière la porte. « Vous êtes maintenant en sol consacré, déclara la dame. Les chaussures sont interdites. » Une autre qui montait la garde devant les cabines d'habillage dit : « La troisième sur votre gauche. Vous vous mariez ? » demanda-t-elle en souriant. « Là, dit le chaperon sur le seuil de la cabine. Déshabillez-vous, s'il vous plaît.

— Qu'est-ce que je dois mettre ?

— Vous restez toute nue, ma chère. »

Par le jour au-dessus de la porte, Lyndi la regarda s'éloigner en se dandinant. Elle se retourna, se regarda dans le miroir. *Nue*, pensa-t-elle. *Mais dans quoi est-ce que je me fourre ?* Elle ôta sa robe, la pendit à un cintre en lissant les plis. Puis elle ôta soutien-gorge et culotte, dont elle fit une boule avant de les déposer sur l'étagère au-dessus des cintres. Debout les bras croisés sur la poitrine, gelée, elle s'examina dans la glace en s'efforçant de ne pas avoir l'air trop mal à l'aise. Elle se frotta la gorge. Où était Rudd ? se demanda-t-elle. Est-ce que lui aussi était nu ?

Le chaperon revint, une lourde pile de tissus en équilibre sur un bras. Elle balança le paquet par-dessus la porte de la cabine.

« Revêtez ceci, dit le chaperon.

— Et mes sous-vêtements ?

— Non, dit-elle. Seulement ceci. »

Lyndi déplia le vêtement. On aurait dit un croisement entre un gilet anti-rayons X et une lourde nappe. Il y avait un trou au milieu pour la tête. Elle l'enfila.

Le chaperon revint la chercher et la guida jusqu'à une pièce contenant deux étranges structures : huit poteaux en aluminium formant un grand carré, reliés entre eux par des rideaux blancs fins mais opaques qui faisaient office de mur. Elle entra, fut lavée rituellement à l'eau puis ointe d'huile, les mains de vieilles femmes lui touchant le front, passant par les pans ouverts de sa tunique pour lui mouiller le dos, la hanche, le mollet, chaque contact un choc, une petite explosion de lumière. Puis on l'aida à enfiler les habits du temple et on la guida vers la sortie.

*

Elle ôta la tunique et examina ses sous-vêtements dans la glace. Elle avait une drôle d'allure, une vieille dame dans un de ces costumes de bain d'autrefois. Elle effleura les marques sacrées, le relief discret des broderies sur les deux seins, le ventre, le genou, chacune large de moins de trois centimètres.

La robe de mariée, maintenant. Balluchon sous le bras – une enveloppe en voilage grande comme un oreiller contenant une robe plissée, un tablier vert brodé de fleurs, une ceinture, un voile.

On la mena avec diligence jusqu'à une petite cabine tout au fond du salon d'habillage, un autre rideau. Le rideau s'écarta et on la poussa dans la cabine, où elle reçut « un nouveau nom, que vous ne devrez jamais dévoiler à quiconque et nulle part en dehors de l'endroit qui vous sera désigné tout à l'heure ». *Qu'est-ce que je fais là ?* se demanda-t-elle. Les lèvres s'approchent, se collent à son oreille. « Ton nouveau nom, décrètent-elles, est Rachel. » *Ne l'oublie jamais*, pensa-t-elle.

Puis le rideau à l'autre extrémité de la cabine fut écarté et elle quitta le salon d'habillage pour déboucher dans un couloir, devant elle un escalator ascendant, son chaperon qui lui emboîte le pas. Monter un étage, suivre l'arc d'un couloir, franchir une porte qui donne sur une chapelle. Une femme en blanc jouait en sourdine sur un orgue vibrato. Femmes d'un côté, hommes de l'autre. Son chaperon lui prit le bras et elles longèrent le mur jusqu'au deuxième rang. Rudd était là lui aussi, tout en blanc. Un homme en blanc se tenait à côté de l'organiste, bras croisés. Elle regarda derrière elle. Des rangées et des rangées de fidèles en blanc, d'autres continuant à arriver, tous munis de petits papiers. *Une congrégation de fantômes*, pensa-t-elle.

Les hommes commencèrent à se détacher du groupe vers la gauche, les femmes vers la droite, pour se rejoindre en une colonne double au fond de la chapelle. *C'est quoi déjà, mon nouveau nom ?* se demanda-t-elle. *Raquel ? Non, Rachel.* Et quand en aurait-elle besoin ? Le saurait-elle ? La procession franchit la porte, retrouva l'escalator, monta un étage, suivit un nouveau couloir tournant, traversa un vestibule jusqu'à un barrage de vieillards en habits blancs qui dévia le cortège vers une nouvelle pièce. Celle-ci ressemblait à un petit théâtre. Tout devant, un employé du temple se tenait derrière un autel de marbre qui paraissait illuminé de l'intérieur. D'autres employés du temple, postés de chaque côté des portes, orientaient les hommes à droite, les femmes à gauche. Elle gagna sa rangée et s'assit.

Elle attendit que tout le monde fût installé. Face aux sièges, un lourd rideau bleu. Elle avait beau se tordre le cou, elle ne voyait pas Rudd. L'employé derrière l'autel ne bougeait pas. Derrière elle les portes se refermèrent. L'homme de l'autel se pencha pour appuyer sur un bouton. Émanant du plafond, une voix se fit entendre. La fonction de l'officiant était apparemment de tourner la tête vers les femmes quand la voix désincarnée s'adressait à celles-ci, vers les hommes quand la voix désincarnée s'adressait à ceux-là. La voix annonça que si quelqu'un souhaitait partir, il devait le faire maintenant. Tout le monde resta.

Les lumières s'éteignirent et l'homme derrière l'autel avança d'un pas lourd jusqu'à un siège juste devant le rideau bleu. Un écran apparut. Elle eut du mal à comprendre ce qu'il montrait : de vagues images cosmiques, brusquement entrecoupées de paysages naturels. Du plafond descendaient des voix modifiées qui résonnaient, creuses, et étaient censées appartenir à Dieu, Jésus et l'archange Michel. *Je descendrai*, dit Michel, et ainsi il devint Adam, notre père à tous. On rallume, on éteint. Adam et Ève dans le jardin d'Éden, les buissons et branchages placés pour masquer leurs parties intimes. Apparition du démon, identifié par sa barbe sombre. *C'est un mystère de la Passion*, pensa-t-elle. Ève reçut le fruit et le mangea. *Adam*, appela Dieu. *Adam, où es-tu ?* Bruissement dans les fourrés. Adam apparut.

J'ai vu que j'étais nu et je me suis caché.

Qui t'a dit que tu étais nu ? As-tu goûté le fruit de l'arbre du bien et du mal que je t'avais défendu de goûter ?

La femme que tu m'as donnée, que tu m'as commandé de garder à mes côtés, c'est elle qui m'a donné le fruit, et oui, je l'ai mangé.

Les lumières revinrent et Lyndi apprit ce qu'était un signe et ce qu'était un symbole. On lui fit défaire son balluchon et revêtir le tablier symbolisant le tablier de feuilles de figuier qu'Adam et Ève avaient confectionné pour masquer leur nudité. *Mais je ne suis pas nue*, pensa Lyndi. Le film reprit, Adam et Ève erraient sur une terre solitaire et désolée quand Dieu apparut sous les traits d'un auguste vieillard barbu, radieux et flottant. Dieu n'avait de cesse d'envoyer de nouveaux émissaires, afin d'*accroître la lumière et la connaissance* d'Adam. À chacune de ces visites Lyndi devait revêtir de nouveaux vêtements ou arranger différemment ceux qu'elle portait déjà. Elle ôta le tablier, revêtit une robe vaporeuse, un voile, une ceinture, puis remit le tablier pardessus. La tunique passa de l'épaule gauche sur la droite. On lui transmit des signes et des symboles, certaines poignées de main, certains gestes – le signe du clou, le signe certain du clou – et à chacun correspondait un nom, parfois une formule et, pour finir, une sanction.

On lui enseignait, expliqua la voix désincarnée, les signes et symboles dont elle aurait besoin dans l'autre monde, qu'il lui faudrait reproduire dans le bon ordre pour les anges sentinelles qui gardaient le chemin du paradis.

Des signes et symboles on passa aux sanctions – la promesse de ne jamais, sous aucun prétexte, dévoiler les signes et symboles, même au péril de sa vie. Placé dans une situation où l'on ne pourrait garder le secret, on était censé se tuer. Elle dut faire mine de s'ouvrir la gorge avec le tranchant de la main, puis poser les mains de part et d'autre de son torse avant de les laisser retomber sur ses flancs, comme si elle avait ouvert son torse et que le sang giclait le long de ses côtes. Plus tard, l'arrière de son pouce décrivit un trajet symbolique d'une hanche à l'autre, coupant les reins.

C'était ainsi, comprit-elle soudain, choquée, que sa famille était morte : les trois entailles lourdes de sens, même si ce n'était pas leur propre main mais celle d'un autre qui les avait portées. Ses yeux cherchèrent Rudd parmi les fidèles. Elle l'aperçut derrière d'autres têtes, livide. Ce n'était pas la faute du temple. Tout pouvait toujours être perverti ; la cérémonie, elle, était pure. Mais pourquoi les sanctions ? – pourquoi, au lieu de se satisfaire de la promesse du secret, détailler les modalités d'auto-immolation appelées par chaque signe ou symbole ?

Et si, se demanda-t-elle, et si on avait assassiné son père parce qu'il avait dévoilé les signes et symboles ? Était-ce hors du champ du possible ? Non, pensa-t-elle en exécutant le geste de s'ouvrir le ventre, ça ne se pouvait pas. Et puis : sa sœur ? Comme Lyndi, elle n'avait jamais pénétré dans le temple, elle était trop jeune. Elle ne savait rien. La tuer n'aurait pas eu de sens.

Elle dut lever les bras haut au-dessus de sa tête et, pendant qu'elle les baissait lentement, psalmodier les mots « *Pay Lay Ale* ». Ce qui, d'après la voix désincarnée, signifiait : « Mon Dieu, entends les mots de ma bouche. » Plusieurs couples furent invités à s'avancer et à entrer dans l'ordre véritable de la prière. Comme c'était leur première fois, Rudd et elle durent y aller. Rudd était pâle. Il paraissait vraiment malade. Elle vit que son cou suintait légèrement, à l'endroit où ses doigts l'avaient barré pour figurer la première sanction. Dans le cercle, ils répétèrent tous les signes et symboles qu'ils venaient d'apprendre puis donnèrent la main à leur voisin et exécutèrent le signe certain du clou, qui consistait à lever le bras libre à angle droit pour venir poser le coude sur l'épaule ou le bras de son deuxième voisin. Le bras de Lyndi, levé haut, lui faisait mal et elle craignit qu'il ne pesât trop lourd sur l'épaule de Rudd. Mais la prière s'acheva alors et le cercle se dispersa pendant que l'homme derrière l'autel se levait lentement. Elle pressa la main de Rudd, le regarda regagner son siège tant bien que mal, dans un état second.

La voix désincarnée se montra fort satisfaite. Elle ordonna qu'ils soient *présentés devant le voile*. Le somptueux rideau bleu se leva pour révéler, un peu plus loin derrière, un rideau blanc opaque mais fin, avec de proche en proche une fente qui laissait voir les barres en aluminium.

Un homme s'approcha muni d'une baguette avec laquelle il lissa une portion de rideau. Elle y reconnut certaines marques spécifiques, les mêmes que sur les sous-vêtements qu'elle portait. La voix désincarnée se lança, depuis le plafond, dans une explication savante des marques, assistée par l'homme à la baguette qui montrait au fur et à mesure. La marque de l'équerre, au-dessus du sein droit : ordre et précision, rectitude des actes et de la pensée. Sur le rideau, ce n'était pas seulement une marque mais une fente assez longue pour laisser passer un bras. Elle imagina qu'une main minuscule et désincarnée pénétrait la marque apposée sur sa poitrine et plongeait dans ses poumons. La marque du compas, autre fente, sein droit, signifiait que Jésus-Christ les guiderait dans la vie éternelle telle une boussole. La marque du nombril, une fente écartée : accepter que nous ne pouvons vivre sans nourriture, nourriture matérielle, mais aussi nourriture spirituelle de la parole de Dieu. La marque du genou – qui à la différence des autres n'était pas une ouverture mais une simple marque sur le rideau : tout genou doit plier et toute langue reconnaître que Jésus est le Christ.

Ils devaient avancer jusqu'au voile où un employé du temple les assisterait. De l'autre côté, derrière chaque section, un autre employé jouerait le rôle de Dieu. Ils avanceraient devant le rideau, offriraient au travers le nom qu'ils avaient reçu à la naissance et celui qu'ils avaient reçu au temple, referaient les signes et les symboles et seraient, ainsi, acceptés dans la présence du Seigneur.

La voix désincarnée se tut et un homme au crâne dégarni et aux montures de lunettes en or brillant commença à les pousser en avant. Les femmes à gauche, les hommes à droite.

Elle rejoignit une file menant à une portion de voile. Son chaperon la tira par la manche. « Pas maintenant, dit-elle.

— Pourquoi ?

— Quand on se marie, c'est l'époux qui fait passer son épouse à travers le voile.

— Ah bon ? »

Elle hocha la tête. « Il le traverse d'abord, et de l'autre côté on l'investira du rôle de Dieu afin qu'il vous guide dans un passage sûr. »

Elle s'écarta un peu, attendit. Elle regarda la main de Dieu sortir de la fente du nombril, saisir la main d'un candidat au passage. Étrange. Elle revit les vêtements qu'elle portait, les mains qui entraient ou sortaient des marques – qui aurait su dire ? Comme si Dieu, tapi à l'intérieur de vous, ne demandait qu'à percer à la rencontre de ceux qui approchaient votre corps. Des mains qui émergeaient tendues de fentes pratiquées dans votre poitrine, votre ventre, trouvaient quelqu'un à serrer et l'attiraient sous la chair. Comme si la présence divine était sous-cutanée.

Rudd était devant le rideau, le bras de Dieu sortit de la marque de l'équerre et lui enveloppa le dos. Rudd quant à lui avait un bras enfoncé dans le compas, l'autre caché quelque part devant sa taille. Sa bouche parlait dans le tissu, le voile palpitant. Puis l'étreinte prit fin et Rudd fut emmené de l'autre côté. Le voile retomba, inerte.

Lyndi regarda les marques, revit la carte de la scène des meurtres vue du ciel, un corps pour chaque figure, et se demanda quels symboles y lire. Les corps ne lui semblaient plus vraiment des corps ni même des marques mais des brèches, des fentes taillées dans le voile, chaque corps assassiné servant à ouvrir la surface de la terre elle-même et à passer au travers, à abreuver la terre du sang répandu. Ou peut-être, s'il s'agissait d'une version pervertie du rituel du temple, était-ce une tentative de profanation, une tentative de fermer le rideau entre Dieu et cette terre, un geste appelant l'apocalypse. Dans les deux cas, on comprenait pourquoi Rudd n'avait pas été tué : il représentait la marque du genou, en dessous des autres, et la marque du genou ne correspondait à aucune fente dans le rideau, rien ne traversait *via* le genou. C'était une simple marque, pas un trou. Sur la montagne Rudd représentait donc une marque, pas un trou : on n'avait jamais voulu qu'il meure.

Elle fut menée au voile trop tôt, la tête encore trop pleine de sa famille morte, et quand Rudd, après avoir été appelé, passa la main à travers la marque du nombril, elle eut l'impression que cette main traversait le cadavre de son père. Elle avait le souffle court, la mémoire défectueuse. Son chaperon dut lui souffler les mots. Étrange d'entendre Rudd jouer le rôle de Dieu, sa voix déjà plate étouffée par le voile. Elle lui prit la main en posant le pouce sur une jointure et lui dit à travers le voile le nom que ses parents lui avaient donné.

Leurs mains se séparèrent avant de se nouer différemment. « Qu'est-ce ? » interrogea sa voix et elle répondit, et lorsqu'il lui demanda quel était le nom du signe, elle lui dit que c'était son nouveau nom. « Veux-tu me le donner ? » demanda-t-il. « Je vais te le dire à travers le voile », dit-elle, et elle se pencha en avant pour dire son nouveau nom, *Rachel*.

Elle recula, essaya de dégager sa main pour passer à la figure suivante mais il la serrait toujours.

« Ce n'est pas ça », murmura-t-il à travers le voile, et elle : « Comment ? » et son chaperon : « Chut » et Rudd : « Donne-moi le vrai nom », et elle : « C'est le vrai nom, Rudd », et à travers le rideau le chaperon de Rudd : « Elle ne l'a pas bien dit ? » et Rudd, élevant la voix, dit que non, elle s'était trompée. Le nom était *Elling*. « Elling », dit-il, très fort, et son chaperon le fit taire et le rappela à l'ordre. Il libéra sa main et Lyndi fut écartée du rideau. Elle était ébranlée, morte de honte. « Que fait-on ? » demanda-t-elle au chaperon et le chaperon, haussant les épaules, répondit : « Reprenons du début, voilà tout. »

De nouveau on la conduisit devant le voile, Dieu fut appelé par des coups de maillet frappés contre le poteau d'aluminium entre deux pans du rideau, le voile fut écarté et Dieu demanda : « Que veut-on ? »

« Ève, dit le chaperon, qui a montré sincérité et loyauté en toutes choses, désire accroître sa lumière et son savoir en conversant avec le Seigneur devant le voile. »

Voix de Rudd/Dieu : « Amenez-le devant le voile et son vœu sera exaucé.

— La, entendit-elle son chaperon rectifier.

— Amenez-la devant le voile et son vœu sera exaucé. »

Le voile se referma et de nouveau la main de Rudd se faufila par le trou du nombril, ils exécutèrent la première poignée de main associée au nom de naissance de Lyndi puis elle forma le nœud associé à son nouveau nom. Elle se pencha pour le lui murmurer. « Rachel », dit-elle, et il la serra jusqu'à ce qu'elle ait mal. « Dis-le », siffla-t-il, et elle se pencha encore, touchant des lèvres l'oreille de Rudd, et murmura, à peine audible : « Elling. »

*

Plus tard, passés de l'autre côté du voile dans la Pièce céleste, ils attendirent dans deux fauteuils somptueux qu'on les conduise au salon de scellement où ils seraient mariés. Ils étaient entourés d'hommes et de femmes en vêtements rituels assis comme eux, marchant ou priant. Toutes les conversations empruntaient à une palette terre de Sienne. Au plafond, un lustre gigantesque. Le sourire de Rudd semblait annoncer une crise de colère.

« Qu'est-ce qui ne va pas ? demanda-t-elle.

— Rien. »

Elle tira sur son tablier, le lissa sur son ventre. « Tu n'as pas du tout l'impression d'être changé ?

— Changé ? dit-il. Bien sûr que je suis changé. Je viens de faire Dieu. Qui est-ce que ça laisserait intact ? »

Il s'interrompit pour arranger son chapeau. « Tu as entendu ? demanda-t-il.

— Entendu quoi ?

— *Pay Lay Ale*, dit-il. Son nom est dedans.

— Quel nom ?

— Lay Ale, dit Rudd. Lael.

— Arrête », dit-elle en se cachant les yeux. Elle avait mal à la tête.

« *Pay*, dit-il. Il faut le payer. Ça ne veut pas dire "Mon Dieu, entends les mots de ma bouche". Il parlait trop vite. Ça veut dire exactement ce que ça dit.

— Écoute, dit-elle. Ce que tu as fait devant le voile…

— C'est Elling, dit-il. Ton nom est Elling. Je t'ai nommée, tu as accepté le nom. On a été plus malins que Dieu.

— Le nom n'était pas Elling, dit-elle. Ce n'était pas mon nom.

— Non, on l'a changé, dit-il en hochant la tête.

— Je ne veux plus t'épouser, dit-elle.

— Non ? » dit-il, l'air sincèrement égaré.

Elle détourna les yeux, les posa sur le voile. Des employés du temple étaient à deux pas, conversant à voix basse.

« Qui est Elling ? demanda-t-elle.

— C'est toi.

— Mais d'où vient-il, ce nom ?

— De nulle part, dit-il en lui tournant le dos.

— Pourquoi as-tu voulu me le donner ?

— Je n'avais pas le choix. C'est à cause du nouveau nom que j'ai reçu.

— Quel nom ?

— Je ne peux pas te le dire. Je peux connaître ton nom mais toi tu ne peux pas connaître le mien.

— Est-ce que c'était Lael ? »

Il secoua la tête.

« Tu es fou.

— Tu persistes à croire que c'est ta vie que tu vis. Tu te trompes. Tout ça, dit-il en montrant la Pièce céleste, te donner un nouveau nom, te faire jouer un rôle, c'est forcer ton corps à accepter une autre vie.

— Arrête, je n'ai pas…

— Écoute, dit-il. Si tout ça n'est pas une histoire de possession, explique-moi ce que c'est. Je joue Dieu devant le voile, Dieu s'incarne en moi. Pour un instant je deviens Dieu. On nous dit de nous ouvrir à l'esprit du Seigneur, nous agissons sous l'emprise de l'inspiration, après avoir respiré le souffle de vie d'un autre. Le voilà, le message de l'Évangile : tout le monde est susceptible d'être possédé, mais seuls les saints l'acceptent de leur plein gré.

— C'est absurde.

— Exactement, dit-il. Et c'est pour ça que nous reprenons le contrôle. Nous refusons d'être des vaisseaux que le Seigneur charge à sa guise. Nous avons pris d'autres noms que ceux qu'il a voulu nous donner, et nous allons les laisser s'incruster en nous pour toujours. »

Elle se leva, arpenta nerveusement la pièce. Finalement elle s'assit dans un fauteuil à l'autre bout. Faisant un nœud de ses doigts, elle ferma les yeux et essaya de prier. Sa tête cognait. *Seigneur mon Dieu*, commença-t-elle, s'interrompant tout de suite.

« Tu es ici sous des prétextes fallacieux, Elling, entendit-elle Rudd déclarer. Prier, dans ton cas, est un geste vain.

— Va-t'en, laisse-moi, dit-elle.

— Je suis tout ce qu'il te reste, dit-il. Sans moi tu es seule au monde. »

Il retraversa la pièce d'un pas mat et se rassit, bras croisés. Ses yeux ne la quittèrent pas.

*

Elle avait peur. Mal à la tête. Elle avait précipité les choses et voilà qu'elle s'était donnée à un homme à peine sorti de l'enfance, fou de surcroît. Elle s'était trompée sur toute la ligne, mais quelle autre perspective avait-elle ? C'était écrit, c'était ce qui devait arriver et c'était arrivé. Ce qu'elle avait enclenché, il n'y avait plus moyen de l'arrêter.

« … scellement ? lui demandait un homme aux lunettes si épaisses qu'elle distinguait à peine ses yeux.

— Pardon ? dit-elle.

— Vous êtes bien, dit-il en consultant son écritoire à pince, Melinda…

— Oui, dit-elle. Lyndi. C'est bien moi.

— Si vous voulez bien me suivre. »

Elle se leva, déroutée, et lui emboîta le pas. Elle vit que Rudd était là qui la suivait de près. Elle était complètement désemparée.

« D'où est-ce que vous venez ? » demanda l'homme.

Ils ne répondirent ni l'un ni l'autre.

« Vous êtes stressés ? Il ne faut pas, dit-il avec un sourire jusqu'aux oreilles. Vous n'aurez pas à le faire deux fois. »

Faire quoi ? se demanda Lyndi. Elle avait tellement mal au crâne qu'elle ne voyait presque plus clair. Ils arrivèrent devant l'escalator, montèrent, tournèrent dans un nouveau couloir circulaire. Ils s'immobilisèrent devant une salle avec un grand autel au milieu, un repose-pieds autour de l'autel, des miroirs sur tous les murs, d'autres sièges le long des murs courbes. De part et d'autre de l'autel, deux hommes chacun sur son siège, et un troisième debout derrière comme un préposé derrière son guichet. Elle avait l'impression qu'on la menait à l'abattoir.

« Oh, non, dit-elle devant la porte. Je crois que non.

— Pardon ? dit l'homme derrière l'autel.

— Tout va bien, Lyndi, dit Rudd en lui serrant fermement le bras, sa voix et ses gestes soudain très doux. Tu n'es pas obligée.

— Non ? dit-elle.

— Non, dit-il, et il y avait une vraie gentillesse dans sa voix. On peut rentrer.

— Mais dans ce cas-là, dit-elle, qu'est-ce que ?…

— Tu choisis. C'est toi qui décides. »

Il lui lâcha la main et fit deux pas dans le salon. À force d'empirer, son mal de tête enveloppait le monde d'un étrange brouillard. Il était là, juste après le seuil, et lui tendait la main. Dans le salon, les hommes se tordaient le cou pour la voir, extatiques. *Qu'elle entre*, se dit-elle. Elle ferma les yeux et s'engagea consciente dans le désastre promis.

IX

Premier mois. L'après. Réveil, la tête enfin éclaircie, lui couché près d'elle, serrés dans le petit lit de sa sœur, les vêtements sacrés incongrus contre sa peau. Il dormait, paisible. Elle se leva en faisant attention à ne pas le réveiller.

À la cuisine elle versa un verre de lait, prépara des œufs brouillés légèrement baveux et deux toasts, coupés en diagonale. Elle lui porta le tout sur un plateau télé bleu ciel.

« Bonjour, dit-elle. Le petit déjeuner est servi. »

Il se retourna, ouvrit les yeux, la dévisagea.

« J'ai préparé des œufs et des toasts, dit-elle, et je t'ai versé du lait.

— Merci », dit-il en se redressant pour prendre le plateau sur ses genoux. Elle s'allongea sur le flanc à côté de lui, touchant de l'épaule le bord du plateau. Elle lui caressa la hanche sous le drap. « En quel honneur ? demanda-t-il.

— Une semaine de mariage. »

Un grognement. Elle le regarda porter la nourriture de son assiette à sa bouche jusqu'à ce qu'il ait fini. Il déposa le plateau près du lit.

« Embrasse-moi », dit-elle. Il s'exécuta, docile et gauche, puis se rallongea et ferma les yeux.

« Je me disais, commença-t-elle, et si, peut-être, on s'installait dans la chambre de mes parents ? »

Il secoua la tête.

« Le lit est plus grand, dit-elle.

— Je suis bien ici.

— Mais le lit, dit-elle. Et le reste de la chambre aussi est petit. Je ne sais pas s'il y a la place pour toutes mes affaires.

— Je ne crois pas qu'il y ait la place. Tu devrais laisser tes affaires où elles sont.

— Mais on devrait vivre ensemble. C'est ce que font les gens mariés.

— On vit ensemble.

— Dormir dans le même lit, je veux dire. La même chambre, aussi.

— C'est ma chambre, Elling, dit-il. Je n'y renoncerai pas. Tu peux m'y rendre visite quelquefois, mais c'est la mienne.

— Ne m'appelle pas comme ça.

— Pourquoi pas ? C'est ton vrai nom ou pas ? »

Elle lui tourna le dos. « Je ne veux pas être mariée avec toi », dit-elle.

Elle l'entendit tapoter son oreiller.

« Merci pour le petit déjeuner. Laisse-moi dormir maintenant, s'il te plaît. »

*

Avec le deuxième mois et l'instauration d'une certaine routine, Lyndi eut l'impression que sa vie avait repris, grosso modo, son cours d'avant. C'étaient essentiellement ses études qui l'occupaient. Elle ne pouvait jamais prévoir comment Rudd serait d'un jour à l'autre. Parfois il semblait presque normal, affectueux et prévenant, à d'autres moments il virait caustique, méchant. Il savait comment l'entraîner dans une discussion qui très vite se transformait en assaut.

« Tu ne sais pas t'arrêter à temps, lui disait-elle, les yeux brûlants.

— Je sais quand il est temps d'arrêter, assurait-il. Simplement, ce n'est pas là que je choisis de m'arrêter. »

Elle avait fait une bêtise en se mariant, elle devait se sortir de là. Mais c'était plus facile à dire qu'à faire, et il savait ce qu'il faisait : chaque fois que la situation frôlait l'insoutenable, il se radoucissait, changeait de visage et lui laissait quelques jours de répit.

Dans ses pires moments, il l'appelait Elling, sachant que ça la ferait exploser. Il affirmait que sans le temple ses parents seraient peut-être encore vivants.

« On ne peut pas s'en prendre au temple, disait-elle.

— Le temple rend fou, disait Rudd. Tu as bien vu. Le doigt en travers de la gorge, de la poitrine, du ventre. On t'apprend à saigner un corps humain.

— C'est symbolique, dit-elle.

— L'expiation par le sang. Ça te dit quelque chose ? »

Elle ne voulait pas en entendre parler, cela n'empêcha pas Rudd de lui expliquer : verser le sang d'un homme pour baptiser la terre et racheter une âme perdue. Les mormons l'avaient pratiquée au XIXe siècle ; le lien était patent avec la cérémonie du temple, les rites du temple, ces rites prétendument symboliques fondés sur le sang, sur les cadavres massacrés de…

« Arrête », dit-elle.

Elle n'avait pas envie d'en parler, parfait ; c'était plus facile de ne pas en parler, n'est-ce pas ? Si c'était la vie qu'elle voulait, il n'y voyait aucun inconvénient. L'ignorance, proposa-t-il, le confort de…

Elle monta dans la chambre de ses parents et claqua la porte.

*

Troisième mois. Lui aussi souffrait, se dit-elle, voilà pourquoi il essayait de la faire souffrir. Il était devenu plus froid : ils n'avaient plus dormi dans le même lit depuis le deuxième mois. Avec elle il était plus renfermé, moins agressif. Parfois, en passant devant sa chambre, elle l'entendait parler comme s'il s'entretenait avec quelqu'un mais quand elle le voyait sortir il était seul.

Elle commença à mesurer combien il était atteint, peut-être encore beaucoup plus qu'elle ne le soupçonnait. Il avait les paupières agitées de frissons inquiétants ; les paroles se prenaient dans sa gorge et en sortaient comme d'une autre gorge cachée dans la sienne. Il ne sortait plus, terré dans sa chambre aux rideaux tirés tout le temps qu'elle était à la fac ou partie faire des courses. Parfois à son retour, il l'accueillait sommairement ; d'autres fois il ne déverrouillait même pas sa porte. Et pourtant, tous les trois ou quatre jours elle le trouvait qui l'attendait sur le sofa, tout joyeux. Alors elle lui parlait avec prudence, attendant de voir comment il réagissait.

Un jour qu'elle était plongée dans un Livre de Mormon à reliure de cuir, il s'assit à côté d'elle sur le sofa et regarda par-dessus son épaule.

« Qu'est-ce que c'est ? s'enquit-il. Un journal intime ? »

Elle chercha des yeux ce dont il parlait. Elle leva légèrement le livre. « Quoi, ça ? demanda-t-elle.

— Ça.

— Le Livre de Mormon. »

Il s'approcha, plissa les yeux. « Ne dis pas n'importe quoi, dit-il. Les pages sont vierges, je le vois bien. »

Elle crut d'abord qu'il plaisantait, qu'il avait trouvé un nouveau moyen de la tourmenter, mais très vite elle s'aperçut qu'il était littéralement incapable de voir les mots sur la page. Au fil des mois, elle nota que cette cécité sélective, loin d'être réservée au Livre de Mormon, s'étendait à certains mots ou formules du journal, aux choses entendues à la télévision. Il n'y avait pas de règle et quatre jours après avoir cru que le Livre de Mormon était vierge il le prit, en lut un passage, parut le reconnaître sans aucun problème. Ça allait et ça venait. Il y avait des objets, aussi, qu'il ne percevait pas, et aussi des moments où elle lui parlait sans qu'il réponde. Elle crut d'abord qu'il l'ignorait à dessein, et parfois c'était le cas. Mais confrontée de plus en plus souvent à son visage vide et placide, elle comprit qu'il ne le faisait pas exprès.

Lorsqu'elle le lui fit remarquer il parut terrifié. « Il y a des trous », voilà comment il formula la chose, mais il refusa d'en discuter plus avant. D'ailleurs, elle n'avait pas mis cela sur le tapis depuis un quart d'heure que les remarques sur son état rejoignirent les choses qu'il était littéralement incapable d'entendre. *Des trous*, pensa-t-elle, et elle imagina ce que ça devait être : avancer dans la vie à la merci de blancs soudains, de plages vierges et vides, comme dans un monde inachevé. Et les gens, était-ce ainsi qu'il les percevait aussi ? Elle se demanda s'il lui arrivait de voir le visage qu'elle lui présentait comme une plaque blanche et lisse, menaçante d'anonymat. Elle résolut de le surveiller. De l'aider autant qu'elle pouvait.

*

Quatrième mois. La violence psychologique appartenait pour ainsi dire au passé, mais il se détériorait, sa personnalité lâchait. Elling, il n'arrêtait pas de l'appeler ainsi, et non plus pour la provoquer mais parce que le nom affleurait sans cesse à sa conscience. Une fois elle le surprit même à s'appeler *Hooper* (*Voyons voir ce sandwich, Hooper*, dit-il comme il attendait pour déjeuner), mais quand elle lui répéta ce nom, il blêmit. « Non, dit-il. Ne m'appelle jamais comme ça. »

Elle prit sur elle et téléphona à sa mère pour lui demander si elle connaissait un Hooper ou un Elling.

« Qui êtes-vous ? demanda la mère de Rudd.

— C'est moi, Lyndi. La femme de votre fils.

— Je suis navrée, dit la mère de Rudd. Je n'ai pas de fils et pas de temps à perdre avec ce genre de plaisanteries. » Elle raccrocha.

« Je m'appelle Lael, déclara-t-il bientôt. Appelle-moi Lael, Elling.

— Arrête de faire l'idiot, Rudd.

— J'ai besoin de Lael, dit-il. Amène-le-moi.

— On ne le trouve pas, Lael. On ne sait pas où il est.

— Il faut que je le retrouve », dit Rudd. Le lendemain il commença à expédier des lettres à Lael Korth, poste restante, trois ou quatre par jour, dans différentes villes du Sud-Ouest. Le troisième jour elle en repêcha une dans la boîte et monta s'enfermer dans la salle de bains de ses parents pour la décacheter.

lael demndé urgce STOP rudd appel sos STOP
pqoi m'as-tu abndnné STOP stp viens STOP

Elle en fit des confettis qu'elle jeta dans les toilettes. Elle hésita à récupérer les autres pour les détruire de même, conclut qu'elles étaient inoffensives.

En descendant elle trouva Rudd dans la salle de bains, absorbé par son reflet dans la glace.

« Ce n'est pas mon visage, dit-il. Qui m'a pris mon visage ?

— Rudd, dit-elle. Il faut qu'on parle.

— Pas tant que je n'aurai pas récupéré mon visage. » Il se baissa pour resurgir comme un diable devant la glace, recommença, plusieurs fois sans jamais sembler trouver ce qu'il cherchait.

*

Au cinquième mois, il découvrit l'abri de jardin qui avait servi de débarras à son père. Il le vida, entassant le contenu le long de la clôture. C'était bon signe, jugea-t-elle, il s'intéressait à quelque chose, il sortait de la maison.

Elle avait toujours conscience qu'il aurait été judicieux d'appeler quelqu'un, de chercher de l'aide, mais c'était plus difficile qu'on ne l'aurait cru. Souvent elle ouvrait les pages jaunes, parcourait les listes : trop de noms, aucun indice qui permît de deviner qui était bien et qui ne l'était pas. En plus, si l'état de Rudd était découvert, on l'emmènerait. Ce qu'elle voyait lui arriver lui faisait peur, mais pas autant que de se retrouver seule.

Il y eut une série d'incidents mineurs, ou qui semblèrent tels en regard de ses extravagances des mois précédents. Un seul incident lui parut mériter d'être qualifié de grave : un soir à son retour elle le trouva qui errait dans le jardin en sous-vêtements. Elle le fit rentrer en catastrophe.

« Que se passe-t-il, Rudd ? demanda-t-elle. Qu'est-ce qui ne va pas ?

— La terre, dit-il, pinçant la peau de son torse et tirant dessus.

— C'est de la chair, Rudd.

— Ça, c'est la terre, Elling, et ça, dit-il en touchant l'une après l'autre les marques sur le sous-vêtement, ce sont les morts. Le père, la mère, la sœur. Et moi.

— Mais tu n'es pas mort, dit-elle.

— Presque », dit-il, et il barra son cou d'une main violente. Elle regarda la peau se troubler, attendit qu'elle se mette à saigner.

« Tu deviens fou, dit-elle enfin.

— Évidemment que je deviens fou, dit-il. Je suis vêtu des morts. »

Quelques heures après elle le trouva dans la cuisine qui découpait les marques de tous ses sous-vêtements avec des ciseaux de bricolage. Un maillot à bout de bras, il examinait son œuvre.

« Rudd ?

— Je sais, répondit-il en la considérant par un trou, terrifié. C'est encore pire. »

*

Il s'intéressa de plus en plus à l'abri du jardin. Le sixième mois venu, il avait démonté les loquets de la porte de sa chambre pour les réinstaller sur celle de l'abri, un à l'intérieur, l'autre à l'extérieur. Que faisait-il là-dedans ? s'enquit-elle.

« Rien, dit-il. C'est ma petite maison.

— Je peux venir ?

— Non, dit-il. Ce n'est pas prêt. »

Il y avait une seule fenêtre qu'il avait badigeonnée de boue de l'intérieur, empêchant qu'elle vît à travers. Elle fit le tour du cabanon à la recherche d'une fissure, mais les rares qu'elle trouva avaient été bouchées à l'aide d'une mixture d'herbe et de boue séchée. Elle voulut l'enfoncer à l'aide d'une brindille, renonça de peur qu'il comprenne en voyant la terre sur le sol et se mette en colère. Il récupéra un vieux réfrigérateur hors d'usage dans le garage et le déménagea dans sa cahute. Il refusa de dire pour quoi faire. Des objets commencèrent à disparaître de la cuisine, des denrées périssables, de la viande surgelée.

Un jour qu'il était dans l'abri, elle décida d'entrer dans sa chambre désormais accessible. Il avait déménagé toutes ses affaires, laissant la pièce exactement comme du vivant de sa sœur, sauf pour la literie qu'il avait emmenée. Ce soir-là elle attendit en vain qu'il rentre. À compter de ce jour, en cas de besoin elle devait frapper à la porte de l'abri. Il venait à la porte, lui demandait ce qu'elle voulait, elle répondait et entendait un raclement. Lorsqu'il ouvrait, la pièce derrière lui était dissimulée par un drap tendu sur une vieille corde à linge. Ça ne sentait pas la rose. Il se glissait dans l'entrebâillement de la porte, fermait, cadenassait, et seulement alors il voulait bien lui parler.

« Qu'est-ce que tu fabriques là-dedans ? demandait-elle.

— Tu verras, disait-il. Tu verras. »

*

Septième mois. Un samedi matin au réveil, elle regarda par la fenêtre et le vit fermer son abri. Il vérifiait et revérifiait les cadenas pour s'assurer de leur fiabilité.

Elle se leva, descendit à la cuisine, posa deux bols sur la table, versa des céréales pour elle et pour lui. Il entra, regarda la table quelques secondes, passa dans le salon. Elle le suivit, le trouva une main sur la clenche de la porte d'entrée.

« Où vas-tu ? demanda-t-elle.

— J'ai une course à faire.

— Tu as de l'argent ? »

Il plongea les mains dans ses poches, les ramena vides. Il sortit son portefeuille de la poche de son manteau. Vide.

« Non, dit-il.

— Comment tu vas payer ?

— Je ne sais pas, dit-il.

— Tu veux que je te prête de l'argent ?

— Oui, dit-il. J'ai besoin d'argent. »

Elle enfila son manteau. « Je t'emmène », dit-elle.

Il sortit. Elle le trouva installé à l'arrière.

« Tu ne veux pas t'asseoir devant avec moi ?

— Je suis déjà attaché », dit-il.

Elle démarra, sortit de l'allée. « Où allons-nous ? demanda-t-elle.

— Chez un antiquaire.

— Un antiquaire ? »

Il hocha la tête. Elle le promena dans le centre-ville jusqu'à ce qu'il repère une boutique qui lui parût acceptable, avec un vieux bureau dans la vitrine et des plaques d'immatriculation des cinquante États clouées derrière la porte.

« Peux vous aider ? dit un homme en salopette assis derrière un guichet sur un tabouret haut.

— Oui, dit Lyndi. Rudd ?

— J'ai besoin d'un poids d'attelage.

— D'un quoi ?

— Pour un chariot. Un poids d'attelage.

— Alors là, pour quoi faire que vous avez besoin d'un poids d'attelage ? demanda l'homme. Pour un attelage ? » Et voyant que Rudd ne répondait pas : « On ne croule pas sous la demande.

— Non, dit Lyndi. Je veux bien le croire.

— En même temps, dit-il, ça ne coûte rien d'essayer. »

Il quitta son perchoir et alla sans hâte dans le fond de la boutique, leur faisant signe de suivre. Une hanche défectueuse faisait dévier sa marche. Il enjamba un monceau de vieilles pièces de machines à coudre, un lot de pin-up des années cinquante enveloppées dans des plastiques poussiéreux et s'engagea dans un petit recoin, un genre de grand placard sans portes. Des selles, des brides et des harnais, la plupart tout craquelés, une vieille pelle nickelée, un treuil, une drôle de boule à picots au bout d'une lanière en cuir, une plaque sur laquelle étaient montées cinq rangées de barbelés différents avec le nom de chacun pyrogravé dans le bois, la photo d'une hutte en torchis devant laquelle un écriteau précisait : « J. James, de sinistre mémoire, a passé une nuit en ces lieux », une boîte grosse comme le poing remplie de clous de maréchal-ferrant, un entrelacs, au sol, de fers à cheval rouillés, dont un encore attaché à ses sabot et jarret empaillés. Une étagère portait sur deux rangées des plombs pour la pêche, des poids pour la balance, un moule à balles, un enchevêtrement d'outils édentés.

« À quoi ça ressemble, au juste, quand c'est là où ça va ? demanda l'homme. Votre poids d'attelage, là ?

— Je ne sais pas, dit Rudd.

— Vous ne savez pas.

— Vous non plus ? demanda Rudd.

— Je n'ai jamais eu besoin de savoir, dit l'homme. Jusqu'à aujourd'hui. »

Ils firent le tour des antiquaires de la ville, sans succès. L'un avait un chariot dans sa cour et le propriétaire sortit voir s'il était équipé d'un poids d'attelage, mais non. Ils rentrèrent, Rudd s'assombrissait.

« Pourquoi as-tu besoin de ça ? demanda Lyndi.

— Pour lester.

— Lester quoi ?

— Rien pour l'instant », dit-il.

Elle attendit qu'il poursuive mais il avait fini. Quand elle essaya d'en savoir plus il répondit : « N'insiste pas, Elling », et puis, hystérique : « Où est Lael ? Qu'as-tu fait de Lael ? »

À la maison il regagna immédiatement l'abri et s'enferma. Il sortit une fois, à la tombée de la nuit, pour prélever à la cuisine quelques paquets de hamburgers surgelés, un pot de beurre de cacahuètes et un pain de mie. Elle fut plusieurs jours sans le voir.

*

Huitième mois. Quand il se décida enfin à quitter l'abri, il n'eut pas l'air de la reconnaître. Il naviguait bizarrement dans la maison, comme si l'endroit lui était inconnu et qu'à chaque pas le plan se redessinait sous ses pieds. Elling, c'était ainsi qu'il l'appelait presque systématiquement aujourd'hui, mais c'était déjà bien qu'il lui parle. Il faisait des choses dont il n'avait aucun souvenir, déjeunait et réclamait son déjeuner quelques minutes plus tard. Il l'interrogeait et tout de suite après s'enquérait des mêmes détails.

« Comment ça avance dans l'abri ? demanda-t-elle.

— Bien, dit-il. Bien. Ça va avancer tout seul un moment.

— Peut-être que tu devrais consulter quelqu'un.

— Elling, dit-il. Rudd est en pleine forme.

— Non, dit-elle doucement. Il n'est pas en pleine forme. »

Elle appela son évêque, exposa la situation sans rien laisser de côté, lui demanda conseil.

« Oh, dit l'évêque. Seigneur Dieu. » Il lui donna le numéro des services sociaux des saints des derniers jours, l'organisme clinique financé par l'Église. Elle appela, fut mise sur attente et au bout d'un moment on finit par lui raccrocher au nez. Elle réessaya, patienta un quart d'heure et obtint un interlocuteur – un « thérapeute breveté », l'assura-t-on.

« Très bien, dit l'homme. J'ai un créneau dans trois semaines.

— Trois semaines ? Il n'y a rien avant ?

— Désolé, dit-il. On tourne en sous-effectif. Je ne peux pas faire mieux.

— Mais il est très atteint, dit-elle. C'est grave.

— Vous pouvez toujours le faire hospitaliser, dit-il. Mais je n'ai rien à vous proposer avant, je suis navré. »

Elle prit le rendez-vous, en informa Rudd. Viendrait-il ? Était-il prêt à essayer ? *Un bon vieux conseiller sans prétention* pensa-t-elle, croyant entendre sa tante. *Nourri au grain.*

« Pas de problème, dit Rudd. Sauf si Lael revient avant. »

*

Elle le surprit devant la glace en conversation avec son reflet.

« Je n'ai personne, disait-il. Même pas moi.

— Tu m'as, moi, non ? » demanda-t-elle en lui passant les deux bras autour de la taille.

Il continua à fixer son reflet.

« Personne, dit-il. Personne au monde. »

*

Avec un bâton elle poussa la boue qui bouchait les fissures. À l'intérieur il faisait sombre. Elle ne voyait rien, le noir complet. Une puanteur filtrait. Elle colla l'oreille contre le trou, entendit un étrange sifflement ténu.

Et maintenant ? se demandait-elle. Elle envisagea de le faire interner, de l'emmener à l'hôpital, mais non, elle voulait parler à quelqu'un, en parler d'abord à quelqu'un.

Elle se mit à étudier son comportement dans l'idée que les données recueillies pourraient s'avérer précieuses. Peut-être mettraient-elles au jour une cohérence qui lui échappait. Par exemple, quand il avait bouclé le cadenas sur la porte de l'abri, il l'éprouvait toujours de huit coups de poing. Il l'appelait Elling entre vingt et trente fois par jour, jamais plus, jamais moins. Quand il faisait quelque chose dont il ne se souviendrait pas, ses traits se relâchaient, devenaient presque ceux d'un étranger. Il se parlait en regardant son reflet dans le miroir, mais quand il regardait sans intermédiaire sa main de chair et de sang, il paraissait croire qu'elle ne lui appartenait pas. Il ne supportait pas qu'on le touche – pas seulement elle, le contact de sa propre main lui répugnait.

Elle consulta un avocat pour faire annuler le mariage. Était-ce possible ? C'était possible, estima-t-il, si les deux parties étaient d'accord ou si quelque chose laissait supposer que l'une au moins avait été contrainte. Mais ce n'était pas commun. Était-elle catholique ? Sinon, pourquoi ne pas s'orienter vers un divorce, tout simplement ?

Mais c'était trop pour être seulement envisagé : vingt ans à peine et déjà divorcée, sa vie en l'air ou tout comme, en tout cas dans l'Utah où l'on faisait si grand cas de la *virginité*. Ses parents avaient traversé des passes difficiles et même de vraies crises : les tendances obsessionnelles compulsives de son père ne faisaient pas toujours bon ménage avec la distraction de sa mère. Mais ils avaient tenu bon, ils étaient restés ensemble jusqu'à ce que la mort les sépare. Rudd était malade. Il ne savait plus ce qu'il était, qui il était ; elle non plus. *Si seulement il pouvait guérir…* pensa-t-elle. Puis : *Ça n'arrivera jamais.*

X

Elle rêvait d'eau dans son sommeil, la surface lisse et vitrée du lac Powell, son corps qui file comme une flèche au ras de la surface. Et brusquement elle plongeait, descendait racler le fond mais n'arrivait pas à remonter. Elle se réveilla en se débattant. Une main lui serrait le cou et lui coupait le souffle.

« Alors, Elling, dit la voix de Rudd. On la tue ? »

Elle ne distinguait que sa silhouette floue dans le noir, son corps à califourchon sur elle. Elle se débattit. Non, voulut-elle crier, en vain. Elle entendait dans son crâne le battement amplifié de son sang, de plus en plus lent. Elle secoua la tête aussi fort qu'elle put, parvint à arracher une infime goulée d'air.

« Elling ? » dit Rudd.

Elle libéra ses mains des couvertures, enfonça les doigts dans les bras de Rudd. Il demeura impassible. Elle essaya d'atteindre sa gorge.

« Elling ? dit-il à nouveau.

— Non », articula-t-elle silencieusement.

Le sang ralentissait dans ses tempes et elle sentit que ses mains, aussi, étaient plus lentes. Elles remuaient à peine maintenant. Il y eut un bouillonnement dans ses oreilles, la pièce perdit la définition de sa lumière puis s'évanouit complètement.

*

Quand elle reprit connaissance c'était le matin. Elle sentait le soleil sur sa peau mais pouvait à peine bouger. Elle se leva, alla s'enfermer à clé, revint se laisser tomber sur le lit. Elle avait mal au cou. Quand, finissant par se lever pour de bon, elle se regarda dans la glace, elle vit qu'il était constellé de bleus ovales aux contours nets. Elle déglutit tant bien que mal. Elle découvrit ses ongles cassés, ses doigts ensanglantés, pas de son sang à elle mais de celui de Rudd. Elle se lava les mains, le cou aussi.

Elle sortit de la chambre en brandissant le sèche-cheveux de sa mère comme un revolver et fit le tour de la maison. Rudd n'était nulle part. Troquant le sèche-cheveux contre un tisonnier, elle alla dans le jardin.

« Rudd ? » cria-t-elle devant l'abri avant de remarquer le cadenas.

Elle rentra, s'assit à la table de la cuisine. Il y avait dessus une carte postale, un paysage urbain, les mots « Nueva York ! » en violet en bas de l'image. Elle la retourna.

Mon très cher Rudd,

Ici dans la Grosse Pomme je m'amuse comme un fou.

Il ne manque que toi.

Tu viens ?

Lael

Le cachet était celui de la poste de Provo, la date celle de la veille. L'écriture celle de Rudd, sans aucun doute possible.

Elle reposa la carte. Toujours armée, elle retourna à l'abri.

Elle inséra le bout érodé du tisonnier entre le battant et le chambranle et força la porte. À l'intérieur, il faisait chaud, l'odeur était épouvantable. Dès que la porte eut cédé, un essaim de mouches noires vint tourbillonner autour de sa tête, les insectes se cognant contre ses lèvres et ses yeux. Elle les chassa de la main.

Derrière la porte un drap faisait office de rideau. Rudd l'avait tailladé pour reproduire les marques des vêtements, mais à l'envers et inversées :

⅃, V

–

–

Elle avança une main prudente, arracha le drap de la corde à linge. Derrière, les lattes déchirées du plancher démoli étaient entassées contre un mur, exposant une terre qui paraissait avoir été retournée : elle semblait meuble et Lyndi s'y enfonça jusqu'aux chevilles. Au milieu, échoué sur le dos, enfoncé jusqu'au couvercle, le vieux réfrigérateur.

Elle remarqua des mouches qui profitaient d'une déchirure du joint pour y entrer ou en sortir. Elle approcha l'oreille, entendit un sifflement sourd à l'intérieur.

Elle alla à la fenêtre badigeonnée de boue et la brisa avec le tisonnier pour dissiper un peu l'odeur, faire entrer un peu de lumière. Elle regarda autour d'elle. Dans un coin, un tas de draps et de couvertures crasseux, tachés et élimés. À côté, le carton qu'il gardait dans sa chambre, à même la terre, ses flancs livrés à la moisissure.

Elle l'ouvrit, retrouva les livres de culte. Elle les sortit un par un et les laissa tomber parmi les lattes arrachées. La carte était toujours scotchée au fond mais cette fois, dans l'éclairage moribond, Lyndi distingua en son centre un relief en forme de rectangle. Une cachette.

Elle décolla la carte du fond humide et découvrit en dessous plusieurs feuilles pliées et dactylographiées. La première commençait ainsi :

Le destin sanguinaire de William Hooper Young
par Rudd Theurer

Comme époque j'ai choisi les années 1900 et plus précisément l'année 1903 mais une partie des événements s'est déroulée en 1902. Le plus important, en fait (le meurtre)…

En 1902, William Hooper Young prit part au meurtre d'une femme du nom d'Anna Pulitzer dont il jeta le cadavre dans un canal de drainage. Le corps était « nu et gisait dans la boue ». J'écris « prit part » exprès : d'aucuns pensent qu'il aurait peut-être été aidé par un homme appelé Charles Elling. Je ne crois pas à l'existence de Charles Elling.

Doux Jésus, pensa-t-elle. Et ça continuait dans la même veine, détaillant les circonstances du meurtre et du procès, évoquant le poids d'attelage dont Young s'était servi pour lester le corps, un genre de travail scolaire qui aurait infecté l'existence de Rudd. L'aspect ritualisé du meurtre semblant préfigurer, au moins partiellement, le meurtre de ses parents. Pas étonnant que Rudd ait perdu la tête, songea-t-elle : après avoir écrit sur un meurtre il avait failli être assassiné de la même manière – comme s'il avait réveillé les morts. Le plus alarmant était qu'il se fût mis à voir en elle Elling, car Elling, elle le découvrait finalement, était le complice, celui à qui Young avait essayé de faire endosser le meurtre quand on l'avait arrêté, celui sur qui la police n'avait jamais pu mettre la main. *Comme Lael*, pensa-t-elle, puis : *Dans quelle mesure Rudd me considère-t-il comme sa complice ?*

À la fin du devoir il y avait une feuille simple qu'elle dégagea. Là, de la main de Rudd, d'une écriture minuscule :

LE SOLEIL SE LÈVE EN ENFER
PAR WILLIAM HOOPER YOUNG

1er couplet : Certains pécheurs sont sans pardon,
Le sang du Christ ne les lave mie
Satan les cieux leur interdit
Et le Seigneur oublie leurs noms

Refrain : Le soleil se lève en enfer
Pour échapper à Lucifer
Écourtons donc nos vies tantôt
Sinon tâterons ses couteaux

2e couplet : Le Dieu d'amour prévoit pour eux
Le baptême par sang répandu
Un sacrifice très vertueux
Offrant à chacun son salut

Refrain : Le soleil se lève en enfer
Pour échapper à Lucifer
Écourtons donc nos vies tantôt
Sinon tâterons ses couteaux

3e couplet : Sauve le pécheur en le tuant
Aux fers maudits l'arrachera
La lame offerte incontinent
Ou même faute répétera

Un blanc, plusieurs lignes vierges, et tout en bas de la page un couplet rajouté de la main de Rudd :

Dernier couplet : Allons debout marchons mes frères
Aiguisons tranchante la lame
Prenons les pères les filles les [mères
Tranchons et délivrons leurs âmes

Ses mains tremblaient. *Je suis d'un calme étonnant*, pensa-t-elle, et en effet dans son esprit elle l'était, en dépit des violents frissons qui agitaient son corps. La feuille lui tomba des mains. Elle se vit avancer vers le réfrigérateur et se baisser pour saisir la poignée. Elle la dégagea du verrou puis, d'un geste violent, ouvrit la porte.

La puanteur de la viande putréfiée, le cube repoussant du réfrigérateur. Une nuée de mouches noires, des mouches par milliers, une symphonie effrénée, les mouches qui rebondissent sur ses bras et son visage avant d'aller tourbillonner dans toute la pièce. Couverte de mouches, elle comprit que Rudd avait tué ses parents et qu'elle le savait, qu'en son âme et conscience elle le savait depuis longtemps. Les mouches tournoyèrent autour d'elle puis sortirent, et en quelques secondes elle se sentit repartir à la dérive, irrévocablement seule, parfaitement seule.

Mais l'impression fut de courte durée. Quelle était cette chose, se demanda-t-elle, qui se levait, se dressait du cube maintenant que les mouches étaient parties ?

Lorsqu'un messager vient, disant qu'il a un message de la part de Dieu, tendez-lui la main et demandez-lui de vous la serrer. […] Si c'est le diable apparaissant comme un ange de lumière, lorsque vous lui demanderez de vous serrer la main, il vous tendra la main et vous ne sentirez rien.

Doctrine et Alliances, 129 : 4-8

L'hallucination est la catégorie de manifestation du monde.

GOTTFRIED BENN

III

HOOPER, DÉCHAÎNÉ

I

Il lui fallut longtemps pour comprendre où il était. D'abord : le gris indistinct, sans lumière, étroit et bas comme un cercueil. Puis, lentement, l'espace qui coagule, si l'on peut dire, pour donner forme à autre chose, qui spontanément se dilate, reflue et le laisse, enfin, libre de s'asseoir – peut-être de se lever, même. Mais il demeura figé, paralysé, le corps et l'esprit curieusement déphasés.

Il comprit qu'il se trouvait dans une pièce, mais une pièce passée au gris d'un filtre sombre. Ici l'arête d'une vitrine à porte de verre, nichée dans un coin. Des meubles recouverts d'une fine tapisserie au bord élimé. Il distinguait maintenant un cadre de lit en bois, dont le vernis s'écaillait tout du long sur le côté qui touchait terre, visible sous la tapisserie. Il était couché sur un plancher qui, à l'odeur, avait été ciré récemment. Il tourna la tête, vit le dessous et les pieds en pattes de lion d'un fauteuil à bascule en cuir foncé, le dossier molletonné piqué de clous. À côté du fauteuil, une cheminée de briques blanches. Deux colonnes étroites – du marbre peut-être, ou peut-être du plâtre peint par quelqu'un qui connaissait son affaire – reliaient le plancher à la tablette. Au lieu de l'habituelle grille amovible, des carreaux de céramique, et au milieu la fenêtre de fer forgé, une cloque rouge sang. Le poêle était brûlant, sa chaleur perceptible depuis le sol et il n'y avait qu'à tourner le fauteuil pour en jouir pleinement. Mais le fauteuil, présentement, faisait face au lit tendu de tapisserie. Il n'était pas exclu, détermina-t-il, qu'il fût tombé de celui-ci ou de celui-là, du lit ou du fauteuil. Du fauteuil plus probablement que du lit : il était tout habillé.

Quand la pièce eut acquis une certaine consistance, une certaine rigueur, il remua ses mains qui dans la chute (si chute il y avait eu) s'étaient trouvées coincées sous son corps. Elles étaient parcourues de picotements, l'une lui faisait mal, même. Il remarqua ses ongles cassés, lacérés, et se demanda si c'était lui qui les avait rongés. Était-il du genre à se ronger les ongles ?

Il s'assit puis roula sur les genoux et, avec un grognement, se hissa sur le fauteuil. Grincements, couinements des lourds ressorts.

De son poste il distinguait une forme dans le lit, une jeune femme couchée sur le flanc qui lui tournait le dos, sur la tapisserie mais sous le couvre-lit. Ses épaules nues étaient découvertes, ses cheveux tombaient en cascade sur le traversin.

Il regarda alentour. Était-il déjà venu ? Oui, il lui semblait bien. Était-ce sa chambre ? Non, sans doute pas. Comment le savait-il ? Il le savait. Oui, mais comment ? Il le savait, c'est tout ; ça ne suffisait pas ?

C'est l'appartement de mon père, pensa-t-il, et pendant quelques secondes il eut la certitude de tenir la bonne réponse, mais tout de suite après : *Non, mon père est mort depuis longtemps. Suicidé.*

Chez qui, alors ? La fille ? Comment savoir sans savoir qui elle était ? Mais quelque chose le retenait d'approcher du lit pour la voir de face. L'épaule nue, peut-être ? Était-ce quelqu'un qu'il connaissait, intimement ? Ce n'était pas sa femme, cela il en était certain. Sa femme, il y avait un bail qu'il ne l'avait vue, et ils ne s'étaient pas exactement quittés en bons termes. On fait ce qu'on peut, ça arrive à tout le monde de faire des bêtises, de commettre des erreurs dont les conséquences peuvent s'avérer, parfois, délicates, épineuses. Mais n'était-ce pas le rôle d'une épouse que de vous comprendre, d'accepter vos faiblesses et de vous aider à devenir un homme meilleur ?

Ou était-ce lui qui avait eu raison ? Pourquoi, alors, le visage et le nom même de sa femme continuaient-ils à lui échapper ?

Il se racla la gorge. Dans le lit la femme ne bougea pas d'un pouce. Il se racla la gorge de nouveau, plus fort. On ne pouvait pas dire qu'elle eût le sommeil léger.

Il laissa son regard errer dans la pièce. Près du plafond une moulure sobre, une simple baguette peinte qui cassait le plan, surmontée d'une légère courbe, un arrondi, à la jointure du mur et du plafond. Reposant pour l'œil. Dessous, une porte fermée, étroite, qui donnait peut-être sur une penderie. Un chambranle ouvrant sur une cuisine : carrelage, émail d'un évier dont un rideau masquait la base.

« Mademoiselle ? » Il se racla la gorge, fixa la nuque de la dormeuse. « Je crains de me trouver dans une situation un rien délicate, poursuivit-il. La mémoire m'a déserté. Je ne suis pas certain, je vous l'avoue, de remettre où nous sommes, ni même qui vous êtes. »

Elle persistait dans son silence. *Peut-être était-elle sourde ? Ou était-ce à dessein ? En représailles ou pour le mettre dehors ?*

« Si nous nous connaissons, insista-t-il, auriez-vous l'obligeance de me regarder et de m'accorder une seconde d'attention ? Un mot, une phrase ou un geste de votre part me rappelleront à mes sens, je n'en doute pas. »

Quand elle resta muette, il fut pris de terreur.

Il demeura un moment figé sans quitter son dos des yeux. Puis, avançant une main prudente, il prit le couvre-lit entre le pouce et l'index et, avec mille précautions, le remonta pour lui couvrir les épaules. Elle parut se recaler contre le traversin, un mouvement quasi imperceptible qui lui suffit à retirer sa main. En remontant le couvre-lit il lui avait dénudé un pied, recroquevillé tout au bout du lit, plante tournée vers le plafond. *Comme un poisson mort*, pensa-t-il.

Il avança lentement jusqu'au chevet, penché en avant et de côté pour voir son visage. Avant même d'avoir fait le tour, il comprit que sa peur était justifiée. Il repéra ce qui n'allait pas entre les cheveux, son front : du sang, agglomérant les mèches et s'accumulant dans l'orbite.

Il rabattit le couvre-lit, la trouva nue jusqu'à la taille, le descendit complètement et la découvrit nue de la tête aux pieds. Appliquant la paume contre son épaule, il la fit rouler sur le dos. Elle avait commencé à refroidir. La peau lui sembla caoutchouteuse, et garder l'empreinte de ses doigts. Sous le corps la tapisserie était imbibée d'un sang bordeaux ; on voyait la tempe gauche enfoncée, meuble, le sang et la cervelle qui en dégouttaient. Le ventre était tailladé d'un trait net, la coupure presque assez longue pour qu'il y introduise le poing. Il pensa : *Qui suis-je donc pour avoir des idées pareilles ?*

Eh bien, pensa-t-il, *nous ne sommes pas chez elle. En tout cas, plus.*

Choqué par les pensées qui lui venaient, il avança la main pour lui toucher le cou, sachant pourtant qu'elle était déjà morte. Sur la table de chevet une fiole, vide. Et un couteau, un stylet à manche d'ivoire, la lame en demi-lune et à double tranchant. *Comment se fait-il*, se demanda-t-il, *que je reste aussi calme ?* Il écarta la chevelure de la morte pour essayer de l'identifier et eut l'impression, en dépit du crâne ouvert, qu'il y parvenait peut-être, mais sans pouvoir lui accoler de nom. Il prit le couteau pour l'examiner : dix, douze centimètres de lame bien ouvragée, le biseau régulier et soigné. *Non*, pensa-t-il, *j'ai eu tort d'y toucher, la police voudra le voir exactement où il était.*

Puis, brusquement il pensa : *L'assassin, et s'il était encore ici ?*

*

À pas de loup il avança jusqu'à la plus petite des deux portes. Le bouton grinça à peine en tournant, il ouvrit d'un geste brusque. La penderie renfermait quelques chemises, quelques manteaux et une étagère de cols amidonnés. Rien d'autre dans la chambre. Dans la cuisine, l'espace sous l'évier n'abritait qu'une petite boîte de poudre blanche qu'il devina être de la chaux. Les placards aussi étaient vides. Et derrière la cuisine le salon, vide également.

Le couteau toujours à la main, il alla jusqu'à la porte d'entrée et l'ouvrit. Elle donnait sur un palier lambrissé de bois sombre avec un motif nid-d'abeilles blanc qui longeait le sol. Un escalier descendait jusqu'à une porte ouvrant sur la rue. C'est seulement quand il eut vu cette porte que les bruits du dehors lui parvinrent, étouffés, comme nés de sa perception de la porte. En face sur le palier, un autre appartement, une porte identique à la sienne. À droite, des toilettes ouvertes.

Laissant entrebâillée la porte de l'appartement, il traversa le palier et tendit l'oreille. De chez les voisins filtrait un murmure monocorde. Il frappa. Le murmure cessa, quelques secondes, puis reprit. Il frappa plus fort et de nouveau le murmure cessa, remplacé cette fois par un bruit de pas, le parquet qui grince. S'apercevant qu'il tenait toujours le stylet, il le glissa dans sa poche.

« Qui est là ? » demanda-t-on.

Il se racla la gorge. « C'est moi », annonça-t-il.

Moi suffirait-il ? En tout cas la porte fut ébranlée, puis entrebâillée sur un homme en cravate et pardessus.

« Ah, dit-il en ouvrant plus grand. C'est vous, William ? Que ne le disiez-vous ?

— Appelez-moi Hooper, dit-il. Oui. C'est moi.

— Bien, dit l'autre. Qu'y a-t-il, Hooper ? Tout est à votre convenance ? Me ferez-vous le plaisir d'entrer ?

— À ma convenance ?

— En face, dit-il.

— Qu'est-ce qui, articula-t-il lentement, devrait être à ma convenance en face ? »

L'homme le regarda d'un drôle d'air.

« L'appartement, voyons.

— Oh, dit-il. Oui, tout à fait.

— Tout va bien, vous êtes sûr ? demanda l'homme. Je vous en prie, entrez un instant. »

Décontenancé, Hooper obéit et s'autorisa un divan de crin. Un troisième homme en cravate et manches de chemise était assis dans une bergère à oreilles toute proche, son manteau sur les genoux. Sur le manteau, un livre ouvert.

« Bonjour, dit l'homme.

— Bonjour, dit Hooper.

— Nous étions en pleine séance de lecture. Les Écritures. » Il sourit. « Que ta journée commence avec la parole du Seigneur, qu'elle s'achève de même. »

Hooper hocha la tête. « Cet appartement, ce n'est pas chez moi, n'est-ce pas ?

— Lequel ? demanda l'autre. Mais, enfin, quelle drôle de question. »

Le premier revint avec un verre d'eau. Elle était tiède. Il la but lentement.

« Elder, dit l'homme assis. William vient de me poser la question la plus étrange qui soit.

— Il ne se sent pas tout à fait lui-même, Elder, dit le premier. Et il préfère qu'on l'appelle Hooper. Peut-être se réveille-t-il tout juste et n'a-t-il pas encore repris ses marques, comme on dit.

— Peut-être, Elder », dit l'homme. Il se tourna vers Hooper. « Pour répondre à votre question : effectivement, il ne s'agit pas de votre appartement. Il appartient à votre père. Comme celui-ci, d'ailleurs, comme tout le reste de l'immeuble. Comme vous le savez.

— Mon père ? dit Hooper. Mais il est mort. »

Les deux hommes échangèrent un regard. « Balivernes, Hooper, dit celui qui était assis. Il est seulement à l'étranger.

— À l'étranger ? »

Les deux opinèrent. « Vous occupez son appartement en son absence.

— Bien sûr, mentit Hooper en secouant la tête. Ça y est, ça me revient. Je ne sais pas ce que j'ai en ce moment.

— Tout va bien, vous êtes sûr ? demanda l'un.

— Personne n'est entré ni sorti d'ici aujourd'hui, n'est-ce pas ? » demanda Hooper.

Celui qui était debout secoua la tête. « Pas à ma connaissance. Personne d'autre que vous.

— Je vis seul ?

— Hooper, avez-vous bu ? »

*

De retour dans l'appartement, il dissimula le cadavre sous le couvre-lit. Puis en voulant s'asseoir dans le fauteuil il sentit la pointe du stylet transpercer la poche de son pantalon et lui piquer la cuisse. Il se leva, le sortit et le reposa sur la table de chevet, à l'endroit exact où il l'avait pris.

Personne d'autre que moi, pensa-t-il. Puis il ajouta : *Hooper.*

Et c'est seulement alors qu'il lui vint d'être étonné. Hooper ? Lui aurait-on demandé si c'était là son nom il n'aurait pas dit oui ; il ne semblait pas lui convenir. Pourtant, c'était le nom qu'avait tourné sa langue, le préférant à celui que cet Elder avait proposé. *William.* Le nom de son père, non plus, John, ne semblait pas convenir, ni Young comme nom de famille, pas plus qu'aucun autre élément de son nom : William Hooper Young. D'où venait ce sentiment d'étrangeté à tous ses noms propres – noms que sa langue, mue par la force de l'habitude, semblait décliner correctement mais qu'il n'arrivait plus à faire admettre à son esprit ? Et son père vivant ? Il avait pris sa mort pour un acquis, sa mère l'avait assez répété, il l'avait vu mort et enterré, mais non, non, d'où lui venait cette idée ? Il s'était embrouillé, tout cela était le fruit de son imagination ; apparemment c'était son père qui était vivant et sa mère, pas son père, qu'il avait perdue.

Et cette femme, qu'en faire ? Ce cadavre dans son lit, lit qui en principe appartenait à un père disparu, mort. Tout de même, on ne pouvait pas lui en vouloir d'avoir l'esprit un peu chamboulé. On le serait à moins. Peut-être devrait-il s'inquiéter de ne pas l'être davantage.

Personne d'autre que moi, pensa-t-il de nouveau. *Alors c'est peut-être moi qui ai causé la mort de cette infortunée créature.*

Pourquoi ?

*

Même si ce n'est pas moi, songea-t-il, *ça en aura tout l'air.* Son esprit s'aventurait en eaux troubles mais il ne parvenait pas à l'arrêter. Cette femme était morte, il en était navré, mais s'il ne la connaissait pas, comment aurait-il pu en être responsable ? La police, il le savait, s'empresserait sans doute de trouver la solution la plus simple au problème, or la solution la plus simple au problème, surtout avec les missionnaires mormons d'en face qui jureraient que personne n'était entré dans l'immeuble, serait l'occupant de l'appartement – autrement dit : lui. Les missionnaires ne seraient pas inquiétés : ils étaient deux, le cadavre n'était pas chez eux. Chacun corroborerait les dires de l'autre. Non, si on devait accuser quelqu'un, ce serait lui.

Il s'assit sur le lit, caressa les cheveux de la femme. Est-ce qu'elle lui disait quelque chose ?

Peut-être ai-je encore une chance si je parle maintenant ? Quelle autre solution aurait-il ? Maquiller le crime ? Faire disparaître le corps ? Camoufler un meurtre revenait à protéger un assassin, sans compter que si on finissait par remonter jusqu'à lui, il serait mouillé jusqu'au cou. Non, il fallait appeler la police, dire tout ce qu'il savait, tout ce qu'il parvenait à reconstituer, et les laisser procéder comme bon leur semblerait. Au moins il aurait sa conscience pour lui, et peut-être qu'au moment de plaider l'innocence son honnêteté pèserait lourd – ou au moins quelque chose.

Il s'aperçut qu'il avait continué à lui caresser les cheveux, comme à un petit chien. Il retira sa main, se leva et fit les cent pas de la cuisine au lit. Finalement il enfila son manteau et, après avoir tâté la poche de son gilet pour s'assurer qu'il avait une pièce, sortit.

Oui, pensa-t-il, il choisirait la voie du devoir. Il traversa le palier et prit l'escalier. C'était la seule solution, et ainsi au moins il aurait la conscience tranquille. Il vivrait en paix avec lui-même, et non dans la querelle d'un esprit tiraillant de-ci de-là. Il allait ouvrir la porte, trouver un gamin qui fasse la commission et ramène la police.

Mais quand il ouvrit ce fut pour trouver un homme sur le perron, le visage à la fois jeune et âgé. Hooper l'observa, tenant la porte entrebâillée.

« Bonjour, Hooper », dit l'homme avec un hochement de tête.

Et soudain il se souvint de ce qu'il était censé dire.

« Elling, dit-il en ouvrant plus grand. Me ferez-vous le plaisir d'entrer ? »

*

À l'étage, Elling se campa dans la cuisine. Il ôta ses gants avec lenteur, un doigt après l'autre. Quand il eut terminé il alla à l'évier, écarta le rideau en dessous. Hooper trouva étrange ce geste qui lui procurait une drôle d'impression de déjà-vu.

« Elle n'est pas là, constata Elling.

— Quoi ? dit Hooper. Non. Elle est sur le lit.

— Tu devrais la cacher, il me semble, dit Elling.

— Mais pourquoi serait-elle là ? demanda Hooper. Je n'ai rien dit qui suggère que je l'y aurais mise. D'ailleurs, comment savez-vous que son état justifie qu'on la cache ? » *Sauf*, pensa-t-il, *à en être le responsable.*

« C'est là sa place, dit Elling, qui de nouveau parut jeune. Bon Dieu, combien de fois il va falloir te le dire ? Les draps ensanglantés dans la penderie, le corps sous l'évier. Tu es vraiment incapable de rien faire convenablement ? »

Quelque chose cloche, pensa Hooper. « Pardon, dit-il.

— Faut-il que je m'en aille ? demanda Elling. Faut-il que je m'en aille et qu'on recommence du début ?

— Comment ça qu'on recommence du début ? »

Il se tenait maintenant la tête à deux mains, assis au bord du lit. La pièce autour, ce qu'il en voyait entre ses doigts, s'estompait, virait au gris. Il regarda les murs vaciller devant lui comme s'ils étaient sous l'eau, comme s'ils s'écartaient…

« Merde, dit Elling. Ressaisis-toi. »

Hooper hocha la tête. Il avança la main vers le lit, garda sa paume appuyée jusqu'à l'éprouver bien solide, bien réel, authentique. Il sentit la texture de la tapisserie en dessous et, lorsqu'il retira sa main, il la trouva marquée par les fibres du tissu.

« On recommence », dit Elling.

Hooper hocha la tête.

« Allez, dit Elling. C'est parti. »

I

Il mit longtemps à comprendre où il était. Au début : rien que le gris, informe, sans lumière ; mais alors l'espace s'ouvrit, s'accrut peu à peu de contrastes, de contours. Une pièce, donc. Un appartement. Il était assis dans un fauteuil près d'un lit, et dans ce lit était une femme, qui lui tournait le dos. Le dessus-de-lit rabattu dévoilait la nudité de cette femme qui, non contente d'être nue, baignait dans son sang.

Ô mon Dieu, pensa-t-il.

Il se leva, fit rouler la femme sur le dos, posa les mains sur sa gorge. Il ne trouvait pas de pouls et le cou s'était raidi, ainsi que les autres articulations. La peau devenait froide, caoutchouteuse, il eut l'impression qu'elle gardait l'empreinte de ses doigts. Le crâne était fendu sur le côté et le sang s'était accumulé dans l'orbite, mais le gros s'en était répandu quand il l'avait déplacée. L'autre tempe aussi était brisée, dont s'écoulait du sang mêlé de cervelle. Le ventre présentait une coupure franche, l'entaille presque assez longue pour… pour quoi ? Il l'ignorait. Quoi qu'il en soit, une belle entaille.

Où suis-je ? se demanda-t-il. Chez lui dans sa chambre ? Non, il ne lui semblait pas. Connaissait-il cette femme ? Non. Ou plutôt, comment savoir ? Peut-être que si, elle lui disait quelque chose, mais ce n'était pas évident, avec le crâne fracassé de la sorte.

Qui ? se demanda-t-il. Puis : *Est-ce moi qui ai fait ça ?*

Son premier réflexe fut de cacher le corps, de trouver le moyen de l'évacuer de la maison – de la pièce au moins, au moins du lit –, histoire de ne pas l'avoir sous le nez pendant qu'il se creusait la tête pour essayer de se rappeler ce qui s'était passé – si toutefois il en avait le moindre souvenir. Il aurait pu la cacher dans la penderie, ou sous le rideau de l'évier peut-être, ou peut-être ailleurs. Il aurait pu la découper, enfourner les morceaux un par un dans le poêle et la brûler, mais que penseraient ses voisins de l'odeur de chair, d'os et de cheveux calcinés ? Et lui-même, la supporterait-il ? Une minute, étaient-ce *ses* voisins ? Était-ce seulement son appartement ? Peut-être aurait-il intérêt à tout laisser en plan, prendre le large pour y réfléchir loin de la scène, essayer d'y voir plus clair. Personne n'avait besoin de savoir qu'il avait mis les pieds ici. Sauf s'il était censé y être.

Il avait la vague impression d'avoir déjà vécu tout cela.

Ou peut-être, pensa-t-il, valait-il encore mieux se rendre à la police, jouer cartes sur table. Dire qu'il était rentré chez lui et avait trouvé la fille morte dans son lit, mais que de toute évidence cette histoire n'avait rien à voir avec lui. Oui, bien sûr. Il l'avait trouvée couchée dans le lit, avait immédiatement compris qu'elle était morte et là, le choc, il s'était évanoui. D'où la perte de mémoire. D'où, aussi, cette impression qu'il avait d'abord eue de ne pas savoir où il était. C'étaient ses esprits qui lui revenaient, encore brumeux et confus. Oui, il irait à la police et jouerait cartes sur table.

Ou pas. Quelle chance y avait-il pour que la police croie son histoire ? Et s'il la racontait, cette histoire, et que finalement ce n'était pas son domicile à lui, pas son appartement, mais celui de la fille ? Comment, alors, expliquer sa présence à l'agent qui l'interrogerait assis derrière son bureau, à lui et à ceux qui, à côté de celui-là, consigneraient ses réponses ?

« Relation avec la victime ?

— Aucune.

— Que faisiez-vous alors à son domicile ?

— Ah, c'était donc le sien ? »

Le policier le toiserait. « Celui-ci, dirait-il au dactylo, il ne nous dit pas tout. Notez-le bien.

— Mais je vous assure que si, absolument tout », protesterait-il. Mais il serait déjà trop tard.

Et alors, là dans le fauteuil, les yeux rivés sur le corps inerte, il comprit que ce trop tard l'aurait été depuis longtemps, déjà. Trop tard, déjà, dès l'instant où l'agent, s'asseyant à son bureau face à lui, aurait demandé :

« Nom ? »

Comment s'appelait-il ? Effectivement, il fallait commencer par là. Et la suite, réfléchit-il, en découlait directement : était-ce ou non son appartement ? Et pour finir, la fille. Qui était-elle ?

Il remonta le dessus-de-lit sur le corps étendu qu'il vit sans malaise, à son grand étonnement. Il était d'un tempérament mieux trempé qu'il n'eût cru.

Il sortit de l'appartement, traversa le palier et alla frapper en face. Nouvelle erreur, il le comprit aussitôt : s'il n'était pas chez lui, il devait éviter qu'on le voie.

Il entendit le parquet grincer de l'autre côté de la porte, recula d'un bond agile et se coula dans les toilettes qui séparaient les deux appartements, laissant la porte entrouverte pour ne pas se trahir, debout dans le noir.

La porte s'ouvrit. Une voix masculine.

« Oui ? Il y a quelqu'un ? » dit la voix.

Il essaya d'en identifier la source par le jour entre la porte et le mur mais l'angle ne s'y prêtait pas. L'homme appela encore une fois avant de traverser le palier pour frapper en face.

« Hooper ? dit l'homme. Vous êtes là ? »

Hooper ? pensa-t-il. Un nom qui en valait bien un autre, et auquel il était vaguement prêt à consentir. Cet appartement serait donc le sien ?

Il resta caché dans le réduit obscur jusqu'à ce que l'autre abandonne le palier et rentre chez lui. Alors il se glissa dans l'escalier et de là jusqu'à la rue.

Le jour était éclatant et un peu frisquet. Dans la mesure du possible, il restait sur le trottoir afin d'éviter les flaques que projetaient à chaque instant les fiacres…

Les fiacres ? pensa-t-il. *C'est normal, ça* ?

Oui, tout à fait normal.

Sur le trottoir d'en face, il repéra un garçon d'une douzaine d'années adossé au mur. Son visage lui disait quelque chose. Le garçon le regardait par-dessous son chapeau, lançant en l'air quelque colifichet qu'il rattrapait dans sa paume. En s'approchant, il vit qu'il s'agissait d'une patte de lapin au bout d'une lanière.

« Ça te porte bonheur ? » demanda-t-il.

Le garçon hocha la tête. « En tout cas ça m'a jamais fait de tort, dit-il. Vous avez besoin d'un peu de chance ? Je vous la vends pour pas cher. »

Hooper secoua la tête. « Superstition que cela. »

Le garçon sourit. « C'est un crime maintenant, la superstition ? demanda-t-il. Qui est-ce qui a dit que ça ne marchait pas ? »

De sa poche Hooper sortit une pièce qu'il tint en l'air entre eux deux. « Cette pièce est à toi si tu vas chercher la police, dit-il. Qu'ils viennent dans cet immeuble là-bas.

— Ah ? dit le garçon. Et si je dis, moi, que la pièce c'est pour la patte de lapin ?

— Pardon ?

— Je suis pas dans le cas d'aller les chercher, tes foutus flics, dit le garçon dont la figure devenue cramoisie se tordait. C'est bien la dernière chose qu'il te faut maintenant, frangin. Ce qu'il te faut, c'est un peu de chance.

— Tu cherches la bagarre ? » commença Hooper. Mais pendant qu'il parlait, le garçon s'était plié en deux et ramassé sur lui-même tel un oiseau. Quand il se déploya, il était grand – plus que Hooper – avec un visage à la fois jeune et âgé.

« Bon Dieu, Hooper, tu n'es vraiment pas foutu de te rappeler l'enchaînement ? Je ne suis même pas censé figurer dans cette partie.

— Lael ? dit Hooper.

— Non, connard. Elling. C'est Elling maintenant.

— Oh, dit Hooper. Elling. D'accord. »

Elling le prit par la main et l'entraîna. « Écoute bien. La police, tu oublies.

— Ah bon ?

— Tu pourrais pas faire pire. Il faut arrêter les conneries maintenant.

— Mais…

— Je suis sérieux », dit Elling, le précédant sur le perron et dans l'immeuble. Arrivés sur le palier, il fit signe à Hooper de ne pas faire de bruit et se tut jusqu'à ce qu'ils aient refermé la porte derrière eux. Puis : « Et encore une chose : Ça, là, ce n'est pas moi. Pas la peine d'essayer de me faire porter le chapeau.

— Ça quoi ?
— La fille. Ce n'est pas moi. C'est toi, cher ami.
— Moi ?
— Tu ne la reconnais pas ?
— Je devrais ? »

La pièce autour de lui, ce qu'il en distinguait, commençait à s'effacer, à virer au gris. Il regarda le mur d'en face frissonner et sentit qu'il y avait quelque chose sous ses…

Elling lui prit la tête dans l'étau de ses mains et planta ses yeux dans les siens. « Concentre-toi, Hooper, concentre-toi un peu.
— Oh, dit Hooper, troublé. Oui, oui.
— Écoute, dit Elling. On va te laisser des indices, quelque chose. Des petits mots. Ça irait mieux avec des petits mots ? »

Hooper le regarda, perdu. « Ça ne peut pas faire de mal », dit-il enfin.

« Bon, d'accord, dit Elling. La troisième, c'est la bonne. »

I

Il resta quelques secondes sans savoir où il était. Rien que le gris d'abord, l'espace sans lumière, sans contours, étroit comme un cercueil. Au bout d'un certain temps, cependant, des pans lui apparurent moins uniformes, des plans simples se montrèrent et gagnèrent en complexité, en densité, des nuances de gris plus clair ou plus foncé. Et bientôt il lui sembla absurde de n'avoir vu que du gris dans l'incroyable variété de couleurs et de formes qu'il percevait à présent.

Il était, il le voyait, dans une chambre. Assis dans un fauteuil près d'un lit. Non, non, non, étendu sur le plancher, près d'un lit, près d'un fauteuil. Doucement il se leva pour s'asseoir dans celui-ci. Son corps était faible, ses membres réfractaires. Il avait mal aux mains.

Depuis le fauteuil il distinguait un corps étendu sur le lit, une jeune femme couchée sur le flanc, lui tournant le dos. Elle reposait sur une tapisserie assez fine, sous la protection partielle d'un couvre-lit. Ses épaules étaient nues, ses cheveux épars coulaient voluptueusement dans la direction opposée au fauteuil.

Il avait des fourmis dans les mains. Il baissa les yeux pour les voir, les trouva fidèles à ce qu'elles avaient toujours été. Sa manche, en revanche, avait quelque chose de singulier : un peu au-dessus du poignet, un carré parfait de papier y était attaché, portant une inscription. Son jaune pâle, étrangement égal, distinguait ce papier de tous ceux qu'il connaissait. Le carré, posé sur sa manche, restait en place ; pourtant il ne voyait pas d'épingle.

Il toucha, tira. Le papier vint assez facilement. Mais quand il le reposa sur sa manche, là encore il resta en place. Il le retira de nouveau et découvrit au verso une bande enduite d'une substance visqueuse assez semblable à la colle.

Ingénieux, pensa-t-il. Il reposa le papier sur sa manche, et là encore le papier demeura ! Il le décolla, le colla au dossier d'une chaise. Collé là aussi, et aussi bien. Il le décolla, constata qu'il ne laissait pas de résidus. *Incroyable !* songea-t-il. *Si simple et pourtant...*

Un court instant il vit devant lui un visage furieux et tremblant, jeune et âgé à la fois. Il sursauta, troublé, et quand il se retourna il vit qu'il s'était trompé, au sujet du papier. C'était unc feuille de papier banale, tout ce qu'il y avait de plus ordinaire, de fabrication industrielle, percée d'une épingle. Il la fixa longtemps avant d'avoir l'idée de lire le message qu'elle portait :

Tu t'appelles William Hooper Young.
On t'appelle Hooper.

Bien sûr, pensa-t-il. Évidemment. Mais pourquoi prendre la peine de l'écrire sur une feuille et de me l'épingler sur le bras ?

Levant la tête, il découvrit que la fille aussi portait une étiquette, frissonnant au bout d'une épingle enfoncée peu profond, dans son dos, à quelques centimètres de la colonne vertébrale. Il s'en empara, libérant prudemment l'épingle. La pointe en était rouge et humide mais pas une goutte de sang ne suinta du trou. Il la planta dans le cadre du lit et déchiffra :

Anna Pulitzer.
Une connaissance, une pécheresse, aussi.

Il en fit une boulette qu'il laissa tomber.

« Anna, dit-il. Réveillez-vous, Anna. On vous a planté des épingles dans le dos pendant que vous dormiez. » Il avança la main dans l'idée de pousser son épaule nue, mais la connaissait-il assez ? Quel degré d'intimité les unissait ? *Une connaissance*, disait le mot. Que faisait-elle nue dans son lit quand lui était tout habillé ?

Elle ne bougeait pas. Il s'éclaircit la voix. Toujours pas de mouvement. Nouveau raclement de gorge, moins discret cette fois. Apparemment, elle n'avait pas le sommeil léger.

« Anna », répéta-t-il en s'avançant pour lui toucher l'épaule. Sa chair était froide.

La terreur s'empara de lui.

Il se leva et se pencha au-dessus d'elle. Entre les cheveux épars, il vit ce qui n'allait pas : sur son front, le sang collait plusieurs mèches. Il écarta les cheveux, vit que le sang s'était accumulé dans l'orbite et avait commencé à coaguler pour former comme une taie. De la paume il la fit rouler sur le dos. Sous elle, la tapisserie et les draps étaient noirs. Il découvrit la tempe gauche défoncée, d'où suintait un mélange de sang et de cervelle. Le ventre, aussi, présentait une coupure franche, l'entaille presque aussi longue que sa main, légèrement fripée. Dans le nombril on avait enfoncé un rouleau de papier serré. Quand il l'eut extrait, il lut :

Morte. Assassinée.

Miséricorde, pensa-t-il. Puis : *Qui donc laisse ces petits mots ?* L'écriture était minuscule, des pattes de mouche quasi illisibles. Était-ce la sienne ? Il aurait dit que non. Sans certitude.

Mais là, rêvait-il ou l'œil du cadavre venait-il de cligner ? L'œil d'Anna ? Non, impossible. Anna était morte, le petit mot était clair. Mais là, de nouveau, l'œil qui cligne. Mais comment le voyait-il seulement, voilé de sang comme il l'était ? Et là, n'étaient-ce pas ses lèvres qui bougeaient ?

Est-ce que je perds la raison ? se demanda-t-il. Et il y avait, il le remarquait maintenant, un petit mot sur la table de chevet, deux, même.

L'un, enroulé autour d'un couteau, disait :

Ton couteau.

L'autre, à plat sur la table :

Reste concentré, Hooper.

Concentré ? se demanda-t-il. Mais sur quoi, au juste ?

Il froissa le billet et le laissa choir. Quand il redressa la tête, les petits papiers étaient partout : aux murs, au sol, sur les portes. Comment avait-il pu ne pas les voir avant ? Mystère. Il sentit monter la terreur. *Au secours, pitié*, pensa-t-il en se frayant un passage jusqu'à l'entrée. Il essaya d'enjamber les papiers qui jonchaient le sol, mais bientôt ceux-ci eurent envahi ses manches et ses jambes de pantalon. Quant à la porte, elle en était hérissée. Ils flottèrent autour de lui quand il voulut ouvrir.

Saloperie, pensa-t-il.

Que se passait-il ? Il devait se calmer, se concentrer, rester concentré. Le billet le disait bien. Calme-toi, concentre-toi, reste concentré. Mais comment voulait-on qu'il fît ?

Après quelques pas sur le palier, comme le souffle de vent qui les avait agités retombait – si c'était bien un souffle de vent qui les avait agités –, les papiers se figèrent. Quelques pas encore et ils parurent se résorber dans la porte. N'en subsistaient plus qu'un ou deux.

Il fit demi-tour et rentra dans la chambre. Anna était toujours sur le lit, dans la même position, toujours morte, l'œil toujours clignant. *Reste concentré*, s'exhorta-t-il.

Un papier sur la table de chevet, à côté du couteau. Comment il avait pu lui échapper, il ne se l'expliquait pas.

Cache le corps, andouille, disait le petit mot.

Ah, pensa-t-il, tout de suite plus serein. Enfin on progresse.

*

Il roula le corps dans les draps et la tapisserie, puis le tira du lit d'où il tomba comme un sac sur le plancher. Il le saisit par les pieds et le traîna à travers la chambre. Il ouvrit une porte étiquetée à l'aide d'un étrange carré de papier jaune – ou plutôt (où avait-il la tête ?) à l'aide d'un bout de papier ordinaire – *penderie*.

Le réduit était vide, garni de cloisons en carton fissurées çà et là. Il força le corps à l'intérieur, l'adossa au mur, tassa les draps. Puis il ferma la porte et recula d'un pas pour examiner son travail.

Il y avait quelque chose sous le papier. Il s'avança et le décolla. Un autre papier.

Trop risqué.

Oui, pensa-t-il, *trop risqué*. N'importe qui pouvait entrer, ouvrir la porte et tomber dessus. Non qu'il soit particulièrement courant d'aller fouiner dans la penderie quand on arrive chez les gens, mais tout de même. Si ça prenait à quelqu'un ?

Trop risqué, trop risqué, pensa-t-il en sentant la panique le gagner. Il regarda la porte. Où était passé le papier ?

Quel papier ? se demanda-t-il.

Seigneur Jésus, pensa-t-il, la tête entre les mains, *reste concentré*.

De quoi était-il censé s'inquiéter, déjà ? Ah oui, du cadavre.

Non, la penderie, ça n'allait pas. Mais où, alors ? Pas sous le lit : le cadre était fermé, on ne pouvait rien mettre dessous. La penderie aurait pu faire l'affaire, mais il aurait fallu quelque chose dedans pour le dissimuler. Le garde-manger ? Même chose. Sous l'évier, alors.

Oui, sous l'évier. Allait-elle rentrer ?

Il la sortit de la penderie et la traîna avec le paquet de literie jusqu'à la cuisine. Il tira le rideau de l'évier, examina le recoin. Y avait-il la place ? Peut-être pas avec les draps, mais le corps seul, oui, quitte à le plier un peu. Était-il trop rigide pour cela ? Non, il paraissait suffisamment souple. Elle ne devait pas être morte depuis très longtemps.

Il glissa une main derrière le cou et l'autre derrière les genoux, qu'il replia contre la poitrine. Puis il la retourna pour la faire entrer face à lui sous l'évier. Pour qu'elle tienne en place, il fallut lui coincer les chevilles sous un tuyau.

Il recula pour admirer son ouvrage : une fois le rideau tiré, on ne voyait rien.

Et les draps maintenant ? Il les rapporta dans la chambre et finit par les abandonner dans la penderie en s'arrangeant pour qu'on ne voie pas les taches de sang en ouvrant. En surface, rien à signaler : on eût dit n'importe quel ballot de draps sales.

Comment se fait-il que je reste aussi calme ? se demanda-t-il. Par ailleurs, que faisait-il là à cacher le cadavre d'une femme assassinée ? Quel rôle avait-il joué – s'il en avait joué un – dans sa mort ? Et ces petits mots, qui les écrivait et pourquoi s'y fiait-il ? *Non*, pensa-t-il, gagné par la peur, *quelque chose ne va pas.* Quelque part quelque chose avait déraillé, et il aurait été bien inspiré de trouver quoi.

Il se mit à faire les cent pas.

Finalement il posa son verre d'eau sur la table et, de tout son poids, tomba à genoux pour écarter le rideau du dos de la main.

Elle était toujours là, toujours pliée en deux. Un bâillon était enfoncé dans sa bouche et la remplissait. Était-il là tout à l'heure ? Il n'en avait pas de souvenir. Il avança la main et, très délicatement, tira. Le tissu n'en finissait pas de venir.

« Pitié, dit la morte, quand sa bouche fut enfin libérée. Tu n'es pas obligé de faire ça. Détache-moi.

— Mais vous n'êtes pas attachée, dit-il. Vous êtes seulement pliée. Et vous êtes morte. »

La fille resta longtemps sans rien dire. « Il faut que tu m'écoutes », dit-elle enfin. Il l'entendait très distinctement et pourtant il ne voyait pas remuer ses lèvres. « Tu vois ça ? Ce sont des cordes. Je veux que tu les détaches. »

Mais quoi donc ? se demanda-t-il. Elle n'avait pas bougé d'un pouce. Que croyait-elle lui avoir montré ? C'était sans doute comme les ongles et les cheveux, qui continuent à pousser dans la tombe : sa voix n'avait pas encore compris qu'elle était morte.

« C'est une illusion, dit-il.

— Non », répondit le cadavre, qui continuait avec ses histoires de cordes. Et qu'est-ce qui frissonnait comme ça sur son épaule ?

« Tu fais un cauchemar, Anna », dit-il en cueillant sur son épaule un bout de papier d'un jaune parfaitement uni.

On ne bavarde pas avec la morte, disait le petit mot.

Sage conseil, convint-il.

« Anna ? disait-elle. Mais qui c'est, Anna ? Moi, c'est… » Heureusement qu'il avait commencé à lui remettre le chiffon dans la bouche. Bientôt le rideau fut de nouveau en place et on n'en vit plus rien.

II

Ce qu'il lui fallait, en fait, c'était une malle. Une grande malle. Il y enfermerait le corps qu'il pourrait ainsi sortir en toute discrétion. Ni vu ni connu. Et une fois le corps évacué, on ne pourrait plus lui faire porter le chapeau. Ni à Elling. Où était-il passé d'ailleurs celui-là ? Il avait cru qu'il pouvait sans danger laisser la fille avec un inverti – plus d'une fois déjà Elling était resté seul avec Anna sans que cela tournât au drame. De toute évidence, il s'était trompé. Elling avait tué la fille – laquelle, à sa décharge, était une pécheresse. *Une connaissance et une pécheresse*, avait-il envie de dire, étrangement. N'en déplût à Anna, ils n'étaient pas si proches. En tout cas, ce n'était pas lui qui l'avait tuée ; c'était Elling. Du moins c'était ce qu'il dirait à la police, si on le lui demandait.

Quelle était la vérité ? La vérité, c'était qu'il n'en avait pas le moindre souvenir. Mieux valait, alors, s'abstenir de prévenir la police. Mieux valait se délester du corps et faire comme si rien ne s'était passé.

*

La malle, donc. Pas trop dur à se procurer. Il sortit dans la rue, héla un jeune garçon qui lui était étrangement familier. Des pièces changèrent de main et bientôt le garçon reparut, traînant après lui une malle vide.

Dans l'appartement, Hooper, après avoir renvoyé le garçon, ouvrit la malle et en examina l'intérieur. *Ça irait*, décida-t-il. Elle rentrerait, en la pliant comme il fallait ça passerait, à condition qu'elle ne soit pas encore trop raide. Non, elle était encore tiède, encore assez souple. Elle ne devait pas être morte depuis très longtemps.

Fallait-il l'y mettre dès à présent ? Non, mieux valait la laisser cachée en attendant la nuit.

*

Assis sur le lit, immobile, il regardait par la fenêtre. Le ciel s'assombrissait lentement. Il se sentait vidé, épuisé. Il resta assis à regarder.

Quand la nuit fut là, il tira les rideaux et sortit la malle, la traînant à travers toute la chambre jusque dans la cuisine. Il venait de commencer à extraire le corps de sous l'évier quand le carillon retentit.

Il s'arrêta net, les jambes de la morte sous les bras. Après un temps de silence, il tira le reste du corps. Il venait de la soulever et commençait à l'introduire dans la malle quand de nouveau on sonna.

Il appuya le corps contre le couvercle, essayant de prendre une décision.

« William ? appela une voix de l'autre côté de la porte. Vous êtes là, William ?

— Qui est là ? » cria-t-il. Il était dans une position particulièrement inconfortable, tordu au-dessus de la malle, soutenant le poids de son corps. Il lâcha la tête qui tomba, suivie du torse, dans la malle ouverte. Les jambes pendaient par-dessus bord. Le corps était beaucoup plus souple qu'il n'aurait cru, si longtemps après le décès. Et elle clignait encore des yeux en le regardant.

« C'est moi, annonça la voix derrière la porte. Puis-je entrer ? »

Moi, se demanda-t-il. *Qui ça, moi ?*

Il souleva les jambes, les força à entrer dans la malle et laissa retomber le couvercle. Il alla entrouvrir la porte. Un homme soigné attendait.

« Oui ? dit Hooper. Que voulez-vous ? »

L'homme secoua la tête. « Qu'est-ce qui vous prend, William ? Vous ne me reconnaissez pas ? »

Il considéra longuement le visage étroit et les yeux vifs. « Elling ? » demanda-t-il.

L'homme rit. « Pas Elling, William. Un des anciens. Votre voisin de palier. »

Derrière lui, Hooper entendait des coups sourds et répétés. Il se tourna à demi, vit le couvercle de la malle se soulever.

« Oui, dit Hooper. On m'appelle Hooper.

— Ah, dit l'ancien. Comme vous voulez, Hooper. Vous ne me faites pas entrer ?

— Impossible », dit Hooper. Il jeta un œil dans son dos. Elle avait presque complètement sorti un pied. Quand comprendrait-elle qu'elle était morte ?

« Impossible ?

— Je suis incommodé. »

L'autre le considéra d'un air inquisiteur. « Incommodé ? »

Hooper hocha la tête.

L'ancien hocha la sienne. « Très bien, dit-il. À vrai dire, je peux vous remettre mon message sur le pas de la porte. Mon compagnon et moi-même souhaitions vous inviter à dîner. Voulez-vous vous joindre à nous ? »

Dans une seconde elle va crier, se dit-il.

« Impossible.

— Impossible ? »

Hooper hocha la tête. « Incommodé. Navré.

— Ah, dit l'ancien. Je vois. Je vous souhaite bien du courage, dans ce cas.

— Moi de même. »

L'homme voulut ajouter quelque chose mais déjà Hooper refermait. Il retourna à la malle, força le pied à y rentrer. Il posa les verrous et fixa les courroies. Puis il s'assit sur le couvercle pour fumer. Ses mains tremblaient.

*

Un peu plus tard, il entendit un coup bref à la porte. Comme en transe il se sentit se mouvoir, vit sa main tourner la poignée.

La porte s'ouvrit lentement sur un homme qui ne semblait ni jeune ni vieux, ganté. « Charles, dit Hooper.

— Hooper, dit l'homme. Tu n'as tout de même pas cru que j'allais abandonner un ami dans la panade ?

— J'admets que l'idée m'a traversé l'esprit. »

Elling entra, ôta lentement un gant après l'autre et garda les deux dans le poing comme un bouquet. « Elle est dans la malle ? demanda-t-il.

— Qui ? demanda Hooper.

— La fille, dit Elling. Anna Pulitzer. Tu ne l'as pas laissée dans la penderie, au moins ? On en avait discuté. Je croyais qu'on était d'accord.

— Non non, dit Hooper. Elle est dans la malle.

— Bon, dit Elling. Tu ne pouvais pas le dire ? »

Il ouvrit la malle et regarda dedans. La fille était bien là, genoux repliés contre la poitrine.

« Qu'est-ce que tu as à voir dans cette histoire, au juste ? demanda Hooper.

— Moi ? dit Elling en se tournant vers lui. Qu'est-ce qui te fait croire que j'ai la moindre chose à voir avec ça ?

— Allons, dit Hooper. Pourquoi l'as-tu tuée ?

— Tuée ? demanda Elling avec un sourire. Mais je ne l'ai jamais tuée, Hooper. Sérieusement, tu ne te souviens pas ? »

Il lui tourna le dos pour boucler la malle puis, ayant remis ses gants, se saisit d'une poignée. « Aide-moi. Une voiture nous attend en bas. »

*

Il était assis à côté d'Elling sur la banquette du cocher, dans le bruit des sabots. La malle était derrière eux, à l'intérieur. Était-ce lui qui l'avait tuée ? se demanda-t-il. Il ne se souvenait de rien de tel. Pourquoi Elling insinuait-il le contraire, alors ?

À moins qu'il cherche à se couvrir.

Il se tourna pour dévisager son compagnon – le peu qui émergeait du grand manteau. Il le connaissait, mais à quel point ? Il ne se le rappelait pas.

« Où allons-nous ? » demanda-t-il.

La silhouette emmitouflée se tourna imperceptiblement et le considéra. « Nous délester de ce terrible fardeau », dit-il.

Bientôt ils atteignirent les limites de la ville et le pont à bascule. Elling appela le pontier qui arriva lanterne à bout de bras. Hooper tourna la tête et vit qu'Elling faisait de même.

« Où allez-vous ? demanda le pontier.

— De l'autre côté », répondit Elling d'une étrange voix enrouée.

Pendant quelques secondes encore l'homme tint haut sa lanterne, puis il tourna les talons, rejoignit sa roue et abaissa le pont.

Ils traversèrent en silence. « Nous emprunterons une autre route au retour », dit Elling.

Ils roulèrent vers l'ouest jusqu'à un pont en lattes de bois bordé de pierres, tout juste assez large pour une voie étroite et deux rails de tramway.

« Ici, ça devrait faire l'affaire », dit Elling.

Hooper déglutit. « Probablement. »

Elling sourit. Il noua les rênes et mit pied à terre. Hooper l'imita. Ils ouvrirent la portière et sortirent la malle.

« On balance le tout ? s'enquit Hooper.

— Pourquoi gâcher une malle qui peut encore servir ? » plaida Elling.

Il attrapa la fille sous les bras et la tira. « Prends les jambes. » Hooper s'exécuta. Ils la débarquèrent sur le pont, adossée à l'un des murets.

« Il faut quelque chose pour la lester, dit Elling. Sinon elle va flotter. »

Hooper resta bras ballants.

« Va chercher quelque chose, Hooper, commanda Elling. Dépêche. »

Hooper acquiesça et s'en fut. Qu'avait-il à portée de main ? Une pierre du muret ? Elles paraissaient cimentées. Et dans le fiacre ? Non, rien. Sur le plancher en revanche, un carré de papier jaune et sur ce papier, il lut à la faveur d'un rayon de lune : *En dessous.*

Il se pencha et découvrit, entre les chevaux et la voiture proprement dite, un poids d'attelage. L'objet paraissait incongru et mouvant dans le noir, comme si la forme n'en était pas encore définie. Même détaché, quand Hooper l'eut entre les mains, il conserva un air de versatilité troublant.

Il le soumit à Elling : « Ça, ça irait ? »

Elling regarda, hocha la tête. « Un lest, dit-il. Autour du cou. » Il pêcha dans sa poche un lien en cuir, qu'il glissa dans le poids avant de le nouer autour de la taille de la morte.

« Je croyais que c'était pour le cou, dit Hooper.

— Façon de parler, dit Elling. Allons-y, frère Hooper. »

De nouveau il la saisit par les épaules, laissant les jambes à son compagnon. Ils basculèrent le corps par-dessus bord.

Le canal le reçut avec un bruit mat, comme quand un bâton heurte un rocher, et l'engloutit aussitôt. De toute façon, il faisait trop noir pour voir grand-chose.

Ils regagnèrent le fiacre, s'y installèrent et restèrent un moment sans parler ni bouger.

« Voilà, c'est réglé, dit Hooper.

— N'en sois pas si sûr, mon ami, dit Elling en lui jetant un regard perçant. N'en sois pas si sûr. »

*

Le jour allait se lever quand ils regagnèrent l'appartement du père de Young. La rue s'ébrouait déjà, quelques bruits et silhouettes encore isolés, mais de plus en plus nombreux, la tiraient de sa torpeur.

Elling arrêta le fiacre tout net. Tenant les rênes dans une main, il tendit l'autre à Hooper.

Hooper la prit mollement et descendit sans hâte.

« Et le fiacre ? demanda-t-il en levant les yeux.

— Loué, dit Elling. Je roulerai quelques heures avec puis j'irai le rendre. »

Hooper hocha la tête, fit demi-tour et se glissa jusqu'à la porte, qu'il ouvrit à l'aide d'une clé trouvée au fond de sa poche. Lorsqu'il se retourna la rue était déserte, le fiacre envolé.

Furtif, il gravit l'escalier, traversa le palier, rentra chez lui et mit le verrou. L'appartement était sombre, la lumière qui filtrait des fenêtres moribonde. Il traversa la cuisine, tâtonna jusqu'à la chambre, s'effondra sur le lit et s'endormit presque instantanément.

*

Il lui fallut longtemps pour comprendre où il était. D'abord : le gris indistinct, sans lumière, étroit et bas comme un cercueil. Puis, lentement, l'espace qui coagule, si l'on peut dire, pour donner forme à autre chose. Ici, l'angle d'une vitrine nichée dans un coin de la pièce, là une télévision, l'écran allumé et le volume…

« Non, pas une télévision, dit Elling derrière lui. Pas ici. Pas encore inventée.

— Quoi ? dit Hooper. Comment es-tu entré ? Depuis combien de temps es-tu ici ? »

Mais pas d'Elling en vue. Souffrait-il d'hallucinations ? Il s'assit dans le lit, examina la pièce et reconnut la chambre de son père, à New York. Il savait exactement où il était, exactement.

Mais que lui avait-il pris de dormir dans le lit même où Anna avait été tuée ? Rien que d'y penser il avait la chair de poule. Il se leva et épousseta ses vêtements. Les siens à elle étaient toujours dans l'appartement, songea-t-il, roulés en boule avec les draps dans la penderie. Il aurait fallu les jeter dans le canal avec elle, non ? Non, pas forcément. Ils n'auraient pas sombré comme le corps avait sombré.

De toute façon, il n'était plus temps d'y penser. Il devrait trouver un autre moyen de s'en débarrasser. Les expédier quelque part, loin.

À Chicago, par exemple.

Chicago, pourquoi Chicago ?

Comme ça. Pourquoi pas ?

Il ramassa le linge pour le porter à la cuisine, s'arrêta net. Au beau milieu de la pièce trônait la malle, béante et vide.

Pourtant il ne l'avait pas rapportée. Elle était toujours dans le fiacre loué par Elling.

À moins qu'Elling ne s'en soit aperçu et soit revenu la déposer.

Mais le verrou était toujours en place. Il avait tourné le verrou, le verrou n'avait pas bougé. Comment se faisait-il que la malle soit là ? Quelque chose lui échappait. Comme si ses absences le reprenaient. Il jeta un coup d'œil au poignet de sa chemise, pensant le trouver maculé de sang.

Pas si vite, pensa-t-il. *Quelles absences ?*

« Lael ? » appela-t-il.

Un ricanement moqueur. *Il faut faire plus d'efforts pour te rappeler tes amis, Rudd.*

Il avança la main vers la porte de la penderie. Sans se lever il fit tourner la poignée et poussa. La porte coulissa lentement pour dévoiler une pièce spacieuse aux murs parfaitement verticaux et aux angles parfaitement droits, garnie d'un tapis qui courait d'un mur à l'autre sans jour ni raccord. Un grand lit, et sur ce lit une femme, étendue, chevilles attachées au chatterton et bras cachés derrière le dos. Elle dardait sur lui un regard farouche et opiniâtre et essayait de parler malgré le bâillon.

Il ferma les paupières de toutes ses forces. Puis il se mit à genoux et recula jusqu'à retrouver la poignée à tâtons et fermer la porte.

Il l'entendait encore, à travers la porte. Il s'obligea à contrôler son souffle et à se concentrer sur la réalité, les rues de New York, l'appartement de son père. Au bout d'un moment il se sentit revenu à lui, assez pour rouvrir la porte. Derrière il ne trouva qu'une penderie et des draps tachés de sang jetés sur une malle, prêts à être emballés et expédiés. Pas de fille. Tout était en ordre, comme il se devait.

*

Il traîna la malle sur le palier, la quittant des yeux juste le temps de fermer à clé. Quand il se retourna, il découvrit l'un des deux Elder qui l'épiait depuis l'appartement d'en face.

« Mes hommages, William, dit l'homme.

— Hooper, je vous prie, dit Hooper.

— Hooper c'est, Hooper ce sera, dit l'ancien. Vous partez, je vois ? En voyage ?

— Non, dit Hooper.

— Oh. J'avais cru comprendre, avec la malle et…

— Pas du tout, dit Hooper. Quelques effets à faire parvenir à un ami, rien de plus.

— Puis-je vous aider ?

— Non. Je vais me débrouiller, merci bien.

— Bien, dans ce cas, dit l'ancien sur un ton un peu sec, en touchant son chapeau. Ce fut un plaisir. »

Débarrassé de lui, Hooper traîna la malle jusqu'à la rue. Sur le trottoir d'en face, un jeune garçon lui disait vaguement quelque chose. Hooper lui fit signe d'approcher.

« Monsieur ?

— Tu veux gagner quelques sous, mon garçon ? demanda Hooper.

— Oui, monsieur », répondit-il. Puis il s'arrêta pour le considérer, soudain méfiant. « En faisant quoi ?

— Prends la poignée et aide-moi à porter cette malle jusqu'à la gare. »

Le garçon obéit avec un sourire. Ils cheminèrent le long des rues poussiéreuses, sur les trottoirs de planches longeant les rangées de maisons en briques.

« Monsieur, dit le garçon en se tournant à demi.

— Qu'y a-t-il, petit galopin ?

— Vous avez entendu parler du meurtre, monsieur ? »

Hooper trébucha mais se reprit aussitôt. « Quel meurtre ?

— Une femme, monsieur. Jetée morte dans un canal. Mais l'assassin n'a pas pensé qu'à marée basse le canal serait à sec. Un machiniste du tramway a repéré le corps au petit jour.

— Je vois, dit Hooper.

— Comme c'est atroce, monsieur », dit le garçon. Se tournant sans s'arrêter de marcher, il regarda Hooper de biais. « À votre avis, qu'est-ce qui pousse un homme à tuer ?

— Te connaîtrais-je ? demanda Hooper. Il me semble t'avoir déjà vu quelque part.

— Non, monsieur, dit le garçon. Je serais surpris que vous m'ayez jamais vu, ou que vous me revoyiez jamais. »

Hooper hocha la tête. Ils continuèrent, se dirigeant vers l'ouest et la gare de chemin de fer.

« Ne serait-il pas plus commode de prendre un fiacre, monsieur ? » demanda le garçon.

Hooper secoua la tête.

« Bien, dit le garçon. C'est vous qui voyez, monsieur. De toute façon ce n'est pas trop lourd. Qu'est-ce qu'il y a dedans, monsieur, si vous permettez ?

— Des effets personnels.

— Qu'est-ce à dire, monsieur, des "effets personnels" ?

— Juste quelques affaires que j'envoie à un ami.

— Pas grand-chose en tout cas, dit le garçon. Non que je m'en plaigne. »

La nuit tomba d'un coup. Autour d'eux, les appartements et les maisons de briques avaient commencé à s'estomper, laissant place à des maisons qu'une pelouse impeccable tenait en retrait de la chaussée. Hooper vit un homme arriver à leur rencontre.

« La gare n'est pas par là, dit Hooper.

— Je n'ai fait que vous suivre, monsieur, dit le garçon. Je n'y suis pour rien. »

L'homme progressait d'un pas lent. À la place du piquet habituel, Hooper repéra à l'angle de la rue un rectangle métallique vert au bout d'un mât, avec en lettres blanches : « Timpview Drive. »

Timpview Drive ? Par rapport à Penn Station ? Il comprit qu'il était complètement perdu, alors qu'une minute plus tôt il savait exactement où il était. Maintenant, il aurait été bien en peine de dire ne serait-ce que d'où il venait.

Il se tourna vers le garçon mais celui-ci avait disparu et l'autre bout de la malle était posé sur le trottoir. D'ailleurs, il ne le remarquait que maintenant mais ce n'était pas une malle, c'était une valise dont l'un des coins était assez astucieusement équipé de roulettes, avec un carré de papier jaune collé dessus : « malle ».

L'homme arrivait, bientôt ils seraient nez à nez. Hooper leva la tête et sourit. L'homme inclina le menton, essayant de pénétrer l'obscurité, puis s'arrêta à quelques dizaines de centimètres.

« Belle soirée, n'est-ce pas ?

— En effet, dit Hooper.

— Ni trop chaud, ni trop froid.

— Effectivement, dit Hooper.

— Vous habitez au bout de la rue, c'est cela ? demanda l'homme. Vous êtes le garçon de Mrs. Theurer. Rudd. Vous êtes marié maintenant, c'est bien cela ? »

Hooper allait faire non de la tête mais il se ravisa. Rudd Theurer. Connaissait-il quelqu'un de ce nom ? « Oui, dit-il. C'est bien moi. Rudd.

— Il me semblait bien : j'ai la mémoire des visages. Mel Johnson. Vous ressemblez beaucoup à votre père. »

Hooper serra la main offerte et sourit. « Vous connaissez mon père ? »

Mel Johnson confirma d'un hochement de tête. « Je le connaissais très bien, oui, avant sa mort. Une tragédie.

— Mais mon père n'est pas… » commença Hooper avant de changer d'avis.

De toute façon, l'autre n'écoutait que d'une oreille. « Qu'y a-t-il dans cette valise ? Vous partez en voyage ?

— Non, dit Hooper. Seulement quelques bricoles.

— Dites-moi, où habitez-vous maintenant, mon petit Rudd ?

— À quelques rues d'ici.

— Quelle rue ?

— Par là-bas, dit Hooper. Quelques rues par là-bas.

— Derrière Canyon Road ? Qu'est-ce que c'est, là, sur votre valise ? Un Post-it ?

— Je dois y aller, dit Hooper. Excusez-moi.

— D'accord, répondit l'homme en souriant. Je ne vous retiens pas plus longtemps. Ça m'a fait grand plaisir de vous revoir. »

Hooper reprit son chemin, traînant la valise sur le trottoir. Il décida de continuer tout droit jusqu'à ce qu'il reconnaisse quelque chose. Mel Johnson, au cas où la police l'interrogerait, affirmerait avoir rencontré un certain Rudd Theurer qui marchait dans la rue avec une valise. Et aussi, Hooper savait qu'il pouvait utiliser ce nom, désormais. D'autres les confondraient peut-être. Si jamais les policiers flairaient sa trace, ce n'était pas lui qu'ils trouveraient au bout mais Rudd Theurer. Lui s'en sortirait sans encombre.

C'est alors qu'il commença à reconnaître les constructions, à retrouver le Manhattan qu'il connaissait. Quant à ce qu'il avait pris pour une valise ingénieusement équipée de roulettes, ce n'était pas du tout une valise mais une malle. Et le garçon qui l'avait abandonné tout à l'heure était de retour.

« Eh bien ? demanda-t-il. Où étais-tu passé ? »

Le garçon haussa les épaules.

Ils continuèrent. Hooper aperçut la gare à l'horizon. Bientôt la malle serait à l'abri dans un train. En partance pour ? Aucune importance, pour n'importe où, le premier qui partirait. Et alors il rentrerait chez lui, hors de danger.

III

Chemin faisant, il prit le *Times* à un jeune garçon qui lui parut étrangement familier et s'assit sur un banc pour le lire. Effectivement, on avait trouvé le corps. Le canal suivait le rythme des marées, à marée basse l'eau se retirait. Elling et lui avaient commis une erreur. L'article mentionnait également le poids d'attelage qu'ils lui avaient attaché autour de la taille et le disait « de confection singulière ». Qu'était-ce à dire ? Singulière au point de permettre de remonter à eux ? Elling avait-il pensé à donner un faux nom quand il avait loué le fiacre ?

Il glissa le journal plié sous son bras et repartit. Quelques rues plus loin il tomba sur les Elder d'en face, leur Livre de Mormon à la main. Il s'arrêta et leva son chapeau.

« Vous rentrez, William ? » demanda le premier comme ils s'arrêtaient.

Il hocha la tête. « Hooper, dit-il. On m'appelle Hooper. »

Le deuxième sourit. « Bien sûr », dit-il.

Ils restèrent un moment à se regarder. À court d'idées, Hooper tapota le journal coincé sous son bras et le brandit en proposant :

« Vous le voulez ? J'ai fini de le lire.

— Merci », dit l'un des deux. Il tendit la main vers le journal puis regarda son compagnon. « On lui dit, Elder ? »

L'autre hésita, secoua la tête.

« Me dire quoi ?

— Les policiers, dit le premier. Ils sont venus et ont demandé après vous. »

Le second lança un regard réprobateur au premier.

« Les policiers ?

— Il nous a donné son journal, après tout, non ? » dit le premier au deuxième. Puis, se tournant vers Hooper et lui tapotant le bras : « Prenez garde à vous, Hooper. »

*

Il resta près d'une heure à surveiller l'entrée de l'immeuble depuis le trottoir d'en face. La voie paraissait libre. En tout cas, si quelqu'un montait la garde il était trop discret pour lui. À la faveur du crépuscule, il rentra la tête dans les épaules, traversa la rue et se rua dans l'entrée.

Il monta quatre à quatre, brusqua un peu la serrure et verrouilla derrière lui.

L'espace d'un instant la chambre parut se gondoler, onduler, comme plongée sous l'eau. Il respira un grand coup et se frotta les yeux. La pièce retrouva un aspect ordinaire.

De l'entrée il passa à la cuisine. Résistant à la tentation d'écarter le rideau pour regarder sous l'évier, il continua jusqu'à la chambre.

La pièce était vide, la porte de la penderie un peu entrebâillée. Les policiers avaient-ils visité l'endroit ? Il ouvrit et le sang maculant le plancher lui sauta aux yeux. Il se mit à faire les cent pas. De toute évidence non, ils n'étaient pas entrés : sinon ils seraient restés à l'attendre. Mais qu'est-ce qui les avait conduits à lui ? Combien de temps avait-il devant lui ? Et s'ils revenaient, s'ils étaient déjà en route ? Décidément, il devait partir. Le plus tôt serait le mieux.

Mais où ? se demanda-t-il. *Pour aller où ?*

Il caressa distraitement les vêtements dans la penderie, arrêtant son choix sur une chemise et un manteau visiblement usés, à la limite du miteux. Il se changea et eut la surprise de les trouver beaucoup trop grands. Ils lui appartenaient, pourtant, non ? À qui d'autre sinon ? Se pouvait-il qu'il rapetissât ? Quoi qu'il en fût, la situation présentait un avantage : ces habits trop grands lui donneraient encore plus l'allure d'un vagabond. Il passerait incognito.

Revenant à la cuisine, il retourna tiroirs et placards. Dans l'un il trouva un couteau à désosser, qu'on tenait en calant le pouce dans une petite indentation lisse du manche. Il donna quelques coups dans le vide avant de le faire disparaître dans sa poche. L'autre, il la remplit de poivre de Cayenne, quelques poignées en vrac au cas où il aurait besoin de se défendre.

Il y eut un bruit, un peu comme un carillon mais pas tout à fait. Il se figea, une main toujours dans la poche du manteau, et tendit l'oreille. La police ?

Mais non, sans doute pas, la cloche d'un cheval ou d'un fardier, plus probablement, ou le bourdon d'une église. Il n'y avait pas de carillon à sa porte, seulement une sonnette.

Le carillon qui n'en était pas tout à fait un retentit une deuxième fois, puis une troisième.

Il sortit de sa poche sa main enfouie dans le poivre, l'essuya sur son manteau. Rien à faire, ça venait bien de la porte d'entrée ; il commençait en outre à distinguer – à travers les meubles, le plancher, la cheminée, le lit tout simple – d'autres formes, d'autres objets qui s'imposaient de plus en plus nettement. Un tapis qui courait d'un mur à l'autre sans aucun raccord. Un poste de télévision. Un lit moins ordinaire et plus vaste que l'autre, avec une tête en lattes de bois et, allongée en travers, une femme pieds et poings liés qui remuait à peine, les yeux vitreux et éteints.

Devant le miroir de l'entrée, il repoussa ses cheveux. Mais était-ce bien lui, dans la glace ? Il constata qu'il avait négligé de se raser et de se laver depuis plusieurs jours.

De nouveau le carillon. Il prit le couloir, puis les marches qui conduisaient à la porte.

« À ta place je ne ferais pas ça », dit une voix dans son dos.

Il se retourna et vit, juste derrière lui, son demi-frère.

« Ne t'en fais pas, dit-il. Je vais m'en tirer.

— Oh, s'il te plaît, dit son demi-frère. Tu présumes de tes forces. Tu ne préfères pas que je vienne avec toi ? »

Il regarda longuement Lael. Nouveau coup de sonnette. « D'accord, dit-il, viens si tu y tiens. »

Il se tourna et, sans vérifier que son demi-frère le suivait, continua à descendre. Comment cet homme dans la rue l'avait-il appelé, déjà ? Rudd ? Ce nom fonctionnerait-il ici aussi ?

On eut encore le temps de sonner une fois avant qu'il atteigne la porte. Il ouvrit, regarda.

Sur les marches, une femme d'un certain âge, les cheveux artistement coupés et méchés, qui espérait faire plus jeune. Flanquée de deux valises.

« Eh bien ? dit-elle.

— Pardon ? dit-il.

— Vous devez être Rudd, dit-elle. Vous êtes noir de crasse.

— Hooper », commença-t-il, mais il se reprit et se tut. Il entendit son demi-frère derrière lui : « Dis-lui que tu étais en train de réparer la voiture.

— J'étais en train de réparer la voiture », dit-il.

Elle le regarda en plissant les yeux. « Mais la voiture est ici, dit-elle en montrant l'allée. Et le capot est fermé.

— C'est ça, dit-il. Je finis à l'instant.

— Et votre barbe, elle a poussé le temps que vous répariez la voiture, aussi ? C'est la propreté qui nous rapproche de la sainteté, pas la pilosité. Vous comptez m'inviter à entrer ou pas ?

— Vous inviter à entrer ? demanda-t-il. Mais qui êtes-vous ?

— Ça ne sent pas bon, Rudd, dit Lael derrière lui.

— La tante de Lyndi, nigaud, dit-elle. Venue faire la connaissance de mon nouveau parent. Vous.

— Tu l'invites à entrer, commanda Lael. Et tu la tues.

— C'est une blague ? demanda Rudd en se tournant à demi vers Lael pour tâcher de le voir.

— Non, dit Lael.

— Non, dit la tante. Qui d'autre voulez-vous que je sois ? Où est Lyndi ? Qu'est-ce que c'est que ce Post-it sur votre chemise ? “Hopper”. Qu'est-ce que cela veut dire ?

— Invite-la à entrer, ordonna Lael.

— Lyndi n'est pas là », dit Rudd.

Haussement d'épaules de la tante. « Je vais l'attendre », dit-elle en faisant un pas vers la porte. Vite il la repoussa, la regardant par l'entrebâillement.

« Je ne pense pas que ce soit possible, dit-il.

— Où est-elle ? demanda la tante.

— Ne fais pas l'idiot, dit Lael qui lui sifflait maintenant dans l'oreille. Invite-la à entrer. Montre-toi aimable. Propose-lui un verre d'eau. Trucide-la.

— Vous voulez boire quelque chose ? »

La tante hocha la tête. « Pourquoi est-ce que je ne peux pas entrer ? » demanda-t-elle. Puis, de nouveau : « Où est Lyndi ?

— Un instant, dit-il. Un verre d'eau, ça arrive », et il ferma au verrou.

« Tu vas tout gâcher, lui reprocha Lael comme ils traversaient le couloir. Tout. » Il s'assit bras croisés sur la paillasse, observant les mains tremblantes de Rudd qui remplissaient un verre d'eau.

« Si c'est si important, dit Rudd, pourquoi tu ne t'en occupes pas toi-même ? »

Lael sourit. « Ce n'est pas si simple. Notre relation a changé.

— Changé comment ?

— Déjà, on est quatre.

— Quatre ? Où sont les deux autres ?

— Ce n'est pas si simple.

— Je ne comprends rien. Je veux rentrer à New York.

— Non, dit Lael. Le problème n'est pas là. Ne me raconte pas d'histoires. Tu comprends très bien. »

Rudd retournait déjà à la porte, les mains toujours tremblantes, s'efforçant d'ignorer la voix de son demi-frère. Il parvint à ôter le verrou et passa le verre d'eau à la tante, renversant un peu de liquide sur sa main.

« Merci », dit la tante. Elle but une longue gorgée.

« Tu aurais dû l'empoisonner, dit Lael.

— La ferme, siffla Rudd.

— Pardon ? dit la tante.

— Non, rien », dit Rudd.

La tante arrima ses poings sur ses hanches, coudes déployés.

« Jeune homme, dit-elle, j'exige de savoir ce qu'il se passe dans cette maison. Où est ma nièce ?

— Pas là, dit Rudd.

— Où, alors ? »

Rudd la considéra un instant. « À New York, lâcha-t-il enfin.

— New York ? Que serait-elle donc allée faire à New York ?

— En vacances, souffla Lael.

— En vacances, dit Rudd.

— En vacances ? répéta la tante. Mais pourquoi serait-elle partie en vacances sans vous ? »

Rudd haussa les épaules.

« Il se passe quelque chose de pas net, dit la tante.

— Tu vois ? dit Lael. Tu aurais dû m'écouter.

— Vous voulez entrer ? » demanda Rudd en ouvrant tout grand.

Elle lui jeta un regard méfiant, recula d'un pas. « Je ne crois pas, dit-elle.

— Mais tout à l'heure vous vouliez », dit-il.

Elle descendit du perron, reculant à petits pas dans l'allée.

« Rattrape-la, dit Lael.

— Attendez, dit Rudd. Je ne vous ferai pas de mal.

— Jette-lui le poivre dans les yeux », dit Lael, mais le temps de le dire elle était déjà sur le trottoir.

« Et ses bagages ? demanda Lael.

— Et vos bagages ? demanda Rudd.

— Je vous les laisse, dit-elle. Rentrez-les si vous voulez. Ou pas. Je reviendrai les prendre. » Elle posa son verre sur le ciment. « Je vous rends votre verre. » Et il la vit s'éloigner, descendre la rue et continuer sans s'arrêter.

« Cette fois-ci tu as décroché le gros lot, dit Lael. Tu as vraiment décroché le gros lot. »

*

Ils rentrèrent et Rudd verrouilla derrière lui. Puis il traversa le couloir jusqu'à l'escalier, son demi-frère sur les talons.

« Elle va revenir, tu le sais, dit Lael.

— Je sais, dit Rudd.

— Et pas toute seule.

— Je sais, dit Rudd.

— Et tu t'en fous ? »

Rudd haussa les épaules et attaqua l'escalier. Marchait-il donc si lentement qu'ils aient eu le temps de se dire tant de choses sur trois mètres de couloir ?

« Mais alors tu ne m'aimes pas ? demanda Lael.

— Pardon ? dit Rudd. Je ne sais pas.

— Tu ne m'aimes pas ? insista Lael. Ton demi-frère, tu t'en fous ? »

Il s'arrêta au milieu de l'escalier et se retourna. Son demi-frère était juste derrière lui, mal à l'aise, pâle comme un mort.

« Je crois que je te hais », dit Rudd.

Lael sourit. « Impec. C'est du pareil au même. »

*

Ils étaient assis chacun d'un côté du lit, Lyndi ligotée et bâillonnée au milieu. Pâle, les yeux clos. Comment avait-elle réussi à sortir de la malle et revenir sur le lit ? Il ne se rappelait pas l'avoir portée – ni, d'ailleurs, attachée.

« Lequel de nous l'a attachée ? demanda-t-il à Lael.

— Peu importe, dit-il. Quelle différence ça fait ? »

Mais ça en faisait une, pensa Rudd. Il fallait que ça en fasse une.

« Bon, soupira Lael, prêt ?

— Prêt ? Prêt à quoi ?

— À y retourner, dit Lael. À nous y remettre. À en finir. » Il fit craquer les jointures d'une main après l'autre. « Mais d'abord il faut s'occuper de Lyndi.

— Je croyais qu'on s'en était déjà occupés, dit Rudd.

— Oui, dit Lael. Ou plutôt Hooper et Elling l'ont fait. Mais c'était une autre fille. Anna.

— On devrait tout arrêter. Je ne sais pas ce qu'on fait, mais on devrait arrêter. »

Lael rit. « Trop tard, Rudd. Même si tu voulais tu ne pourrais plus. »

Rudd se détourna et marcha jusqu'à la porte. Puis il quitta la pièce, descendit l'escalier, traversa le couloir et poussa la porte d'entrée qui, étrangement, s'ouvrit sur la même pièce, Lyndi sur le lit, Lael debout à côté. Il ressortit, redescendit l'escalier et cette fois essaya la cuisine. Sauf que ce n'était plus la cuisine, mais de nouveau la même chambre.

« Des regrets, Rudd ? demanda Lael. C'est un peu tard, non ?

— Je ne suis pas celui que tu crois », dit Rudd.

Lael pouffa. « Qui l'est ? demanda-t-il. Mais tu n'es pas non plus celui que tu crois toi.

— On parie ?

— On n'a pas le temps de se disputer maintenant, Rudd. En fait on n'a plus le temps de rien. » Il gesticula en direction de Lyndi, qui avait ouvert les yeux et se débattait mollement. « Il faut la tuer, dit Lael. Tue-la et on pourra continuer.

— Je ne veux pas.

— Tu veux que ce soit moi qui le fasse ?

— Je ne veux pas qu'on le fasse du tout. »

Lael haussa les épaules. « Comme tu veux, qu'est-ce que ça me fait ? Après tout c'est ta vie, frangin. »

*

Lael lui tournait le dos pour inspecter la penderie, dont il eut bientôt extrait un gilet de laine et un feutre.

« Mets ça », commanda-t-il.

Rudd les accepta. « Pour quoi faire ?

— Il est temps qu'on y aille, dit Lael.

— Qu'on aille où ?

— À New York. »

New York ? pensa-t-il. Il posa le chapeau sur sa tête, tint la veste à bout de bras devant lui.

« Allez, Hooper, dit Lael. On est pressés. »

Il eut l'impression que la veste serait trop grande, mais quand il l'enfila, elle lui allait comme un gant. Étrange.

Autour de lui la pièce se métamorphosait, la moquette s'écartait des murs pour se changer en tapis persan. Sur le lit la fille avait pâli, toute la couleur s'était retirée de son visage, comme si elle se changeait en spectre. Rudd leva les yeux vers Lael et le vit pareillement privé de couleur et de substance. On aurait pu passer la main au travers. Sa main, la sienne à lui, en revanche, restait bien tangible, concrète.

« Tu ne viens pas avec moi, Lael ? demanda-t-il.

— C'est Elling, maintenant », dit l'homme. Et effectivement, quand Hooper le regarda, il se demanda comment il avait pu le confondre avec un autre. Avec qui, déjà ? « Tu vas devoir te débrouiller seul, Hooper, dit la voix, au moins pour un temps. » Alors Elling, comme tout ce qui l'entourait, sembla s'estomper, et dans son esprit aussi ce fut le noir.

IV

Il était temps d'y aller. La police ne serait plus longue ; il s'était déjà trop attardé dans l'appartement de son père. Il se glissa sur le palier et jusqu'au rez-de-chaussée, altérant sa démarche pour affecter l'air un peu voûté et l'allure nonchalante d'un vagabond qui titube en descendant la rue.

À un pâté de maisons de l'appartement il croisa une patrouille allant dans la direction opposée. Il baissa la tête et se tint à une distance respectueuse. Tous les policiers, c'était étrange, lui disaient vaguement quelque chose. Aucun ne lui prêta la moindre attention. Quand ils l'eurent dépassé, il s'abrita sous une porte cochère pour les suivre des yeux sans être vu. S'arrêtaient-ils devant chez lui ? Il mit une main en visière. Oui, possible. Le soleil et la foule l'empêchaient d'être sûr. De toute façon, maintenant il ne les voyait plus.

Il continua jusqu'au coin, prit à gauche, parcourut un pâté de maisons, bifurqua pour emprunter des rues moins fréquentées. Quand il eut mis quatre ou cinq pâtés de maisons entre lui et l'appartement de son père, il se redressa, redressa son chapeau et prit la direction du chemin de fer.

Il avait traversé quelques rues lorsque derrière lui une voix l'interpella par son nom. Elle lui était vaguement familière. Il continua à marcher, voûtant légèrement les épaules et pressant le pas.

« Mr. Young ! cria la voix. Mr. Hooper ! Attendez ! »

Il jeta un regard furtif par-dessus son épaule, ne vit qu'un jeune garçon. Sans s'arrêter il ralentit un peu, de quoi le laisser le rattraper.

« Qu'y a-t-il ? » demanda-t-il quand l'enfant fut sur ses talons, hors d'haleine. Il le reconnaissait maintenant : c'était celui qui l'avait aidé à porter la malle. « Je t'écoute, dit-il.

— C'est juste, dit le garçon en lui lançant un regard finaud, que je sais ce que vous avez fait, monsieur. Je l'ai lu dans le journal.

— Et qu'ai-je donc fait ? demanda Hooper.

— Et, poursuivit le garçon, j'ai l'impression qu'il pourrait être dans votre intérêt de me dissuader d'attirer l'attention sur vous. »

Hooper se déporta et fut sur lui ; il le frappa durement à la tempe. Le garçon trébucha, jura, tomba.

« Tu crois que tu peux me faire chanter », dit Hooper avant de lui envoyer la pointe de son soulier dans le cou.

Le garçon laissa échapper un cri étranglé et se prit la gorge à deux mains ; puis, sous les yeux de Hooper, il se métamorphosa, son corps s'étirant dans toutes les directions pour revêtir la forme d'un homme adulte.

« Lael ? dit Hooper.

— Elling », corrigea l'homme, qui se tenait toujours la gorge, d'une voix rauque.

Oui, c'était bien Elling, pensa-t-il. Mais comment était-ce possible ? « Qu'est-ce que tu fais ici ? demanda-t-il. D'où tu sors ?

— Tu as passé les bornes, dit Elling. Tu ne vois pas que ce n'est qu'un jeu ?

— Un jeu ? »

Elling hocha la tête. « Paie le garçon, qu'on en finisse, dit-il.

— Pourquoi ? dit Hooper.

— Et aussi, dit Elling sans lui répondre, tu as oublié de poster le billet.

— Le billet ?

— Bon sang, dit Elling, tu as encore tout oublié ? “Vous perdez votre temps ; mis fin à mes jours.” Ça te dit quelque chose ? »

Hooper secoua la tête. « Je n'ai pas de papier, dit-il.

— Demandes-en au garçon », dit Elling en continuant à se frotter la gorge, laquelle était barbouillée de sang.

« Quel garçon ? » demanda Hooper. Il porta à sa propre gorge une main qu'il ramena tachée de sang elle aussi.

« Frères pour la vie », entendit-il Elling affirmer. Mais lorsqu'il releva la tête, Elling avait disparu, remplacé par un jeune garçon main tendue.

Il secoua la tête pour s'éclaircir les idées, plongea la main dans sa poche et produisit une pièce qu'il pressa, d'un air absent, dans la paume du garçon. Puis il repartit.

Le garçon l'arrêta. « Vous oubliez quelque chose, dit-il.

— Ah bon ? dit Hooper.

— Quelque chose que vous vouliez me demander.

— Ah bon ?

— Vous ne vous rappelez pas ?

— Ça ne devait pas être très important », dit Hooper en le chassant d'un geste. Mais il sentit une main d'adulte peser sur son épaule et quand il se retourna ce ne fut pas le garçon qu'il vit, mais un homme au regard pâle et au profil d'oiseau de proie.

« Lael ? dit-il.

— Elling, bon sang de bon Dieu ! Tu ne peux pas garder quelque chose en tête trois secondes sans t'embrouiller, bordel ? Et après tu t'étonnes d'avoir des ennuis !

— Des ennuis ?

— Des ennuis, oui, de gros ennuis ! » Elling le gifla à toute volée. « Bien, dit-il. Je vais l'écrire, ce billet. » Il prit un crayon et un carré de papier, une petite enveloppe comme celles dont on se sert pour les cartes de visite.

« Vous perdez votre temps, articula-t-il lentement tout en traçant les lettres, mis fin à mes jours. H. Young. » Hooper reconnut sa propre signature. « Et je le posterai aussi. Je vais tout faire moi-même. Fous le camp, maintenant. Tu montes dans ce foutu train et tu fous le camp. »

Hooper s'en fut, gauche et désemparé. Jetant un œil dans son dos, il vit Elling qui parlait tout seul. Et lui, Hooper, où allait-il, déjà ? Ah oui, la gare.

Il monta dans le premier train, achetant son billet au contrôleur. Celui-ci le dévisagea longuement derrière ses verres épais mais finit par lui délivrer son billet et repartir.

Il partageait le compartiment avec deux autres voyageurs : une vieille dame cramponnée au sac de voyage posé sur le siège voisin du sien, et un monsieur de même âge que lui, à peu près, col empesé, élégant, plongé dans le *Times*.

Young s'éclaircit la voix.

« Où va ce train ? » demanda-t-il.

La seule réaction de la femme fut de s'agripper plus farouchement encore à son sac. L'homme baissa son journal de quelques centimètres pour observer Hooper par-dessus ses lunettes. Il eut l'impression qu'il lui disait vaguement quelque chose. En y pensant, d'ailleurs : la femme aussi.

« Vous ignorez où va le train dans lequel vous êtes ? » demanda le monsieur.

Hooper le regarda. « Je m'aperçois que je me suis peut-être trompé, dit-il.

— Dans ce cas », dit l'homme en repliant les feuilles imprimées avant de les poser sur ses genoux. « Où pensiez-vous aller ?

— Où allons-nous ? demanda Hooper.

— Pourquoi ne l'avez-vous pas demandé au contrôleur ?

— Je n'y ai pas pensé, dit Hooper. Je vous en prie, vous n'avez aucune raison de ne pas être aimable. »

L'homme reprit son journal. « Dans le nord de l'État, dit-il derrière les feuilles. Nous roulons vers le nord.

— Merci », dit Hooper. Il leva les yeux, fixa le siège vide en face de lui. Dans le nord de l'État, pensa-t-il. Il resterait quelques stations encore, descendrait quand il serait assez loin de New York. Puis il se cacherait, « vagabonderait », en fait, vivrait quelques semaines à la dure, le temps d'être hors de danger, après quoi il aviserait.

Il ferma les yeux et s'abandonna au rythme lent du train. Oui, pensa-t-il, il se cacherait. Il repartirait de zéro. Tout allait s'arranger. Il somnolait, les yeux fermés, avec la lumière du dehors qui s'insinuait par intermittence derrière ses paupières. Tout, se répétait-il, allait s'arranger.

*

Il entendit un son lointain, un peu comme un carillon. De quoi pouvait-il s'agir, exactement ? Un peu comme un carillon mais pas tout à fait. On le secouait comme un prunier et il comprit que cela durait depuis un certain temps.

« Hooper, chuchotait une voix. Hooper ! »

Il se frictionna le visage, ouvrit les yeux et découvrit à côté de lui, dans le siège occupé tout à l'heure par l'homme au journal, son demi-frère Lael.

« Comment es-tu arrivé là ? demanda Rudd.

— Je suis comme l'Esprit saint, dit Lael. Je suis *toujours* là avec toi. »

De nouveau il entendit le son, et les vibrations pincées qui le prolongeaient. Le train parut se gondoler, comme sous l'eau, mais il continua sa course régulière et cadencée.

« Qu'est-ce que c'est que ça ? demanda-t-il.

— Quoi ? dit Lael. Ah, ça, la sonnette. Mais ce n'est pas la peine d'y aller. Ils seront là bien assez tôt. »

Rudd se leva à grand-peine, luttant contre le roulis du train.

« Il vaut mieux que j'y aille, dit-il. Ça ne se fait pas de ne pas y aller.

— Que tu y ailles ou pas, ça ne change rien, dit Lael. Il est trop tard. »

Rudd sortit du compartiment. Le bruit se fit plus intense, ainsi que le roulis du train autour de lui. Il commença à remonter le couloir.

« C'est là qu'on se dit adieu », annonça une voix derrière lui.

Il se retourna et vit la tête de Lael à la porte du compartiment.

« Adieu ? demanda Rudd.

— Tu ne me reverras plus, dit Lael. En tout cas pas de sitôt.

— Mais tu es comme l'Esprit saint, dit Rudd. Tu es toujours là avec moi. »

Lael hocha la tête. « C'est vrai, dit-il. Mais ça t'arrive souvent de voir l'Esprit saint ? »

Rudd ouvrit la bouche mais le carillon retentit de nouveau, le train s'ébranla et s'en fut, Lael avec. Il était dans un couloir. Le couloir de sa maison, la maison de Lyndi. Il se sentait perdu, à la dérive.

Il revint à l'emplacement du compartiment, où se trouvait maintenant une porte. Il l'ouvrit, entra. Une chambre. Sur le lit une fille, mains attachées, bâillonnée, yeux clos. Était-elle morte ? Il s'approcha, se pencha. Non, elle respirait.

Il desserra le bâillon et le fit glisser autour de son cou. Elle ouvrit les yeux instantanément.

« Rudd, dit-elle d'une voix ferme, le regardant sans ciller. Tu sais qui je suis, n'est-ce pas ? »

Il s'arrêta, fit non de la tête. Qui était-elle ? Elle lui disait quelque chose, non ?

« Je suis Elling, dit-elle.

— Elling ?

— Oui, dit-elle, tu ne te rappelles pas ? C'est toi qui m'as donné ce nom, n'est-ce pas ? Au temple ? »

Au temple ? se demanda-t-il. Oui, effectivement, le nom était Rachel mais il l'avait changé, un sacré tour qu'il avait joué à Dieu.

« Mais si tu es Elling, l'autre c'est qui ?

— L'autre », commença-t-elle. Il crut d'abord l'avoir coincée, qu'elle ne saurait pas quoi répondre. « L'autre, reprit-elle enfin, c'est un imposteur. »

Un imposteur ? Mais comment cela s'était-il produit ?

« Rudd », dit ce nouvel Elling. Ou était-ce l'ancien ? « Libère-moi. »

Il la regarda longuement. « D'accord », finit-il par dire.

Ses jambes, attachées lâchement, ne posèrent pas de problème. En fait, il ne comprenait pas comment elle ne les avait pas libérées toute seule. « Pardon, dit-il. Je ne comptais pas te tuer. » Il s'attaqua aux nœuds qui emprisonnaient les poignets. Ceux-là étaient très serrés et elle avait les mains recroquevillées et noires, peut-être mutilées pour toujours. Que sentait-il ? Il l'ignorait. Ou si, il sentait le contact de la ficelle de chanvre, rêche, roulée serré.

La sonnerie de nouveau.

« Oui ? dit-il. Une seconde. » Les cordes se détendaient. « Je reviens tout de suite.

— Non, dit-elle. Détache-moi avant.

— Je me dépêche. Mais il faut que j'aille ouvrir.

— Mais…

— Je reviens tout de suite, dit-il en sortant. Promis. »

*

Par l'œilleton il reconnut la tante de la fille – Anna ? non, ce n'était pas tout à fait cela, comment s'appelait-elle ? – accompagnée de deux policiers en uniforme. Il entrebâilla la porte, jeta un œil au-dehors.

« Oui ? dit-il.

— J'exige de voir ma nièce, dit la tante.

— Elle n'est pas là, dit Rudd. Je vous l'ai déjà dit. »

L'un des policiers avança d'un pas. Son badge disait « Agent Etting ». Lui rappelait-il quelqu'un ? Il n'aurait pas trop su dire.

« Nous sommes désolés de vous importuner, monsieur, mais cette dame a l'impression que quelque chose de fâcheux a pu arriver à sa nièce. Est-ce qu'on peut entrer ?

— Agent Elling, commença Rudd.

— Etting, corrigea l'homme.

— Elle n'est pas là, répéta Rudd.

— Alors où est-elle ? demanda la tante ? Où est-elle ? »

Qu'avait-il dit déjà, la première fois ? Que lui arrivait-il, pourquoi ne s'en souvenait-il pas ? Il chercha son demi-frère derrière lui mais ne trouva personne. Il était seul.

« Alors ? dit la tante, Alors ?

— Lael ? appela-t-il.

— Pardon ? dit le deuxième agent.

— Pourrions-nous entrer quelques instants et faire le tour ? demanda l'agent Etting. Juste histoire de la tranquilliser.

— Non, dit Rudd. Hors de question. » Il commença à refermer la porte mais l'agent l'avait déjà bloquée avec sa chaussure.

« Vous n'avez rien à craindre, l'apaisa Etting. Laissez-nous entrer, rien qu'une minute, puis nous vous laisserons en paix. »

Rudd le considéra longuement. Cela avait-il une importance qu'ils entrent ? Qu'est-ce qui avait encore de l'importance ? Il ne savait plus. « Je suis débordé, dit-il.

— Nous ne voudrions pas être obligés de demander un mandat, dit l'autre – pas Etting.

— Qui a parlé de mandat ? demanda Etting. Vous allez nous laisser entrer, n'est-ce pas ?

— Non, dit Rudd.

— Mais si, insista Etting. Vous voulez coopérer. »

Rudd essaya de déloger sa chaussure mais elle résistait. « Lael ? » appela-t-il de nouveau, sans obtenir de réponse. Il chercha des yeux de quoi dégager la chaussure. Rien du tout, il était dans l'entrée, il n'y avait rien d'autre que lui… mais alors, là, dans son manteau…

Il ouvrit tout grand la porte et au même moment plongea la main dans sa poche et remonta une poignée de poivre.

« Là, dit Etting, je préfère ça. »

Il jeta le poivre de Cayenne dans les yeux du policier. Hurlant et titubant, l'homme recula en se frottant le visage. Rudd claqua la porte et tourna le verrou, gravit les marches quatre à quatre, se précipita dans la chambre, verrouilla derrière lui.

Son cœur battait à tout rompre. La fille, découvrit-il, avait réussi à se lever et elle se traînait, chancelante, dans la penderie. Il l'attrapa par un bras, la sortit de force, la jeta sur le lit puis se jeta sur elle, lui enfonçant les genoux dans les côtes. En dessous, au rez-de-chaussée, il entendait qu'on attaquait une porte à coups de boutoir et qu'elle commençait à céder. Bientôt ils entreraient. Il comprit qu'il n'était même pas bien sûr de savoir de quelle porte il s'agissait, ni ce sur quoi elle donnait. C'était tellement plus que cela, pensa-t-il : le visage de son père au procès, sa cellule de détention provisoire, les témoins qui défilent à la barre, sa patte de lapin, la foule qui charge, leurs tentatives de lynchage, et enfin une cellule, la sienne, et vingt ans de paix. Mais non, pensa-t-il, il n'avait pas de père, son père était mort, pas de père, ç'avait été tout le problème. Mais, au moins, le visage d'un père à un procès, le procès de quelqu'un, la cellule de quelqu'un, les témoins anonymes qui défilent à la barre, la patte de lapin de quelqu'un, la foule qui charge et tente de lyncher quelqu'un, et enfin une cellule, celle de quelqu'un, et vingt ans de paix. Mais pas la sienne. Quoi qu'il en soit, tellement plus. Mais il ne restait plus de temps.

Ces moments de lucidité douloureuse, quelle calamité. Qu'y faire, sinon attendre qu'ils passent ?

En bas, ils avaient défoncé la porte. Il les entendait courir dans la maison, appeler, approcher. Où était-il, son demi-frère, maintenant qu'il avait besoin de lui ? Il cria ses noms mais ne reçut pas de réponse.

Seul maintenant, pensa-t-il. Il sentit la fille déglutir sous lui, sa gorge frissonnante sous la chair de son pouce. *Tout seul*, pensa-t-il. Et elle sous lui, alors, s'effaça et disparut. Ainsi, elle avait finalement réussi à s'enfuir, pensa-t-il. *Mais comment ?*

Il demeura, immobile, les mains toujours serrées là où son cou s'était trouvé, essayant de la rappeler. Il attendait que quelqu'un – fût-ce lui – lui dise qui être à présent.

Margaret Atwood

Le Tueur aveugle

En 1945, la jeune Laura Chase décide de mettre fin à ses jours. Cinquante ans après les faits, sa sœur Iris se lance dans une exploration du passé, aidée par l'étrange manuscrit que Laura a laissé derrière elle. Le dialogue qui s'instaure entre les deux sœurs fait peu à peu la lumière sur l'histoire des Chase et ressuscite le Toronto brillant de l'après-guerre. Entre gravité du propos et légèreté du ton, Margaret Atwood signe une saga familiale audacieuse, couronnée en 2000 par le Booker Prize.

n°3538 – 11 €